飛翔

Fantasy Frontier Spirit

비상

FLYING

KG8789 805977

비상 3

파렴 게임 판타지 소설

초판 1쇄 찍은 날 § 2004년 10월 2일
초판 1쇄 펴낸 날 § 2004년 10월 12일

지은이 § 파렴
펴낸이 § 서경석

편집장 § 문혜영
편집책임 § 최하나
편집 § 장상수 · 김민정
마케팅 § 정필 · 강양원 · 이선구 · 김규진 · 홍현경

펴낸곳 § 도서출판 청어람
등록번호 § 제1081-1-89호
등록일자 § 1999. 5. 31
어람번호 § 제1-0546호

주소 § 경기도 부천시 원미구 심곡1동 350-1 남정B/D 3F (우) 420-011
전화 § 032-656-4452   팩스 § 032-656-4453
http://www.chungeoram.com
E-mail § eoram99@chollian.net

ⓒ 파렴, 2004

ISBN 89-5831-239-4 04810
ISBN 89-5831-236-X (SET)

파령 게임 판타지 소설

FLYING

THE
GAME
ADVENTURE

飛翔

Fantasy Frontier Spirit

비상 vol.3

FLYING

현월광도를 익히다

도서출판
청어람

KG8789 805977

Contents

◆ 비상(飛翔) 열일곱 번째 날개

어라?

비상(飛翔) 열일곱 번째 날개 어라?

초매와 난 숲 속을 걸었다. 푸우와 그 남자는 잠시 공터에 남겨둔 상태였기에 누군가가 엿들을 위험 같은 건 없었다. 그게 아니더라도 비상에서 내 이목을 속일 만한 존재가 과연 몇이나 될까?

오랜만에 본 그녀는 더욱 아름다웠다. 테스트 때는 왠지 생기가 부족한 느낌이었는데 이제 그런 것은 전혀 느껴지지 않았다. 윤기가 흘러넘치는 그녀의 머릿결은 숲 속을 간간이 비추는 햇빛에 더욱 빛을 발했고, 그녀의 눈동자는 마치 수많은 별빛을 담아놓은 듯했다. 너무 마르지도, 그렇다고 뚱뚱하지도 않고 아름다운 곡선을 그리는 몸매는 가히 비너스의 그것에 비해 떨어지지 않았고, 오뚝한 코와 앵두 같은 입술은 그녀를 더욱 돋보이게 했다. 테스트 때도 사랑스러웠지만 지금도… 아니, 더욱더 아름답고 사랑스러워진 그녀.

난 초매와 많은 이야기를 나누었다. 그리고 그녀가 NPC가 아니라는 사실을 알게 되었다. 아니, 정확히 말해서는 나와 함께 지냈던 초매는 지금 내 앞에 있는 초매를 바탕으로 만들어졌다는 것을⋯⋯.

그녀는 포에버 회사에 아르바이트를 하러 들렀다가 그녀의 이미지에 영감을 받은 비상 개발 측 사람들에 의해 NPC 모델로 고용되었다는 것이다. 모델비로 많은 돈을 받게 되었고 그 이외에도 비상의 테스터로 뽑혀 무료로 게임기가 지급되는 등 많은 혜택을 받았다고 한다.

난 그녀에게 테스터 때의 일을 얘기해 주었다. 여자인 자신을 앞에 두고 다른 여자 얘기를 하면 화를 낼 법도 한데 초매는 그러지 않았다. 처음부터 끝까지 마치 나와 지냈던 초매가 되는 양 기쁠 때는 웃고, 슬플 때는 눈가에 이슬을 머금었으며, 화를 낼 때는 쌜쭉한 면까지 보여 주었다. 아, 이 편안한 느낌. 정말 오랜만이다.

생각해 보면 그때가 정말 좋았다. 아무에게도 방해받지 않고 수련에 온 힘을 쏟을 수 있었으며 초매와 이런 저런 얘기를 나누던 때. 그때는 아무런 걱정도 없었다. 가끔씩 급박한 상황이 찾아오기도 했지만 그때마다 멋지게 해결했다. 하지만 이젠 그때로 돌아갈 순 없겠지.

"그럼 실제 이름이 무엇인지 물어봐도 될까요?"

"제 이름은 서인이에요, 신서인."

"서인⋯ 예쁜 이름이네요."

난 솔직한 마음을 표현했다. 이건 결코 작업이 아니다. 제발 믿어줘. 내 말에 그녀는 얼굴을 붉게 물들이며 입을 열었다.

"고마워요. 근데 사 공자께선?"

"아차, 제 소개도 하지 않고 숙녀 분께 먼저 이름을 밝히게 하다니⋯⋯. 죄송합니다. 전 최효민이라고 합니다."

오늘따라 잘 돌아가는 혀다. 음, 오늘 혀가 부스터를 달았나?

"근데 그 뒤에 어떻게 됐죠? 전 절벽에 떨어지고 나서 정신을 차린 뒤 기어올라 오기에 바빴거든요."

정말 궁금하다. 왜 그녀가 푸우와 같이 다니는지, 또 투귀가 얌전히 물러가지는 않았을 테니 그 뒤의 상황이 너무나 궁금했다.

"사 공자께서 절벽으로 떨어지시고 나서 투귀가 고통스러워하며 저를 죽이려고 제게 걸어왔어요. 하지만 그때 동물의 괴성이 들려 투귀는 동작을 멈추었고 그 순간 사 공자께서 푸우라 부르시는 곰이 나타났죠. 그때 전 내상이 더욱 심해져서 정신을 잃고 말았어요. 그리고 깨어보니 현마 숲의 어느 한 동굴에서 푸우의 품에 쓰러져 있었죠. 그 뒤로 푸우가 시부촌으로 절 이끌었고 푸우를 따라가면 사 공자님을 다시 뵐 수 있을 것 같아서 따라다녔는데 결국 이렇게 다시 만났네요."

그녀는 마지막 말을 마치며 입가에 살짝 미소를 머금었고, 그 아름다움에 한순간 정신을 빼앗기고 말았다. 음머, 예쁜 것.

"사 공자? 사 공자?"

"네, 네. 아, 네?"

"왜 그러세요? 갑자기 멍해지셨는데……."

"아니, 초 소저께서 너무 예쁘셔서……."

헉! 내가 방금 무슨 소리를 한 거야? 초매의 아름다움에 정신이 팔려 생각 나는 대로 말해 버렸잖아!

"고, 고맙습니다."

초매는 얼굴을 붉히며 말했다. 휴, 이번에는 대충 어떻게 넘어갔지만 다음부터는 조심하자. 그나저나 역시 칭찬은 만고불변의 영약이로군.

"……."

"……."

상당히 어색한 분위긴데…….

"이만 돌아갈까요? 푸우랑 그 남자가 기다릴 듯한데."

역시 이 방법밖에 없었다. 화제 돌리기. 크읔, 조금 더 같이 있고 싶었지만 이런 분위기로 뭘 하겠어.

"네, 네, 그래요. 돌아가요."

그렇게 나와 초매는 아쉬움만이 남는 산책을 마치고 공터로 향했다.

"대협, 도와주신 것 정말 감사드립니다."

공터에 도착하자 흑의의 남자가 나를 바라보며 제일 먼저 내뱉은 말이다. 나와 초매는 돌아오면서 면사와 죽립을 다시 썼기에 남자에게 얼굴을 들키지는 않았다. 죽립이 확실히 가려주는 것은 아니기에 약간 신경은 쓰였지만 별문제 없을 것이다.

나와 초매가 이렇게 얼굴을 가리는 이유? 나야 레벨 1대회에 출전한 것을 감추려고 이렇게 하는 거지만 초매는 잘 모르겠다. 아마 저 예쁜 얼굴 때문에 날파리들이 꼬여서 그런 것 아닐까?

"아뇨. 괜찮습니다."

그럼, 괜찮고말고. 애초에 도와줄 생각으로 그런 것도 아니고 어쩌다 보니 도와준 거니 그다지 감사할 필요는 없지. 난 남자에게 이렇게 말해 주고 싶었으나 묻지도 않는데 말해 줄 필요는 없겠다는 생각에 입을 꼭 다물고 있는 중이다.

"아닙니다. 아무리 게임 속이라지만 은원은 확실히 해야 하는 법.

은혜는 꼭 갚겠습니다. 존성대명이라도 알려주십시오."

"조, 존성대명?"

정말 예의 바른 남자다. 내가 지금까지 봐온 사람들 중에 치우 형만큼 사람 좋은 사람은 별로 보지 못했는데, 이 남자는 예의 면에선 치우 형보다 더욱더 심각하게 반응했다. 강박관념이라 해도 좋으리만치. 그래도 예의가 있다는 말은 싹수가 있다는 말이고, 그 말은 싸가지가 있다는 말이니 괜찮은 거겠지. 음, 모두 같은 말인가?

"하… 하하. 은혜랄 것도 없으니 그냥 가십시오."

내 닉네임을 가르쳐 줬다가 레벨 1대회에 출전했다는 사실을 알게 되면 무슨 봉변을 당하라고 닉네임을 가르쳐 줘?

"하지만……."

하지만이라고 할 것도 없다니까!

"이러시면 제가 불편합니다."

"…그렇다면 제가 필요하실 때 꼭 한 번 찾아주십시오. 제 아이디는 영귀라고 합니다."

"아, 네. 알겠습니다. 영귀……."

영귀라… 흠…….

"영귀?"

"네. 대협에 비해선 많이 떨어지지만 얼마 전 흑살성이란 별호로 랭킹에도 올랐었습니다."

영귀라… 갑자기 웃음이 새어 나왔다.

"쿡! 하하하하! 이런 우연이 있나요."

"네?"

나의 갑작스러운 웃음에 영귀는 의아한 듯 반문했다. 쿡! 하지만 웃기잖아. 이런 웃기지도 않는 상황이라니……. 웃기지 않는 상황인데 왜 난 웃는 거지? 하여간에 웃겨.

"쿡쿡. 하하하하!"

"사 공자?"

내가 계속 웃음을 터뜨리자 뒤에 서 있던 초매가 나를 불렀다.

"초 소저, 걱정 마세요. 미치거나 한 건 아니니까요. 그런데 이 영귀라는 남자 치료는 다 되었나요?"

내 말투는 약간 바뀌었다.

"네, 제 의술로 고쳐 드렸어요. 근데……?"

초매는 의아한 얼굴로 되물었다.

"그야 지금 이 남자와 싸워야 할 텐데, 다치거나 몸이 안 좋은 상태에서 싸우면 이겨봤자 인정을 못 할 거 아닙니까."

"네?!"

"……!"

초매와 영귀는 깜짝 놀란 얼굴을 했다. 뭐, 이런 걸 가지고 깜짝 놀랄 것까지야…….

"영귀 씨, 어서 검을 뽑으시죠. 그래야 공격을 해도 할 거 아닙니까. 제 실력은 보셔서 알 거라 생각합니다. 검마저 뽑지 않으시면 제 공격을 한 수도 받아내기 힘드실 텐데요?"

"도대체 왜 그러십니까?"

내 말에 영귀는 이해하지 못하겠다는 얼굴을 했다. 음, 제대로 설명을 해줘야 하나?

"강우라는 사람에 대해 아십니까?"

"강우? 아, 압니다. 도대체 그게 왜?"

이 정도면 다 설명한 거지. 거기다가 강우 형에 대해 안다고 자백까지 해놓고 발뺌을 하시겠다? 뻔뻔한 것도 정도가 있지.

"개인적인 원한은 없지만 청부를 받아서 말이죠. 사부님을 없앤 사람을 비상에서 쫓아내 달라고 말이죠. 사실 그 청부 대상이 한 행동도 마음에 들지 않고 말입니다."

"도대체… 무슨?'

영귀는 끝까지 발뺌했다. 연기가 워낙 완벽해서 순간적으로 진짜 아닌가 하는 생각까지 들었을 정도지만 비상에서 아이디가 똑같은 인물이 존재할 수는 없는 거고, 거기다가 별호와 랭킹마저 일치할 가능성은 그야말로 제로. 점점 영귀의 발뺌에 짜증이 나기 시작했다.

"뽑으시죠."

"……."

낮은 목소리로 말했다. 하지만 영귀는 계속 알 수 없다는 표정만 지으며 대답이 없었다. 사람 말을 무시하는 것도 정도가 있지. 그때 초매가 끼어들었다.

"사 공자, 무슨 일이신지는 모르겠지만 우선 사정을 들어보고 나서……."

"초 소저, 제 얘기를 똑바로 들으십시오. 너무 일방적인 얘기일지 모르겠지만, 아무리 NPC라도 근 일여 년 동안 함께 지내온 사람이 죽게 된다면 어떻게 되겠습니까? 그것도 살인을 당해서요."

"……."

초매는 아무 말도 하지 못했다. NPC라는 게 아무리 컴퓨터 프로그램이라도 말이야, 그렇게 쉽게 다뤄서는 안 된다고. 이런 말을 하는 나를 바보 같다고 생각할지 모르겠지만 한 가지 예를 들어볼까?

기르던 애완 동물이 죽으면 그 주인은 슬퍼하고 애도하며 때때로 눈물도 흘린다. 사람에게서 빠질 수 없는 정(情)이라는 것을 애완 동물과 나누었기 때문이다. 애완 동물이 죽어도 느낄 수 있는 정이란 마음을 하물며 프로그램이라지만 마음이 통하고 우애를 나눈 사람에게서 느낄 수 없으랴.

그렇게 정을 느낀 이가 죽었다면? 그것도 살해당했다면? 난 참을 수 없을 것 같다. 절대로 내 친우를 죽인 이를 용서할 수 없을 것이다.

"마지막으로 경고합니다. 뽑으십시오."

난 한월을 도갑에서 살짝 뽑아내어 예기를 흘림으로써 내가 장난을 하고 있지 않다는 뜻을 표했다. 아직도 이해하지 못하겠다는 표정이었지만 영귀는 허리춤에 매달린 검집에서 소검을 빼고 허리 뒤쪽에서 작은 단검을 빼 들었다.

"쌍검(雙劍)?"

"도대체 무슨 일 때문에 그러시는지는 모르겠지만 아무리 생명의 은인이라 할지라도 얌전히 당해 드릴 수는 없습니다."

이러니까 꼭 내가 나쁜 놈이 된 것 같네. 나쁜 놈? 좋아. 해주지.

난 도갑에서 한월을 뽑기 시작했다. 사실 발도의 공격법이 가장 강력하지만 영귀의 보법을 생각하니 쉽게 통할 것 같지 않아 그냥 도를 뽑는 것이다.

스르릉!

"흡!"

"……!"

한월이 뽑히자 숨 막힐 것 같은 예기가 한기와 함께 사방으로 퍼졌다. 한월이 스치고 지나간 자리의 풀들은 예기와 한기만으로 베이며 얼어붙었고, 영귀와 초매는 엄청난 예기와 한기에 상당히 놀란 것 같았다. 초매? 이런……

"초 소저, 잠시만 떨어져 있어주시겠습니까? 잠시면 됩니다."

내 말에 초매는 푸우의 등 뒤로 가서 섰다.

"여기면 안전할 거예요."

과연. 푸우도 한기와 예기에 놀란 것 같지만 큰 영향을 받는 것 같지는 않았다. 그럼, 그래야지. 저놈은 몸빵만큼은 누구에게도 지지 않잖아? 그것 빼면 써먹을 때도 없지만.

초매는 불안해하며 나와 영귀의 싸움을 막고 싶어했지만 이미 그럴 단계는 지났다. 영귀, 당신은 내가 가랬을 때 갔어야 했어.

나와 영귀는 원을 그리며 돌았다. 내가 한 발자국 오른쪽으로 옮기면 영귀도 따라 움직였고, 그렇게 우리는 거리를 좁히지 않고 서로의 허점만을 노렸다. 사실 영귀의 공격력은 그다지 뛰어나지 않다. 묵룡갑이라는 이 장군갑만으로도 영귀가 행하는 보통 공격들은 무시해도 될 정도였다.

하지만 예전에 영귀는 강기를 쓴다고 들었다. 확실히 믿을 순 없지만 강기가 아니고 검기라 하더라도 솔직히 이런 방어구의 효력을 믿을 순 없다. 방어구는 마물과 싸울 땐 필요하지만 같은 고수급 유저와 싸울 땐 방해가 되는 것은 바로 이러한 이유에서이다.

그나저나 이렇게 대치만 해서는 아무리 시간이 지나도 끝날 것 같지 않은데?

영귀의 직업은 살수. 살수에겐 애초에 방어란 무의미하다. 그래서 이렇게 시간을 끄는 것보다 선제공격이 훨씬 유리하지만 영귀는 아직

도 날 공격하는 걸 꺼리는 건지, 아니면 약점을 찾고 있는지 공격할 생
각을 하지 않는다. 그렇다고 내가 먼저 공격하기에는……. 별수없지.
공격을 하지 않는다면 공격을 하도록 만들어야지.

"찻!"

난 짧은 기합을 내지르며 크게 진각을 밟았다. 보통 발도를 할 때의
자세 말이다.

"차앗!"

영귀는 내 예상대로 내가 공격하려는 것으로 착각하고 먼저 공격을
해왔다. 딱 걸렸어.

쉭! 쉭! 쉭!

이리저리 왔다 갔다, 사라졌다 다시 나타나고. 어쨌거나 상당히 정
신없는 영귀의 뛰어난 보법. 그에 비해 원주미보를 밟기 시작하는 내
발걸음은 느리기 짝이 없었다. 쾌 자결의 진기를 넣는다면 빨라지겠지
만 그렇게 된다면 원주미보의 백미를 느낄 수 없다. 원주미보의 백미
는 느리게 원을 그리며 서서히 적을 잠식해 들어가는 것. 음, 유능제강
을 빌려 완능제쾌(緩能制快)라고 해야 하나? 느림이 능히 빠름을 제압
한다. 좋았어.

"연, 유, 쾌, 예, 강!"

난 진기의 시동어를 외침으로써 진기를 깨웠다. 강능파천도의 진기
의 시동어는 강일 것 같아 시도했는데 역시 내 예상이 적중해서 깨어
났지만 나머지 유연지도의 시동어는 모르는 관계로 그냥 스스로 깨어
나게 할 수밖에 없었다.

전신의 힘을 충만케 해주는 진기. 이럴 때의 느낌이 너무 좋다. 직접
느껴보지 않은 사람은 이해하기 힘들겠지만 진기가 전신을 유영할 때

는 무엇이든지 할 수 있다는 자신감이 생긴다. 좋아! 그럼 가볼까?

"암혼습(暗昏襲)!"

영귀의 외침과 함께 이리저리 움직이던 그의 움직임이 사라졌다. 호! 역시 PK가 전문인 살수의 기술다운데? 은신술이라…….

영귀의 모습은 보이지 않지만 확실히 나와 가까이 있다는 것은 느낄 수 있었다. 아마 아직까지 나를 공격해야 할지 그러지 말아야 할지에 대해 고민하고 있는 것 같았다. 왜 자꾸 그러는지는 몰라도 근처에 있다면 근처에 있는 모든 것을 부숴 버리면 될 것 아니야!

"날 얕보지 마라!"

난 강의 진기를 극대화시켜 한월에 담고 격의 식으로 땅에 내리 꽂았다.

쾅!

산산이 부서지는 땅. 역시 예상대로 영귀는 내 가까이에 있었고 나의 예상치 못한 공격에 급히 하늘로 뛰어오르는 것이 내 눈에 잡혔다. 그럴 줄 알았지.

이미 한월에는 푸른 도기가 씌워져 있었고 난 그것을 공중에 뜬 영귀에게로 날렸다.

"핫!"

프쉬잉!

공기를 찢는 파공음이 들리며 한월에서 세 가닥의 푸른색 도기가 발출되어 곧장 영귀에게로 날아갔다. 그리고 나도 곧장 뛰어올랐다. 일명 시간차 공격. 암혼습이라는 거 첫 번째는 어떻게 막아냈지만 두 번째는 자신없다. 보이지도 않는 걸 어떻게 상대하라는 거야.

한월의 위에 씌워진 도기가 긴 잔상을 남기며 공중에 떠 있는 영귀를 노렸으나 그 시도는 시도로 끝날 수밖에 없었다.

"크아아압!"

영귀의 우레와 같은 기합과 함께 소검에 기가 응집되기 시작했다. 젠장! 검강(劍罡)을 뿜는다는 말이 사실이잖아!

영귀의 소검에서 약 10센티미터 정도 더 뿜어져 나와 있는 푸른색 검강을 보자 난 긴장되기 시작했다. 이대로 계속 날아가면 도기고 뭐고 잘려 버린다! 강기에 비길 수 있는 건 강기뿐이지 의형진기는 아냐.

"젠장!"

기합인지 욕설인지 모를 소리를 내뱉으며 난 도기를 계속해서 날렸다. 이렇게 되면 내공은 엄청나게 소모되겠지만 그 방법밖에 다른 방법은 없었다. 아무 경신법에나 다 있는 천근추(千斤墜)라도 쓸 수 있었으면 그 방법을 쓰지 않아도 됐을 텐데……

내가 처음 뿜어낸 도기가 영귀에게 접근해서야 난 만유인력의 법칙에 따라 밑으로 하강하기 시작했다. 위로 솟구치던 힘을 수십 발의 도기를 뿌려낸 반탄력을 이용해 역전시킨 것이다.

"연환살검(連環殺劍)!"

난 똑똑히 봤다, 검강이 담긴 소검이 수많은 그림자를 이루며 내가 쏘아 보낸 도기를 산산조각으로 부숴놓는 것을. 검강을 끊어 날리지 못해서 그렇지 이번엔 정말 큰일날 뻔했다.

"이건 사기야!"

검강이라니! 아무리 무공 특성상이라도 그렇지 이건 너무 심하잖아!

먼저 땅에 도착한 나는 내공을 계속 몸속에서 돌림으로써 내공을 회복하는 데 온 신경을 다 쏟았다. 다시 도기를 날릴 수도 있었지만 영귀는 내공의 소모가 심할 텐데도 땅에 착지할 때까지 검강을 유지했다.

징한 놈.

"커억!"

어린아이에게 진검을 쥐어준 격이랄까? 땅에 내려선 영귀는 과도한 내공 소모로 안색이 시퍼렇게 질려 있었고, 입에선 검은 피가 흘러나오고 있었다. 그에 비해 원래 내공도 더 많은 데다가 내공 소모도 훨씬 적었고, 내공 회복에 전력을 기울인 난 온전한 상태였다.

끝났군.

"후우, 검강을 쓸 때는 상당히 긴장했는데 이제 끝난 것 같군요."

난 그에게로 걸어가며 말했다.

"큭, 설마 거기서 그렇게 피할 줄은 몰랐습니다. 하지만 아직 끝난 건 아닙니다. 살수란 직업이 그렇듯 저 역시 한 줌의 내공만 있으면 언제든지 싸울 수 있습니다. 그리고 저에게는 아직 그 정도의 내공은 남아 있습니다."

고개를 든 그의 얼굴은 어느 정도 혈색을 회복하고 있었다. 젠장, 방심했다.

"암혼습!"

다시 사라지는 영귀. 젠장, 내가 미쳤지. 되지도 않는 자만심을 가지다니!

"이번에는 봐드리지 않겠습니다."

옆에서 들려온 영귀의 목소리로 그의 위치를 파악하고 한월을 휘둘렀지만 이미 그곳엔 그가 없었다.

"어디로 간 거지?"

이대로 간다면 꼼짝없이 당할 수밖에 없었다. 저번 투귀가 범했던 실수를 내가 범하게 되다니…….

순간 왼쪽에서 섬뜩한 느낌이 들었다. 살기다.

프싯!

"큭!"

왼쪽 팔의 옷이 찢겨져 나가며 길 혈선이 그어졌다. 순간 몸을 틀어서 피하지 않았다면 목에 꽂힐 뻔했어.

"보이지도 않을 텐데 피하시다니… 대단하시군요."

영귀의 목소리가 떨리고 있다? 어째서? …그렇군. 녀석도 지금 견딜 수 없을 만치 힘든 거야. 하지만 그걸 알았다고 해서 피할 수 있는 방도… 그래! 될지 안 될지는 모르겠지만 지금은 그 방법밖에……

프싯!

"칫!"

이번엔 뺨에 혈선이 그어졌다. 뺨에 소검이 닿을 때 몸을 뒤로 빼지 않았다면 얼굴이 꿰뚫렸을 거다. 그도 다급한 상태라 묵룡갑의 보호에서 제외된 곳만 노려 신경을 곤두세우면 피하지 못할 것도 없었다. 몇 번 정도는……

젠장, 이것저것 볼 것 없다.

"투결."

마지막 남은 한 수이자 내 최고의 스킬 투결. 투결이 발동된 때는 투귀와 싸울 때밖에 없었지만 그때나 지금이나 다급한 상황. 내가 싸움을 걸어놓고 이렇게 깨질 수는 없잖아. 난 투결에 모든 것을 걸었다.

프싯!

다시 긋는 소검. 하지만 이번에는 혈선이 생기지 않았다. 보인다, 한 줄기의 실이.

저번처럼 시간이 느려진다거나 그런 건 없지만 소검이 움직이며 나를 노리고 들어오는 그 모든 것이 눈에 잡히기 시작했다.

"섬!"

한월이 한줄기 섬광이 되어 나를 노리고 찔러 들어오는 소검을 쳐냈다. 그리고 또다시 손에 느낌이 왔다.

"큭!"

내가 지른 것이 아닌 영귀의 신음. 소검을 쳐내고 계속 찔러 들어간 한월이 영귀를 스친 것 같았다.

조금 더, 더 많은 것을 보고 싶어. 그런 의지를 가지자 한줄기의 실은 그 줄기를 뻗어 나가 완벽한 검의 형상을 갖추었고 곧 오른손에는 소검을, 왼손에는 단검을 쥐고 있는 사람의 형상이 보였다. 단순한 윤곽뿐이지만 이것만으로도 충분하지!

"어떻게……? 운이 좋군요!"

운? 그래, 행운이랄 수도 있지. 이럴 때 내게 투결이란 스킬이 있었으니.

영귀는 내가 정확히 자신의 소검을 노리고 한월을 날린 것을 믿지 못하겠는지 운이란 말을 써대며 다시 한 번 소검을 날려왔다. 거기다가 이제까지와는 달리 단검도 같이 움직인 정확한 초식.

"흑살쌍접(黑殺雙蝶)!"

초식의 이름으로 봐선 쌍검으로 펼치는 환검술일 가능성이 컸다. 내가 본다는 것을 믿을 수 없지만 이런 공격이라면 알아도 막지 못하게 하겠다는 속셈이로군.

하지만 투결에 의해 내 시야에 들어온 것은 두 자루의 검과 이어진 두 가닥의 실이 나를 향해 뻗어오는 것뿐이었다.

"섬, 격!"

식의 융합. 난 섬의 식으로 두 가닥의 실 사이에 한월을 넣은 다음, 격의 식으로 소검과 단검을 비틀어 쳐내었다.

챙!

"큭!"

저 멀리로 날아가 떨어지는 소검. 단검이야 워낙 짧으니 손목을 치지 않는 이상 놓칠 리 없었고, 그래도 내가 노렸던 소검은 날려 보냈으니 임무 완수다. 난 소검을 놓친 영귀의 오른쪽으로 파고들며 어깨로 녀석의 가슴을 들이받았다.

"크억!"

튕겨 나가는 영귀. 내게 맞은 충격으로 암혼습이 풀려 버렸는지 윤곽만이 아닌 완전한 모습을 드러내 놓고 있었다. 나도 투결을 풀어버렸다. 조금 전까진 몰랐는데 이 투결이란 스킬, 체력을 무지하게 잡아 먹는다. 나의 그 많던 체력이 벌써 삼분지 일밖에 남지 않았다.

"크억, 큭! 도, 도대체 어떻게 본 거죠?"

영귀는 도저히 이해하지 못하겠다는 표정으로 물었다.

"내게도 숨겨둔 한 수가 있거든요."

숨겨둔 게 아니라 써먹을 수가 없었던 것이지만 이렇게 말하는 게 멋있게 보일 것 같았다.

"이제 정말 끝이로군요."

"어차피 목숨을 빚졌으니 이걸로 갚는 셈 치죠."

"미안하지만 다시 만나게 되더라도 영귀, 당신은 다시 제 손에 죽게 될 겁니다. 말했죠? 당신을 비상에서 쫓아내 달라는 청부를 받았다고요."

"그러니까 그게 어떻게……."

영귀는 다시 말을 꺼내려 했지만 난 그의 말을 끊어버리며 내가 묻고 싶은 것을 물었다.

"저도 하나 대답해 드렸으니 이거 하나 대답해 주시겠습니까?"

"……."

"분명 도기를 자른 것은 검강이었습니다. 그렇다면 검강을 쓸 수 있다는 것인데 왜 마왕충과 싸울 땐 검강을 쓰지 않았죠?"

이게 순간적으로 든 내 궁금증이다. 검강, 분명히 검강을 쓸 수 있다면 마왕충에게 죽을 걱정은 없다. 근데 그걸 쓰지 않다니…….

"그 대답은 간단합니다. 보셨다시피 제 소검은 짧습니다. 제가 가진 가장 긴 무기가 바로 이 소검이죠. 이 소검에 검강을 덮어씌운다면 마왕충의 껍질은 자를 수 있겠지만 그 안에까지 충격을 전달하기는 힘듭니다. 적어도 한 곳만 열 번 이상을 집중 공격해야 충격을 줄 수 있을 텐데, 제가 가진 내공으로 그건 무리죠. 그리고 전 원래 검강을 쓸 수 있는 경지가 아니라 일종의 편법으로 검강을 쓸 수 있는 것이기에, 최대한 내공을 끌어올려 봤자 10센티미터밖에 그 크기를 증가시킬 수 없습니다. 한 번 쓰면 남는 내공이 없을 만한 검강인데 그렇게 쓰기보단 차라리 육탄전을 택했던 겁니다."

그렇기 때문에 검강을 사용하지 못한 것이구나. 자신을 죽일 사람 앞에서도 주눅 들지 않는 모습에 호감이 갔지만 어쨌든 영귀는 강우 형의 원수. 이런 식으로 만나게 한 운명을 저주해야지.

"이제 정말 끝이군요."

"……."

난 한월을 잡은 손에 힘을 주기 시작했다.

그때였다, 긴 호선 소리가 들려온 것은.

삐이이이!

"응?"

푸드득!

귀청을 울리는 소리와 함께 한 마리 푸른 매가 날아와 내 어깨를 스치며 지나갔다. 부지불식간에 일어난 일이라 미처 대처하지 못한 나는 어깨에 긴 상흔을 남기고 말았다.

"크윽! 뭐지?"

푸른 매는 내 어깨를 스치고 가 공중에서 푸드득거리며 날고 있었는데 그때 영귀의 목소리가 들려왔다.

"쿨럭, 큭. 도저히 대화를 할 만한 상황 같지 않군요. 전 이만 사라지겠습니다."

"자, 잠깐!"

"암혼습!"

사라지는 영귀. 젠장! 이대로 가면 놓치겠다.

"투결!"

난 투결을 외쳤다. 투결이라면 녀석을 볼 수 있을 터. 하지만 재시도 불가. 체력 회복 요망이라는 메시지가 뜰 뿐 투결은 발동되지 않았다.

"젠장!"

다 잡은 걸 놓치다니……

그때 초매가 내게로 다가오며 입을 열었다.

"괜찮으세요?"

"괜찮습니다. 잠시 추적을 해야 할 것 같군요. 저 매를 쫓아가야겠습니다."

"안 돼요! 이런 몸을 하고 어디를 가신단 말이에요."

쩝. 내 몸이 그리 좋은 상태는 아니긴 하지만……

"아무리 사 공자가 강하시다 하더라도 이건 옳은 행동이 아니에요. 우선 쉬세요. 그리고 다시 그분을 만나면 정확한 사정을 들어보세요."

"휴. 알겠습니다, 초 소저. 하하하, 초 소저의 말대로 영귀가 마지막 남은 내공으로 암혼습을 시전해 도망가지 않고 마지막 승부를 걸었다면 저도 위험했을 겁니다. 지금 체력이 바닥이라서."

"정말 죄송해요."

"괜찮아요. 체력이 부족하고 출출하기도 하니 같이 식사나 하러 갈까요?"

난 살짝 웃으며 초매에게 말했다. 이미 놓친 건 놓친 거고 배나 채우러 가야지.

"네! 좋아요!"

아, 아, 활짝 웃는 초매의 모습. 정말 예뻤다. 이런, 이런, 계속 이러다가는 넋 놓고 있을 때가 너무 많아지겠는데?

"네, 가시죠."

푸드득!

그때 갑자기 세 마리의 비조가 날아와 내 어깨에 앉았다. 순간 그 푸른 매인 줄 알고 잔뜩 긴장한 내가 우습게 느껴졌다. 쩝. 근데 이 비조들은 다 뭐지?

"응? 비조들이네."

"미안해요. 잠시만요."

난 비조의 발에 매달린 종이 쪽지를 끌러냈다.

효민아, 어디야? 미팅 좋았다. 상호 녀석, 하필 데려와도 그런 폭탄들을……. 제발 우릴 용서하고 돌아와라. 같이 헌팅이나 하러 가자! ─무진.

효민아, 나 민운데 어디니? 미영이가 집적대는 유저들을 무차별적으로 PK해서 쫓고 있는 중이다. 나랑 미영이면 충분히 상대할 수 있을 것 같지만 그래도 도와줘. 빨리 연락 바란다. ─소룡.

사 아우, 어디 있는가. 로그인하니 아무도 없구먼. 지금 용문객잔에서 주인 어르신과 차를 마시고 있으니 어서 오게나. ─청운.

꾸깃꾸깃. 휙!

"자, 가시죠."

"아, 네, 근데 무슨 내용이었어요?"

"아무 내용도 아닙니다. 신경 쓰지 마세요. 뭘 먹는 게 좋을까요?"

아무 내용도 아니야. 날 버리고 간 녀석들의 뒤치다꺼리를 내가 해 줄 필요는 없잖아? 난 미인과 식사나 하러 갈 테니 잘들 놀아보라고.

나는 초매를 데리고 그렇게 그 곳을 벗어났다.

"룰루랄라!"

"……?"

"핫핫핫! 왠지 기분이 좋아서 말이죠."

초매와 나의 뒤를 따르는 푸우의 표정이 약간 이상해진 것 같았지만 난 신경 쓰지 않았다. 기분이 좋구나. 근데 저 곰탱이의 티꺼운 표정을 뭉개 버려야 하는데…….

◆ 비상(飛翔) 열여덟 번째 날개

월광(月光)

비상(飛翔) 열여덟 번째 날개 월광(月光)

"넌 왜 따라오냐?"

난 내 뒤를 따르는 곰탱이를 보고 말했다.

초매와 식사하고 사냥을 같이 가는 등 즐거운 한때를 보내고 있었는데 다른 애들까지 동원되어 수십의 비조가 날아오는 통에 나는 눈물을 머금으며 별수없이 헤어질 수밖에 없었다. 물론 그 와중에 초매가 묵고 있는 객잔의 이름도 머리 속에 정확히 새겨 넣었고.

그렇게 헤어지려고 하자 푸우가 날 따라왔다. 아까까지만 해도 나보다 초매를 더 잘 따랐기에 그녀를 따라갈 줄 알았던 푸우다. 사실 같이 지낸 지 얼마 되지도 않아 정이 그렇게 깊이 들지도 않았고 어딜 가나 귀찮게 사람들 눈길을 끌며, 거기다가 내게 상당히 반항적이었기에 난 은근히 초매와 같이 가줬으면 하는 마음을 가지고 있었다.

그런데 도대체 왜 날 따라오는 거야? 초매는 그것을 보고 한 번 정한 주인을 배반하지 않는 거라 했지만 그게 말이 될 턱이 있나! 나도 믿어보자, 믿어보자 했지만 저 티꺼운 표정을 볼수록 의심은 커져만 갔다.

"정말 그런 거냐? 날 주인으로 인정한 거냐?"

그릉.

알아듣는 건지 못 알아듣는 건지……. 분명 지금까지 지내면서 본 것으로는 사람 말을 알아듣는 게 분명한데……. 초매의 부탁이라 어떻게 어떻게 애완 동물 시스템에 푸우를 등록하긴 했는데……. 에이, 머리 아프게 생각하지 말자.

"에라, 모르겠다. 이미 애완 동물 등록도 했겠다, 앞으로 잘 해보자."

난 푸우의 앞에 서서 푸우를 바라보며 그렇게 말했다. 그런데 이놈은…….

휙!

날 외면해 버리는 것이었다. 으드득! 참자, 참자.

난 푸우 위로 훌쩍 뛰어올랐다. 오, 내 자가용 부활이다. 푸우의 티꺼운 표정은 내 안중에 없다. 푸핫핫핫!

"가자, 용문객잔으로!"

난 손가락으로 앞을 가리키며 말했지만 푸우는 움직이지 않았다.

"야, 왜 그래? 용문객잔으로 가자니까."

그르릉.

얘가 왜 이러지? 설마 또 반항하는 건가?

"아! 용문객잔을 모르는구나. 자식, 미리 말을 하지. 우선 가자. 내가 방향을 알려주마."

그제야 푸우는 어슬렁어슬렁 움직이기 시작했다. 아, 편하긴 편하다.

"오랜만이군."

투귀였다. 황량하기 짝이 없는 사막. 홍황(紅隍)이라 불리는 사막 골짜기 맵이었다.

홍황은 밤이 없다. 오직 낮뿐이다. 작렬하는 태양으로 식물은커녕 물 한 방울조차 존재하지 않는 곳이 홍황이다. 거기다가 홍황은 거대한 생물체들이 다니는 곳으로 그들 중 벽호(壁虎:도마뱀)가 가장 많은 수를 차지한다.

도저히 인간이 살 수 있는 환경이 아니며 사방이 초고수급의 마물만 있는 곳이라 사람들이 발길을 완전히 끊은 곳이 바로 이 홍황이었다. 그런데 그곳에 투귀가 있었다. 그리고 또 다른 누군가가 투귀와 마주 보고 있었다.

"오랜만입니다."

마주 보고 있던 사내가 투귀의 말에 대답했다. 그는 건장한 신체를 가졌으며 모나지 않고 아주 절묘한 각을 이루는 얼굴 선과 인간의 완성형이라고 해도 될 정도의 훌륭한 근육을 가지고 있었다. 얼굴은 뚜렷하여 강렬한 인상을 주고 있었으며 우수에 찬 눈동자는 한눈에 그가 범상치 않다는 것을 증명해 주고 있었다.

얼굴만으로 봐선 도저히 나이를 짐작하기 어려울 정도의 동안. 허리에는 붉은 수실이 매어 있는 장검이 자리잡고 있었으며 백의로 인해 깨끗한 이미지를 풍기는 사내였다.

"크큭, 언제나 그 모양이군. 그 따위 되지도 않는 경어는 집어치우라고 했을 텐데?"

"언제나 그렇군요. 당신은 내게 요구를 하고 난 거절하고……. 이번에도 같습니다. 제 말투를 고칠 생각은 없습니다."

대체 누가 투귀에게 이런 말을 내뱉을 수 있단 말인가. 제아무리 강하다는 사예도 투귀에겐 이런 말은 하지 못할 것이다. 투귀는 무위를 떠나 그 존재만으로도 사람들의 공포를 사기에 충분한 존재였으니 말이다. 하지만 이 백의의 사내는 그렇지 않았다. 투귀가 퍼뜨려 보내는 살기가 사내의 앞에서는 흔적도 없이 사라져 버린다.

역시 강하다. 자신의 살기를 이렇게 쉽게 무력화시키다니…… 문득 투귀는 자신의 살기에 대항해 예기를 발산해 내던 사예의 얼굴이 떠올랐다.

재미있다. 언제나 생각하는 거지만 앞에 있는 이 사내와 같은 존재가 생긴 것 같아 무한한 즐거움이 느껴진다.

"크크큭, 좋아."

"오늘은 무슨 일입니까. 설마 또다시 비무를 요청하러 오신 것입니까?"

사내는 투귀를 바라보며 물었다. 또? 그렇다면 투귀와 이미 겨룬 적이 있다는 뜻일까?

"솔직히 말하자면 그러고 싶다. 보아하니 많은 발전이 있었던 것 같지만 나 역시 엉뚱한 장소에서 뜻하지 않게 기연을 얻었거든. 이 힘을 사용하고 싶어 미칠 지경이란 말이야."

"소란을 피우지 마십시오."

사내는 또박또박 투귀의 말에 대꾸하였다. 위험한 남자다. 가만히 놓아두면 무슨 일이고 터뜨릴……

"크크큭! 걱정 마라. 지금 내겐 재미있는 '거리'가 생겼거든."

"……?"

사내는 의아해하지 않을 수 없었다. 투귀를 흥분시킬 만큼의 그 무언가? 순식간에 머리 속으로 그 가능성이 담긴 인물들이 죽 지나갔으나 감이 잡히지 않았다. 또한 쉽게 믿겨지지 않았다.

'도대체 무슨 속셈이란 말인가.'

그만큼 투귀를 잘 알고 있는 존재도 드물 것이다. 게임을 시작하는 초반부터 계속되는 악연이었으니……. 그런데 이 남자가 이다지도 흥분하고 있다, 한 존재에게. 의문이다.

"네가 들어도 귀가 솔깃할 거다. 나 역시 전혀 예상치 못했던 인물이거든. 그래도 포섭하려 할 생각은 마라. 절대 네가 생각하는 그런 인물은 아니니까. 굳이 따지자면 오히려 나와 더 비슷하다고 할 수 있지."

투귀는 잠시 웃더니 다시 말을 이었다.

"크크큭! 하지만 또 나와는 다르단 말이야. 신기한 녀석이야. 어디서 갑자기 그런 녀석이 떨어졌는지 의문이 갈 정도로. 어때? 흥미가 생기지 않나, 성자(聖子) 단엽(單葉)? 아니, 얼마 전에 승급했다 들었으니 성군(聖君)이라 해야 하나?"

성자 단엽.

투귀가 한 말의 의미가 가져오는 파동은 대단한 것이다. 비상의 수많은 유저들을 제치고 더 이상 상대가 없다는, 천상천하 유아독존이라는 이름이 걸맞는 천하제일인 성자 단엽. 게임 속 정도를 걷는 모든 이의 희망이자 군주라는 그.

그가 투귀와 마주 보며 서 있는 사내였다.

"기도가 많이 달라지셨군요. 제가 알던 투귀가 아닙니다. 얼마 전까지의 그는 갖지 못한 엄청난 힘, 그것을 그대가 가지고 계시는군요. 과연 당신은 대단한 존재입니다. 그 짧은 시간 동안 이 정도의 힘을 키우다니……."

"크크큭! 크하하하하! 이거 황송할 따름이군. 천하제일인의 입에서 그런 칭찬이 나오다니. 확실히 넌 강해, 예전의 나를 이겼을 정도로. 하지만 내가 항상 그때와 같다는 생각은 버려라. 네가 지금 내 실력을 알아본다고 지껄인 모양인데, 과연 정말 들여다보기나 했나? 아니면 짐작하는 건가. 큭큭큭! 이거 미안하지만 나도 정확히 그 끝을 모르는 힘이라 네 말에 공감해 줄 수 없겠는데?'

사실 그랬다. 투귀는 무섭도록 강해져 있었다. 예전 사예와 만났을 때보다 적어도 두 배 이상은 말이다. 항상 무를 추앙해 오던 투귀에 불사신 버그란 날개까지 달렸으니 어쩌면 이 정도 성장은 당연한 것일지도 몰랐다.

단엽은 순간적으로 긴장할 수밖에 없었다. 투귀의 기도가 예상을 뛰어넘을 정도로 사뭇 강해져 있었던 것이다. 이 정도라면 자신에게도 밀리지 않는다. 아니, 오히려 더욱 강할지도 모른다.

'도대체 어떤 일이 있었기에……'

"크크큭. 네 머리로는 상상이 불가능할 것이다. 편법은 스스로의 캐릭터를 지워서라도 불가하는 너니까. 그 고지식한 머리로 뭘 생각할 수 있겠는가."

"확실히 당신은 강해졌습니다. 그리고 이 정도까지 당신을 강하게 만든 존재가 궁금하군요."

"궁금한가? 그렇다면 내가 말한 존재를 찾아라. 내가 발견한 그 재미있는 존재가 나를 이 정도까지 끌어올려 준 인물이니까. 그의 이름은 사예라고 한다. 내가 말해 줄 것은 이것뿐이고 여기까지 온 것도 단지 이것을 알리기 위해서였다. 이름없는 무사라 얕보지 마라. 아마 그 녀석은 나를 뛰어넘는 성장 속도를 보일 테니."

"……!"

단엽은 놀랐다. 투귀를 뛰어넘는 성장 속도라니! 그것보다도 투귀가 누군가에게 저런 극찬을 내릴 수 있다는 것 자체를 생각해 보지 않아 더욱 놀라웠다.

'사예… 사예……'

몇 번이고 되새기며 그는 자신의 뇌리에 사예라는 이름을 새겨 넣었다.

"크크큭! 다음에 볼 때는 이렇게 물러나지 않는다. 그리고 그때가 네 제삿날이니 목 씻고 기다려라."

투귀는 그 말을 끝으로 뒤로 돌아 걸어갔다. 단엽은 낮게 말했다.

"기대하겠습니다, 투귀. 그리고 사예, 저를 실망시키지 말아주십시오."

오늘따라 유난히 내리쬐는 태양이었다.

이름: 현월광도(玄月光刀)
분류: 무공비급(도법)
등급: 외 2등급
속성: 광(光)
필요 능력치: 힘 250 이상. 외 3등급의 도법 5성 이상 연성.
필요 무기: 도(刀)

이름: 능공천상제(凌空天上梯)

분류: 무공비급(신법)

등급: 외 3등급

속성: 천(天)

필요 능력치: 민첩 200 이상. 일류 신법 5성 이상 연성.

필요 무기: 무(無)

"음……."

낮은 신음이 흘러나온다.

마왕충에게서 나온 두 권의 비급. 그게 이런 것이라니……. 어느 하나 범상한 게 없었다. 현월광도라는 도법은 외 2등급, 절정이라는 희대의 도법이고 능공천상제는 외 3등급, 초일류급의 신법이었다. 현월광도를 얻음으로써 난 이제 도강(刀罡)이라는 극강의 힘을 얻게 되었고 능공천상제로는 느린 발을 보충할 수 있게 되었다.

거기다가 그 구하기 힘들다는 광속성과 천속성임에야……. 실제 내가 이 비급들을 가지고 있다는 소문이 나면 내게서 이 비급을 빼앗기 위해 달려들 사람이 한두 명이 아닐 것이다.

"현월광도라……."

분명 감당하기 힘들 정도로 대단한 도법이리라. 하지만 난 약간 아쉬운 마음이 들었다. 도법은 도제도결만으로도 충분하다.

내 예상으로 도제도결은 성장하는 도법. 이번 승급 퀘스트에서 나온 나머지 속성들을 넣어 합일시킨다면 최하 외 2등급 정도는 될 수 있을 것이다. 그래서인지 도법보다는 새로운 권법이라던가 각법 등등의 여러 무공을 접하고 싶었다.

행복에 겨운 소리라 할지 몰라도 실제 내 소망이 그런 걸 어쩌겠나.

그래도 이왕 나온 것, 만족해야지.

현월광도.

검은 달빛의 도법이란 뜻. 능공천상제야 지금 여기서 수련할 수 없다 하더라도 현월광도는 수련할 수 있지 않을까?

물론 그럴 수는 없다. 침상 하나 있고 탁자 하나에 의자 하나뿐인데도 꽉 차 보이는 방인데 연습을 해 방을 아주 초토화시키라고? 난 거기에 대한 뒷감당을 할 만한 크기의 담을 가지지 못했고, 당연히 연습할 수 없었다.

"에고, 어떻게 하지? 나가서 해볼까?"

요즘 따라 이상하게도 비급이 많이 들어온다. 다른 사람들은 비급을 구경하기조차 힘들다고 하는데 난 나오라는 아이템은 나오지 않고 비급만 나오다니……. 이걸 바로 행복한 투정이라 해야 하나?

밖으로 나갈 결심을 한 나는 얼마 전에 바가지를 쓰며 산 죽립을 머리에 덮어쓰고 밖으로 나갔다.

친구들은 다 자고 있을 거다. 깨워서 데리고 나가면 좋겠지만 예전에 내가 해준 얘기를 듣고는 내게서 신경을 끊은 친구들이다. 너무 잘 나간다나? 새로 얻은 무공을 보여줄 테니 같이 나가자 한다 해서 나갈 위인들이 아니니 그냥 조용히 혼자 나가야 했다.

"아아!"

아름다웠다. 검은 하늘빛에 구름이 떠가고 그 구름 뒤로 쟁반같이 둥근 달이 찬란한 월광을 뿜어내고 있었다. 마치 자신의 분신인 현월광도가 태어남을 축하라도 하듯이.

월궁(月宮) 항아(姮娥)나 전설의 서시(西施)가 제아무리 절색이고 천하의 미녀라 하더라도 이런 자연의 아름다움에 비길 수 있을까. 은근한 달빛은 내 가슴을 적시고 들어와 여운을 남기며 흘러가고 내게 남는 것은 아쉬움뿐이다.

"훗, 이러니 내가 꼭 무슨 시인 같네. 아서라, 내 주제에 무슨 시인이냐."

야경의 아름다운 풍경 아래 난 산을 올랐다. 예전에 봐둔 공터가 있는 곳이다. 멀지도 않고 제법 넓으며 마물도 없다. 또 숲 밖에는 아무것도 없는 곳이라 사람들이 잘 찾지도 않는 조용한 곳이다. 그야말로 무공을 수련하는 데 최적의 장소.

이런 야밤에 산을 타야 한다는 게 약간 귀찮았지만 야경을 뒤로하고 오르는 산행은 또 다른 즐거움을 선사해 주었다.

"다 왔다!"

내 눈앞에 넓은 공터의 모습이 펼쳐졌다. 주변에 나무가 별로 없어 달빛이 그대로 비춰져 따로 불빛이 필요없는 최적의 장소였다.

난 품에서 두 권의 비급을 꺼냈다. 현월광도와 능공천상제. 이 두 비급이 요망하는 필요 치에 내가 해당되는 것은 능력 치밖에 없었지만 애초에 내게 그런 것은 무의미하니까 그다지 상관없었다. 난 두 권의 비급을 읽었다.

"아차, 올라올 때 능공천상제를 사용했었더라면 좋았잖아."

이미 목적지에 도착했으니 늦은 후회만 할 뿐. 하여간에 이 머리는 필요할 때는 돌아가지 않는다니까. 내려갈 때는 써먹어 보리라 생각하며 난 한월을 빼 들고는 현월광도의 배움 모드를 시작했다.

"후우……."

잠시 마음을 가다듬는 사이 내 몸이 스스로 움직이기 시작했다.

빠르지도 느리지도 않고, 조용히 아주 조용히 움직이는 한월. 현월광도의 첫 움직임은 그랬다. 조용하고 유연하게, 마치 은은한 달빛의 그것과도 같이 움직이는 한월. 그러면서도 한 번의 움직임으로 총 여덟 번의 공격을 해가는 그런 공격성까지 띠고 있었다.

"잔월향(殘月響)."

어울리는 이름이었다. 은근한 여운을 남기는 그런 점까지. 그렇게 한 초식이 끝나고 갑자기 신체의 운동량이 급격하게 변했다.

마치 폭격기가 자신이 가진 모든 공격을 퍼붓는 듯 수많은 잔상을 남기며 아래로 베어가는 초식. 빨랐으며 광폭했다. 모든 것을 잘라 버리고 파괴해 버릴 듯한 느낌. 하지만 그와는 대조적으로 그 어떤 소리조차 나지 않았다.

"삭월령(削月零)."

조용히 내려오는 비를 닮은 삭월이라…….

다시 움직임이 변했다. 삭월령의 초식이 끝나고 새로운 초식이 시작된 것이다. 이번에는 지금까지와는 달리 도를 길게 늘어뜨리며 최대한 완만한 곡선을 그렸다. 이건 무슨 초식이지? 도저히 이해가 가지 않는 초식이었다.

"망월막(網月膜)."

초식의 이름을 봐도 전혀 연상되지 않는다. 아니, 초식 이름과 전혀 연관성이 없었다. 그리고 그 다음의 초식들도 다 그랬다. 총 열 개의 초식으로 잔월향, 삭월령은 뛰어났지만 나머지 일곱 개의 초식은 모두 다 어딘가 무엇이 하나 빠진 듯한 느낌. 그리고 마지막 월광무(月光舞)라는 초식은 이름만이 나와 있을 뿐 펼쳐지지 않았다.

"휴우……."

난 모든 초식들을 끝마치고 짧게 한숨을 내쉬었다. 확실히 일초 잔월향과 이초 삭월령은 뛰어나다. 그 두 가지 초식을 제대로 펼친다면 아직 내게는 많이 부담스러운 공격으로 다가올 것 같았다.

"그런데 이 나머지 초식들이……. 혹시?"

불현듯 한 가지 생각이 들었고 난 그리고 난 그 생각을 실행시키기 위해서 전신의 모든 내공을 끌어 모았다.

"흐읍!"

최고조로 달아오른 내공.

"도강(刀罡)."

난 낮게 되뇌었다. 도기와 도강은 일종의 스킬로 치부된다. 난 진기를 움직이는 것을 연습하려고 일부러 도기에 해당하는 시동어를 외치지 않았지만 아직 도강은 그 느낌조차 없는 존재. 시동어를 외침으로써 그 느낌을 익히고 느껴야 한다. 그리고 익숙해져야 한다.

슈우우우우—

전신의 모든 진기가 급속도로 압축되며 한월에 모여들었고 곧 그것은 하나의 형태를 갖추었다. 일 장(3미터) 정도 크기로 한월에서 뻗어나온 묵광(墨光) 도강. 그 속에서 무궁무진하며 폭렬적인 파괴감이 느껴졌다.

"이게 도강인가? 대단하군."

난 신기한 듯 도강을 쳐다보았다. 사실 내가 이런 걸 펼칠 수 있다는 게 너무너무 신기하다. 역시 대단한 게임이야, 이런 경험도 할 수 있게 해주고. 물론 아무나 겪을 수 있는 건 아니지만.

"후후."

난 내공이 급속도로 빠져나가는 것을 느꼈지만 그것은 평소에 펼치던 다른 무공들의 내공과 비교해서 그렇지, 거의 일 갑자에 해당하는

내공이라 아직 여력이 남아 있었다. 난 다시 한 번 배움 모드로 현월광
도를 펼쳤다.

"잔월향! 삭월령!"

일 초, 이 초까지는 별다를 게 없었다. 잔월향은 조금 더 섬세해지고
유연해졌으며 도강으로 인해 파괴력까지 갖추게 변했고, 삭월령은 파
괴력을 최대한으로 이끌어냈다. 그러나 이 두 초식은 각자 그 능력이
증가되었을 뿐 그다지 달라진 점을 느끼지 못했다. 그래도 뛰어난 초
식이다.

"망월막!"

난 망월막을 펼쳤다. 다시 한 번 유연하게 움직이는 한월. 하지만 그
게 끝이 아니었다. 그 뒤로 어느새 검게 변한 도강이 긴 잔영을 뿌리며
한월을 따르고 있었고, 한월이 계속해서 움직임에 따라 그 잔영들도 겹
치고 겹쳐 그물이 되었다가 결국에는 하나의 막이 되어버렸다. 모든
방향을 다 차단해 버리는 강기공의 방어 초식. 이제야 망월막이란 초
식의 이름이 이해가 되었다. 대단해!

그 뒤의 초식들도 강기를 뿜으며 펼치자 그 모습이 완전히 달라졌
다. 초식마다 끊어지던 현상도 강기가 뒤따르자 모두 해결됐으며, 덕
분에 난 마지막 십초식 월광무에 대한 비밀도 풀어낼 수 있었다.

초식들이 각자 뚜렷한 개성을 지니고 있어 서로 이어지지 않는 독립
된 초식으로 여겼으나 도강이 도입되자 서로 보완 기능을 갖추고 연결
되어 하나의 초식, 아니, 하나의 춤을 만들어냈으니 그게 바로 월광무
였다.

밤하늘의 달빛이 나를 비추고 나는 달빛에 몸을 맡긴 채 묵빛의 달
빛을 새로이 만들어내고 있었다. 그렇게 난 정신없이 현월광도의 매력

에 빠져들었다.

월광.

그것은 새로운 기적이었다.

"진짜 괜찮겠냐?"

"그럼, 내가 누구냐."

"그래도 이왕이면 우리 모두 같이 가는 게……."

상호가 나를 보며 걱정스러운 표정을 지었다. 여자가 이런 표정을 지어주면 좋을 테지만 이놈은 남자다. 그리고 난 상대적으로 남자를 싫어한다. 그러므로 이런 표정에 감동은커녕 나가려는 주먹을 애써 잡고 있는 중이었다.

"야야, 넌 다른 녀석들을 키워줘야 하는 사명이 있잖아. 내가 가서 아이템들 많이 주워올 테니 여기서 애들 성장이나 시켜줘라. 그리고 가끔씩 너도 사냥 다니고. 요즘 애들 키워준다고 정작 너는 제대로 사냥도 못하잖냐."

난 상호를 바라보며 말했다. 이놈은 가끔 자기 일도 잊고 산다. 쯧쯧.

"거기다가 못 만나는 것도 아니고 현실에서 만나도 되고, 만나려고만 한다면 언제든지 만날 수 있잖아. 그리고 난 니들 얼굴 좀 그만 봤으면 좋겠다. 거의 매일 보다시피 하는 얼굴 또 봐서 뭐가 좋다고……."

내 말에 상호는 미간을 찌푸리더니 결국 한숨을 쉬며 입을 열었다.

"너랑 얘기하면 내 입만 아프지. 그래, 애들한테는 인사도 안 할 거냐?"

"얌마, 누가 들으면 꼭 내가 너희랑 생이별하는 줄 알겠다. 잠시 고렙 존에 다녀오겠다는데 뭔 말이 그렇게 많냐?"

그렇다. 내게 필요한 속성들을 익히려면 사냥하는 것이 가장 좋다. 보무공은 삼류무공이지만 무공 상생에 관계없이 자신의 무공에 도움을 주는 아주 진귀한 무공이다. 그러다 보니 고급 마물, 저급 마물을 가리지 않고 랜덤식으로 그 모습을 드러냈다.

그런데 내가 왜 고렙 존에 가려는가. 그 이유는 간단하다. 이왕지사 보무공을 얻지 못하더라도 고렙 존에서 떨어지는 아이템들의 값은 상당히 비싸고 그 유용성 또한 뛰어나다. 그러니 꿩 대신 닭이라는 심정에서 고렙 존을 찾으려는 것이다.

내가 찾아가려는 고렙 존은 걸어가면 게임상으로 약 일주일이 걸릴 만큼 멀리 떨어진 곳이라 한 한 달 정도 거기서 보낼 작심을 하고 떠나야 한다. 그걸 이놈은 이렇게나 오버하고 있으니……

"부러워서 그런다, 임마. 누군 죽을 고생을 했어도 아직 네가 가려는 곳에 가기는 힘든데 누군 혼자서 그런 곳에 찾아가려 하다니……. 이 나쁜 놈!"

말투는 상당히 싸가지가 없었지만 진심으로 걱정해 주는 상호의 마음을 알기에 복부에 살짝 주먹을 박아주는 것으로 마무리했다.

"컥, 큭. 그런데… 저, 저거도 데리고 갈 거냐?"

상호가 말하는 저거란 객잔 한구석에서 주변 탁자고 의자고 다 치워놓고 늘어지게 자고 있는 푸우를 가리키는 것이다.

며칠 전 푸우를 데리고 왔을 때 녀석들이 깜짝 놀라던 꼴이라니……. 조금 시간이 지나자 병건이와 여자애들은 푸우를 마음에 들어했지만 상호와 민우는 아직까지 거부감이 있는 모양이었다.

그런데 여자애들이 푸우를 좋아하는 이유가 정말로 이해가 안 간다. 표정이 귀여워서라니……. 저 잘 때조차 싸가지 충전 100퍼센트의 초특급 싸가지 푸우의 티꺼운 얼굴이 뭐가 귀엽다는 건지……. 여자들은 도무지 이해할 수가 없다니까.

"그래야겠지, 애완 동물이니까."

"그래도 위험하지 않을까? 쟨 너나 우리 같은 유저가 아니라 이 세계에서만 존재하는 NPC라고. 죽어버리면 그걸로 끝이란 말이지."

"죽어? 누가? 푸우가?"

갑자기 웃음이 나왔다. 푸우가 죽다니. 기가 차서 말도 안 나온다. 그토록 가득 진기를 실은 주먹을 맞고도 작은 혹 하나로 끝나는 녀석인데 그런 놈이 죽어?

"야야, 웃기지도 않는 소리 그만 해라. 내가 예상하기로는 너와 푸우를 고렙 존에 데려다 놓으면 넌 죽을지 몰라도 푸우 그놈은 오히려 그곳을 제압했으면 했지 죽을 리 없을 거다."

이건 나만의 생각인데 정말 불가능의 힘을 가진 마물이 아니라면 푸우를 이길 수 있는 마물은 존재하지 않을 것이다. 몸빵으로 때우며 몸통 박치기 한 방이면 마왕충의 껍질 안까지 충격이 전달될 수도 있을 것 같다. 징한 놈.

뻥!

"얌마! 일어나!"

난 푸우의 옆구리를 뻥 차면서 소리를 질렀다. 허구한 날 이렇게 잠이나 퍼 자니 미련 곰탱이란 소리를 듣지.

끄응?

상당히 강력하게 찼음에도 불구하고 푸우는 무슨 일 있었냐는 듯이 티꺼운 표정을 뽐내며 휘적휘적 일어났다.

"출발한다, 미련 곰탱아. 그럼 상호야, 나 간다. 친구들한테 잘 말해
둬라."

"어? 자, 잠깐."

"어서 가자!"

크르릉.

상호가 날 불러 세우려 했지만 난 그것을 무시하며 느리게 움직이는
푸우의 풍만한 엉덩이를 다시 한 번 찼고, 푸우는 티꺼운 표정을 더욱
더 심화시키며 발을 놀렸다. 다른 집 곰들은 이만큼은 게으르지 않다
는데 왜 이 곰탱이만 이러는 건지……

그렇게 난 곰탱이를 앞세우고 마을 중심을 향해 갔다. 가는 길엔 애
완 동물 시스템이 생긴 덕분에 예전에 보이지 않던, 동물을 데리고 다
니는 사람들이 많이 있었는데 그래 봐야 강아지나 새, 기껏해야 말 같
은 것을 데리고 다닐 뿐이라 붉은 곰탱이를 데리고 다니는 나는 주목
받을 수밖에 없었다.

"이런 곰탱이가 뭐가 좋다고 이렇게 신기해하는 건지……. 할 줄 아
는 건 먹는 거랑 자는 거, 또 저 티꺼운 표정을 짓는 거밖에 없는데."

크릉!

내 말을 들었는지 푸우가 티꺼운 표정에 사나운 표정까지 더해 날
째려봤지만 내겐 같잖게 보일 뿐이다.

"눈 깔아!"

푸우와 투탁거리며 걸어가던 난 한 객잔 앞에 섰다.

"음, 여긴가?"

"어머, 벌써 도착하셨네요?"

객잔을 바라보고 있자 한 여성이 나오며 아는 척했는데 다름 아닌 초매였다. 산뜻한 녹의를 입고 허리까지 내려오는 머리카락을 뒤로 땋아 내린 그녀는 이른 새벽 햇살이라는 분위기 조성 물체 덕분에 더욱더 아름다워 보였다.

"아, 초 소저."

"제가 늦었나요? 죄송해요."

초매는 미안해하는 표정으로 말했다. 음, 조금 늦긴 했지만 사실대로 말하는 것은 젠틀맨의 도리가 아니지. 사실 나도 방금 도착했고.

"아닙니다. 저도 방금 전에 도착했는걸요. 그보다 준비는 다 하셨나요? 꽤 오래 걸릴 텐데……. 중간에 계속 마을에 들르긴 할 테지만 그래도 여행에선 사전 준비가 가장 중요한 법이죠."

내가 미쳤다고 고렙 존에 혼자가? 그 황량한 곳에? 흐흐흐, 다 초매와 약속이 잡혀 있었단 말이야. 크하하하하!

초매는 순수한 무력만으로도 투귀와 맞먹었으니 충분히 도움이 될테고, 사냥하며 마물들만 계속 보면 눈이 썩을 테니 가끔씩 눈요기로 초매 얼굴 보고 그러면 되는 거지.

"네, 말만 찾으면 준비할 건 다 준비했어요. 근데 어쩌죠? 말이 한 마리뿐이니……. 아무래도 한 마리 더 구입해야겠어요."

"아뇨, 그럴 필요 없어요."

"네? 하지만……."

"저놈이 있잖아요."

난 뒤에 눕듯 퍼질러 앉아 있는 푸우를 눈짓으로 가리키며 말했다. 저놈은 내 자가용이니 말은 필요없지. 정 뭐하면 초매랑 같은 말을 타고 가도 되고. 흠, 사실 후자가 됐으면 좋겠다.

"아, 그러면 되겠군요."

"네, 그러니 어서 출발하죠."

그렇게 나와 초매는 길을 나섰다. 미녀와 함께하는 곳은 설령 지옥일지라도 남자에겐 행복이리니…….

◆ 비상(飛翔) 열아홉 번째 날개
용? 룡(龍)?!

"삭월령!"

도기를 머금은 한월이 수없이 많은 그림자를 만들어내며 아래로 떨어져 내렸다. 조용한 가운데의 일격에 눈앞의 이름 모를 마물들은 핏줄기를 뿌리며 쓰러졌다. 휴, 드디어 다 죽였군.

"하아, 하아."

"사 공자, 괜찮아요?"

"아아, 초매."

등 뒤에서 초매가 나를 걱정스러운 눈초리로 바라보고 있었다.

"걱정 마, 초매. 이 정도쯤은 아무것도 아냐."

어느덧 이곳 사회곡(死喜谷)에 온 지 게임상으로 한 달이 다 되어간다. 그동안 같이 지내며 초매가 편하게 자신을 부르라는 말에 난 초매라 부르기 시작했다. 하지만 어찌 된 건지 초매는 예전 NPC 초매와 다를 게 하나도 없이 그대로 날 사 공자라 불렀다. 그게 편하다나?

난 방금 십수 마리의 마물들을 베어내 기진맥진한 상태다. 지금까진 사냥에서 습득한 협공진 덕분에 쉽게 쉽게 상대했지만 오늘은 그렇지 못했다. 지금의 초매에게 싸우라는 것은 무리지…….

난 초매의 발목에 매어져 있는 천을 보며 말했다.

"그나저나 발목은 괜찮아?"

"네, 괜찮아요. 독도 다 치료됐고 상처도 오늘만 지나면 완전 치료될 거예요."

이틀 전 초매와 나는 뱀들의 습격을 받았다. 사희곡은 아직 완벽한 지도가 구축되지 않은 곳이기에 위험한 곳이 많았고, 다른 마물을 잡아보기 위해 앞으로 나아가던 우리는 뱀들의 서식지에 발을 디뎠던 것이다.

덕분에 뱀이 우릴 적으로 인식하고 떼로 몰려들어 공격을 해왔고 그 와중에 초매는 다리를 물리고 말았다. 이곳의 뱀들은 대부분 극독을 가지고 있어 독을 몰아내는 데 애 먹은 것을 생각하면…… 으!

"그래도 조심해."

"네."

난 그녀에게 그렇게 말하고는 주변을 둘러봤다. 푸우 이놈은 뭘 하는 거야?

우물우물.

크르릉!

저, 저런 엽기적인……!

푸우는 눕듯이 퍼질러 앉아 입 안에 무언가를 가득히 넣고 있었다. 그 무언가는 바로 마물의 머리. 뿐만 아니라 누군가 빼앗아가기라도 할까 싶어 앞발로는 몇 마리의 마물을 껴안고는 잔뜩 경계를 하고 있으니…….

한마디로 '내 밥 노리지 마!' 였다.

"에휴."

마물을 먹는다는 건 알고 있었지만 저렇게까지 식탐(?)이 강할 줄이야. 맨 처음 저 녀석이 마물을 먹는 것을 보고 무언가 가슴속 깊은 곳에서 올라오는 것을 느껴야 했던 걸 생각하면……. 어느 정도 적응이 된 지금도 역겹긴 마찬가지다.

뺑!

"그만 처먹어!"

난 푸우를 뺑 차며 소리를 질렀다. 먹을 땐 개도 안 건드린다지만 이놈은 개가 아니라 곰이다. 차라리 개라면 귀엽기라도 해 안 건드리지, 이놈은 도무지 귀여운 구석이라고는 찾아볼 수가 없으니…….

내 발차기에 푸우가 껴안고 있던 마물들을 놓쳐 마물의 시체는 사라져 버리고 말았다.

쿠어엉!

푸우는 통한의 울부짖음을 토하며 나를 노려봤지만 그런 것에 일일이 상대해 주다가는 몇 날 며칠도 부족할 거다.

등 뒤에서 푸우의 찌르는 듯한 눈초리가 느껴졌지만 살짝 무시해 주고는 떨어진 아이템이 뭐 없나 하는 확인 차원에서 마물들의 시체가 떨어진 곳으로 갔다.

"음. 뭐, 별로 떨어진 건 없네. 응? 이건 뭐지?"

쓸 만한 게 없어 실망하는 마음을 감추지 못하고 있는데, 그때 흰 두루마기가 내 눈에 들어왔다.

"초매, 이건 뭘까?"

난 초매에게 그 두루마기를 보여줬다. 무위 면에서는 내가 그녀보다 강할 테지만 경험이라든가 그런 면에선 부족했다. 예전 현마의 숲을 통과할 때 경험을 많이 쌓았다고는 하지만 이런 실상적인 면에서는 달리는 것이 사실이다.

그에 비해 초매는 무림에서 신녀라 불리우는 경험 많은 여고수. 나와는 비교도 되지 않는 견식을 소유한 사람이 바로 초매다.

"이건 지도 같은데요?"

"지도?"

"네, 지도요. 보물이나 특정 지역을 가르쳐 주는 지도 말예요."

지도라……. 그럼 이 지도가 가리키는 곳에는 뭔가 있다는 건가? 크흑, 갑자기 지도 하니까 서백 형이 준 지도 때문에 고생했던 아픈 기억이 떠오르는구나.

"가볼까?"

"네, 보니까 여기서 얼마 먼 곳도 아니네요. 어차피 할 일도 없으니 한번 가봐요."

초매가 가자는데 가야지.

"야, 미련 곰탱이! 이리 와!"

푸우는 좀 전에 일을 마음에 두고 있는지 티꺼운 표정을 극대화시키며 오려 하지 않았지만 내가 한월을 뽑을 태세를 취하자 조심스레 다가왔다. 처음부터 그럴 것이지 꼭 위협하게 만든다니까.

난 손으로 초매의 허리를 잡아 푸우의 등에 올려주었다.

"어머!"

"아무리 게임이라도 걷지 않으면 더 빨리 회복될 테니까 완치될 때까진 걸을 생각도 하지 마."

그녀는 내 돌발적 행동에 약간 놀랐지만 내 말을 듣고는 푸근한 미소를 지었다.

"네, 그럴게요."

"좋아. 그럼 이 지도가 가리키는 곳이나 찾아보자고."

그렇게 길을 나선 난 때때로 푸우를 갈구며 걸어가 문득 생각나는 것이 있어 초매에게 말을 걸었다.

"근데 이 지도 어떻게 보는 거지?"

지도는 내가 애용하던 화살표 지도가 아니라 좌표 지도였기에 자신 있게 걸어가던 내 발걸음을 멈추기에 충분했다. 아, 기껏 폼 잡다가 이게 웬 망신이냐.

"푸훗! 제가 지도를 보고 길을 안내할게요."

"쩝. 별수없군. 부탁해, 초매."

아, 남자 체면에 망신, 대망신. 근데 푸우의 티꺼운 표정이 마치 나를 비웃는 듯 살짝 올라가 보이는 것은 나만의 착각일까?

"얼마 정도 남았어?"

"거의 다 왔어요."

나와 초매─푸우는 생략이다. 칸이 아깝다─는 지도에 나와 있는 곳으로 이동했다. 그런데 이상한 것은 몇 발자국 옮기지 않아도 물 쏟아지듯 쏟아지는 마물들이 예전 현마의 숲을 지나 죽음의 절벽 때처럼 단 한 마리도 보이지 않는다는 것이다. 이게 어떻게 된 거지?

"조금 이상하지 않아? 마물들이 한 마리도 보이지 않다니……."

"네. 주변에 뭔가 있는 걸까요?"

"글쎄……."

이상한 생각이 들었지만 우리는 계속 지도가 가리키는 곳으로 향했다. 푸우도 간간이 나오던 자신의 간식거리(?)가 나오지 않자 지금껏 보여주지 않았던 극에 달한 티꺼운 표정을 마음껏 분출하고 있었다.

일촉즉발의 상황이다. 정말 위험하다. 저러다가 초매를 태운 채 먹이를 찾으러 간다고 뛰쳐나갈 수도 있다. 저놈 나가는 거야 환영할 일이지만 초매를 태우고? 죽일 놈.

"아, 이곳인가 봐요."

"그래?"

우리가 도착한 곳은 거대한 폭포와 그 폭포가 이어지는 거대한 호수였다. 물결이 햇살에 비쳐 아름다운 광경을 자아냈고 마치 하늘과 이어질 듯한 폭포는 장대함과 함께 '저 밑에 들어가서 한 대 맞으면 죽겠다'라는 생각도 떠올리게 했다. 으, 괜히 생각했다. 산산이 부서져 죽는 상상이라니… 오한이…….

"장관이군."

"네, 너무 아름다워요."

초매와 내가 폭포호수(?)의 아름다운 광경에 빠져 있을 때 푸우가 갑자기 이상 반응을 일으켰다.

크르릉! 쿠어어엉!

"윽! 시끄러, 임마!"

귀청이 떨어질 것 같은 소리에 푸우에게 잔뜩 신경질을 냈지만 푸우는 그칠 생각을 하지 않고 호수 쪽을 바라보며 잔뜩 긴장하기 시작했다. 이놈 왜 이러는 거야?

"얘, 왜 이러지?"

"뭔가 있는 것 같아요."

초매도 긴장한 듯 호수를 바라보고 있었다. 역시 이런 감각 쪽으로는 초매가 더 발달돼 있었다.

그때 갑자기 내 배낭 인벤토리에서 빛이 뿜어져 나왔다.

"억! 이건 뭐지?"

뭐야, 뭐야? 도대체 갑자기 왜들 이러는 거야?

미처 정신을 차리지도 못하는 사이, 잔잔하던 호수에 파문이 생겼고 그 파문은 더욱 큰 파문을 만들어냈으며, 파동의 원칙에 따라 그 범위는 점점 더 커져 갔다.

그리고 마침내 호수의 중앙에서 긴 괴성과 함께 믿을 수 없는 것이 모습을 드러냈다.

캬오오오오!

"헉!"

"꺅!"

크르릉! 쿠어어어어어어엉!

"얌마, 네가 안 그래도 충분히 시끄러워!"

난 긴장을 풀어보고자 옆에 있는 푸우에게 그렇게 말했지만 푸우는 잔뜩 긴장한 탓인지 나를 쳐다보지도 않았다.

"젠장, 뭐 저런 게 나오는 거야?"

크르릉!

우리 앞에 모습을 드러낸 그것은 거대하다고밖에 할 수 없는 용(龍)이었다.

"요, 용?"

[틀렸다, 인간. 난 아직 용의 반열에 오르지 못한 천년이무기다.]

"흐억!"

용대가리가 말을 한다! 용이 말한다는 것은 들어봤지만 저 용대가리에서 진짜 말이 나오니 너무 신기하다.

[인간, 너무 흥분하지 마라. 너희에게 해를 입힐 생각은 없다.]

그걸 믿으라고?

자신을 천년이무기라 소개한 용? 뱀? 하여간 그놈은 호수에서 머리부터 몸통 쪽 일부분만을 밖으로 드러내 놓은 채 위압감을 뿜고 있었다. 그 모습을 보니 싸우기도 전에 전의가 상실되었다. 젠장, 상대가 너무 강해!

"초매, 괜찮아?"

"네, 네. 괘, 괜찮아요."

초매도 역시 놀랐는지 잔뜩 떨며 대답했다. 그리고 푸우는 잔뜩 경계한 채로 천년이무기를 바라보고 있었다.

크르릉!

[미물 주제에 건방지다!]

파앗!

크렁!

저, 저 곰탱이가 눈빛 하나에 나가떨어지다니……. 확실히 상대는 우리로는 도저히 상대가 되지 않는 존재다. 최고위급 마물은 예전 랭킹 10위 안의 모든 랭커들이 달려들어도 상대가 되지 못하는데, 전설의 용이라면 그건 애초에 이야기가 되지 않는다. 하지만 물러설 수도 없는 상황.

난 용이 나타난 순간부터 도갑에서 스스로 한기와 예기를 뿌리며 기다리고 있는 한월을 뽑았다.

스르릉!

손에 착 감겨오는 차가운 한월의 도첩. 한월의 도첩을 쥐자 마음도 안정되는 것 같았다.

"연, 유, 유도(柔道), 쾌, 예, 강, 방(防)."

난 시동어를 외어 내가 가진 모든 자결의 진기를 깨웠다. 유도는 유연지도의 진기를 깨우는 시동어로 유 자를 넣어 아무 말이나 이어보다 간신히 찾은 것이었다. 그리고 방은 사회곡에 도착하기 전 들린 마을에서 운 좋게도 방목도(防木刀)라는 도법을 찾아내 익히다 덕분에 익히게 된 자결이었다.

쿠어어어엉!

내가 모든 진기를 깨우고 마침 폭기를 준비하려는 순간, 괴성이 들리며 푸우가 일어섰고 차차 그 모습을 변화시키기 시작했다. 저, 저놈이 저런 것도 할 줄 알았나?!

본래의 검은 눈동자가 아닌 살기를 띤 혈안(血眼). 그 어느 보검, 보도보다 날카로워 보이는 길어진 이빨. 혈광이 섞여 괴기스러움을 자아내는 붉은 털. 땅을 파고드는, 곤두서 있는 발톱과 전신에서 뿜어내는 무서운 살기⋯⋯. 푸우가 저렇게 변하다니⋯⋯.

"멋있잖아!"

"⋯⋯."

[⋯⋯.]

난 나도 모르게 속마음을 말해 버렸고 그 말은 그리 크지는 않았지만 초매와 용대가리가 듣기엔 충분했다. 아, 망신. 또 망신.

크어어엉!

푸우는 살기를 용대가리에게로 향했고 나 역시 조금 전의 멍청한 모습을 지우고 진기를 전신으로 돌리기 시작했다.

"폭기!"

내가 가진 모든 진기가 잠시 그 흐름을 멈추고 극도로 압축되었다가 스프링이 터지듯 다시 급격하게 흐르는 진기는 내게 거대한 힘을 안겨 주었다.

그러고 있을 때 푸우가 내 곁으로 다가왔다. 난 푸우를 쳐다봤지만 푸우는 아무 소리 없이 천년이무기를 바라보았다.

"좋아, 푸우. 한번 가보자!"

어떻게 공격을 해야 먹히지? 보통의 공격으로는 먹히지 않을 상대다. 그때 용대가리가 말―아무리 봐도 신기해―을 했다.

[인간, 난 너희에게 피해를 입힐 생각이 없다.]

"그럼 푸우를 날려 버린 건 뭐지?"

[하찮은 미물이 감히 내게 이빨을 들이대기에 훈계를 내린 것뿐이다.]

하찮은 미물? 푸우가? 음, 맞는 말이긴 해.

"미물들에겐 마음대로 공격을 해도 괜찮은가?"

[버릇없는 미물이라면 충분히 그 버릇을 고쳐 줄 필요가 있다.]

음, 할 말 없군. 저쪽도 공격할 마음은 없는 것 같으니 뻘쭘하지만 여기서 끝내는 게 좋겠지?

"그렇다고는 해도 갑자기 모습을 드러내어 위압감을 주며 상대를 핍박하는 것은 옳지 않다고 봅니다."

[그렇군. 그건 생각하지 못했다. 사과한다, 인간이여.]

다행히 싹수머리가 있는 용이었다. 오랜 시간 동안 수련을 했으니 그 정도 평정심은 당연한 건가?

"저도 무례하게 군 것 죄송합니다. 야, 푸우. 너도 그만 화 풀어."

크르릉!

푸우는 변한 상태에서도 상당히 티꺼운 표정을 지었지만 눈앞의 이 무기가 감당 못할 생명체라는 것을 아는지 딴소리는 하지 않았다.

사실 저 용대가리가 우릴 공격한다면 변변찮은 반격도 하지 못하고 쾌할 확률이 거의 96.4253퍼센트이다. 나머지 3.5747퍼센트는 최대한으로 도망가면 그나마 팔 잘리고 다리 잘리고 해서 목숨만 부지할 확률이다.

"저희에게 무슨 볼일이신가요?"

[내 영역에 침범한 것은 그대들이 아닌가.]

음, 그것도 그렇군. 그래도 이 전체가 저 용가리 거라고 해서 좀 지나가면 안 된다는 법은 없잖아.

[그리고 난 그대에게 볼일이 있다. 아니, 정확히 말해선 그대가 가지고 있는 것에지.]

"내가 가지고 있는 것?"

이젠 용가리가 강도 짓까지 하려고? 내 아이템을 뺏어가려고 하다니! 는 아니겠지?

그리고 보니 배낭 인벤토리가 빛나던데…… 열어볼까?

"용가리님, 잠깐만 기다려 봐요."

[용가리?]

"아아… 그런 게 있어요. 어쨌든 잠깐만요."

난 배낭을 뒤져 보려고 배낭을 끄른 뒤 뒤를 돌아봤는데 그곳에는 새하얗게 질린 초매가 있었다.

"초매, 왜 그래? 괜찮아?"

"저, 전……."

"전?"

"전 파충류가 싫어요!"

띠잉!

파, 파충류? 확실히 저 용가리는 파충류의 모습이었다. 장엄한 기운을 뿜기는 하나 아직 용이 아니라 그런지 머리에 뿔도 없고, 또 미끈미끈해 보이는 몸통이랑 연관시켜 보면 아주아주 커다란 뱀 같아 보인다. 그런데 갑자기 파충류가 싫다니…….

"그럼 지금까지 어떻게 온 거야? 저번의 마왕충도 그렇고, 뱀도 그렇고."

"원한다면 어떤 물체는 카툰으로 보이게 할 수 있어요. 전 파충류를 그 물체로 정해놨는데 저 이무기는 카툰으로 안 보여요."

초매는 겁에 질린 채 그렇게 말했다. 햐! 항상 깔끔한 이미지를 주던 초매에게 이런 부분이 있을 줄이야……. 그건 그렇고 그런 시스템도 있었군. 투귀를 카툰으로 잡아두면 무섭지 않을까?

"아… 하하하하하."

난 용가리를 쳐다보며 상황을 돌리기 위해 웃음을 지었는데 그게 상당히 어색했다. 그래도 용가리는 무표정(?)을 지으며 가만히 내려다보고 있었다. 인벤토리나 뒤져 보자.

과연 인벤토리를 열어보니 무언가 빛나고 있었는데, 그건 바로 중도가 변한 구슬을 담은 목곽이었다.

"이게 왜?"

목곽을 열어보니 검은색이던 구슬이 여러 색으로 계속 변하며 빛을 뿜고 있었는데, 그 색들이 하나하나 상당히 아름다워 팔면 돈 좀 될 것 같았다.

"이게 볼일있으신 물건인가요?"

난 주먹만한 묵직한 구슬을 꺼내어 용가리에게 보여주며 말했다.

[그렇다. 그대는 나에게 그걸 양보할 생각이 없는가?]

음, 이게 찾는 것이 맞군. 근데 이런 색깔을 계속 띠고 있다면 값이야 상당히 나갈 테지만 용이 돈이 있어서 뭐 하게?

"어따 쓰시게요?"

[그대가 믿을 줄 모르겠지만 그것은 여의주다.]

"네?!"

나와 초매는 너무 놀란 나머지 크게 소리를 지르고 말았다. 이게 여의주라고?

[정확히 말해서 아주 오래전 한 이무기가 승천을 위해 만들던 여의주다. 하지만 그 이무기는 도를 쌓던 중 심마가 들어 악룡이 되어버렸고 그 여의주는 버려지게 된 것이다.]

"하아……."

이게 그렇게 대단한 물건이었어? 난 새삼스러운 눈초리로 구슬, 아니, 여의주를 쳐다보았다.

[그렇다고는 해도 그 여의주에 무슨 능력이 있는 것은 아니다. 다만 나 같은 도는 쌓되 승천을 하지 못한 이무기들에게 승천을 위한 촉매가 되곤 하지.]

"하지만 얼마 전까지만 해도 이건 도(刀)였는데요?"

[누군가 그 여의주를 입수했지만 그것의 용도를 몰라 녹여 도로 만들었겠지. 한 번 녹았던 여의주는 그보다 더 쉽게 녹았을 터이고.]

엥? 그럼 여의주가 녹기도 해?

"여의주가 녹기도 해요?"

[그 여의주는 완벽한 여의주가 아니다. 그래서 화마(火魔)의 힘을 빌리면 못 녹일 것도 없지. 화마는 우리가 용으로 승천하는 것을 방해할 수 있으니 쉽게 부탁을 들어줬을 것이고.]

이제 어느 정도 궁금증이 풀렸다. 그럼 이제 계약을 해야겠지?

"뭘 주실 겁니까?"

"사 공자?"

[뭐?]

내 말에 용과 초매가 황당하다는 듯이 되물었다. 자신의 말 한마디면 그걸로 끝인 줄 알았겠지. 그러나 공과 사는 확실히 구분해야 하는 법. 주는 게 있음 받는 것도 있어야지!

"곧 용이 되어 승천하실 분께서 쩨쩨하게 그냥 주는 것만 받으려는 건 아니시겠죠?"

난 교묘히 말을 비꼬아 받고 도망가면 쩨쩨하고 나쁜 놈이라는 공식을 만들었다.

[내 천 년 생에 족히 수백의 인간은 만나보았다고 생각한다. 그런데 그대와 같은 인간은 처음이구나. 좋다, 원하는 것이 무엇이냐.]

용가리는 나를 보며 그렇게 말했다. 음, 저번에 상호가 말해 준 방법을 써볼까나?

"초보 장사는 역시 '그것' 만 한 게 없어. 어디서든 그렇게만 하면 다 되니까 말이야. 너도 아직은 초보니까 장사할 때 꼭 이렇게 하도록 해. 알았냐?"

이러면 되려나?

난 상호가 가르쳐 준 방법을 떠올리며 용가리에게 크게 외쳤다.

"제시!"

◆ 비상(飛翔) 스무 번째 날개

용가리와의 거래

"제시!"

[…….]

"……."

내 말에 초매와 용가리는 황당하다는 듯 침묵을 지켰다.

내가 뭘 잘못했나?

난 옆에 있는 푸우를 봤는데, 티꺼운 표정 가운데 당연히 그래야 한다는 표정이 살짝 섞여 있었다. 아아, 미련 곰탱이에서 푸우가 벗어나려고 하는 건가……. 역시 상호가 내게 그런 말을 해줄 때 옆에서 같이 들은 값을 하는구나.

"뭘 봅니까? 제시하라고요."

[내 평생에, 아니, 내가 승천하더라도 절대 그대와 같은 인물은 만나지 못할 것 같군.]

그럼, 나만한 인물을 어디 만나기 쉬운가? 다시 한 번 푸우의 표정을 보니 이번엔······.

'택도 없는 소리!' 라는 표정을 짓고 있었다. 이 당연한 이치를 부정하다니······. 역시 넌 미련 곰탱이야!

난 진기를 살짝 실은 주먹으로 푸우의 뒤통수를 노렸다. 미련 곰탱이에겐 매가 약이지.

휙!

"어쭈? 피해?"

크르릉!

푸우는 변신을 하고 나니 신체 능력까지 상승했는지 내가 날린 주먹을 살짝 피하고 오히려 내게 이빨을 내밀었다.

"이제 변신하고 나니까 뵈는 게 없나? 이젠 주인도 물로 본다 이거지?"

크릉!

외면해 버리는 푸우. 이 자식이!

내가 푸우의 주인 공경적이지 않고 주인 공격적인 불초한 행동에 제재를 내리려 마음먹고 직접 움직이려 할 때 용가리가 말했다.

[크음, 좋아. 그럼 내 비늘을 주겠다. 갑옷을 만들면 굉장한 방어구가 될 것이다.]

상당히 매력적인 요구였다. 천년이무기의 비늘이 설마 보통 비늘과 같겠는가? 하지만 방어구는 현재 내가 입고 있는 묵룡갑만으로도 충분하고 상호가 두 번은 거절하라고 했으니 이번 거래는 땡이다.

"싫습니다. 전 이 묵룡갑만으로도 충분합니다."

"······!"

초매는 내 대답에 놀랐다. 오늘 초매가 많이 놀라네.

[좋다. 그럼 그대의 문제점을 하나 해결해 주겠다.]

"문제점?"

[그렇다. 그대는 지금 심히 위태로운 상태다. 그대가 몸속에 저장하고 있는 내공은 현재 무속성의 내공이다.]

애초에 도제도결의 내공은 상태적인 속성만 가지고 있을 뿐 속성이라 할 만한 것은 가지고 있지 않으니 무속성이 맞겠지.

"그게 왜 위태롭습니까?"

[무속성이란 말은 곧 어느 속성에도 잘 물들 수 있다는 말이다. 무속성 본연의 힘은 위태롭지 않으나 그대의 내공은 완전한 무속성이 아닌 잡스러운 무언가가 섞여 있구나. 지금은 무속성의 내공이 강력하여 그 무언가가 힘을 발휘하지 못하지만 만약 무속성의 내공이 다른 내공으로 변하게 된다면 섞여 있는 다른 내공과 마찰을 일으켜 그대는 살아남기 힘들 것이다. 그걸 내가 바꿔주겠다. 그대의 본신진기를 뺀 나머지 잡스러운 내공을 다 빼내어 그대의 무속성의 내공을 용연지기(龍練之氣)로 바꾸어주마.]

내가 가진 내공에 그런 점이 있었다니……. 그런데 용연지기? 그건 뭐지?

난 잠깐 궁금한 표정을 지었을 뿐이지만 용가리는 다 이해한다는 듯 설명을 계속했다.

[용연지기란 용이 되지 못한 이무기가 도를 쌓으며 천지간의 기운을 받아들인 것이다. 나의 용연지기를 그대에게 직접 전달해 주지는 못하지만 그대의 무속성 내공이라면 내가 가진 용연지기에 쉽게 물들 수 있을 것이다. 그리고 용연지기를 흡수한 그대는 어떤 내공을 쌓아도

용연지기의 강력한 힘에 정화되어 그 내공도 용연지기로 탈바꿈될 것이다. 어떤가? 이 정도라면 충분하다고 본다.]

호, 그런 좋은 것이……. 용의 기라면 보통 내공과는 비교도 되지 않을 거잖아. 대단하군. 그럼 어떡하지? 승낙할까? 아니야, 그래도 두 번은 거절하라고 상호가 그랬잖아. 근데 그러다가 저 용가리가 무력 행사로 일을 하려 한다면? 에라, 이쯤에서 타협하자.

"그러죠. 그것이라면 저도 만족합니다."

[고맙다, 인간이여. 그리고 내 성의의 뜻에서 너희 둘의 갑옷을 만들 수 있는 비늘도 함께 주겠다.]

오! 이런, 땡 잡았다! 역시 사람은 눈치껏 살아야 해.

"감사합니다. 그럼 이제 어떻게 하죠?"

내 말은 용연지기를 받으려면 어떻게 해야 하는지 물어보는 거다.

[그대가 여기, 용소(龍沼)에 들어와 하룻밤을 지내며 나의 용연지기를 느끼면 된다.]

호수 속에서? 하루 동안이나? 날 죽이려고 작정했나?

[걱정 마라, 나의 힘으로 물속에서도 평소와 같이 지낼 수 있으니. 그리고 용연지기를 잘 받아들이려면 운기조식으로 꼬박 하루를 보내야 할 테니 지겨운 생각도 들지 않을 것이다.]

음, 신기하군. 역시 천년이무기라 뭔가 다른 건가? 난 용가리를 따라 들어가기 전 초매에게 다가갔다.

"초매, 하루만 기다려 주지 않겠어?"

"네, 사 공자. 조심히 다녀오세요. 푸우와 여기서 기다릴게요."

초매는 걱정스런 표정을 지었다. 괜찮아, 괜찮아. 죽으러 가는 것도 아니고 뭐 받으러 가는 건데…….

"어이, 푸우. 초매를 잘 지켜라? 알겠냐?"

크르릉!

저게 또 씹었어. 진짜 날 잡아 곰 발바닥 요리를 해먹어야 하는데……

"그럼, 이제 들어가죠."

[좋다, 인간이여. 마음을 편히 가져라.]

잠시 기다리자 내 주위로 황금색 구가 생기더니 나를 감싸 안았다. 와, 너무 신기하다.

[인간이여, 호수의 중간으로 걸어오라.]

빠지지 않을까?

난 조심스레 발을 호수로 내려놓았으나 빠지지 않고 마치 땅을 걷는 듯이 떠 있었다.

"호오!"

난 짧은 탄성을 날리며 호수의 중간으로 걸어갔고 직접 바로 아래에서 용가리를 볼 수 있었다. 머리가 안 보여. 몸밖에 안 보여. 젠장, 더럽게 크네.

[그럼 들어간다.]

"네."

나를 둘러싼 금빛 구는 서서히 가라앉기 시작했다.

"어? 어?"

[놀라지 마라, 인간이여.]

음, 대단해. 대단해.

"아, 상쾌하다!"

하룻밤 만에 보는 바깥 세상이니 그럴 만도 하지. 예전에는 일 년 동안 동굴에 갇혀 있었지만……

난 지금 풍만한 진기의 흐름을 느낄 수 있다. 비록 무언가와 섞여 버린 내공을 다 버려서 지금 남은 내공은 20년 정도밖에 안 되어 예전보다 많은 힘을 낼 순 없지만 내공이야 다시 쌓으면 되는 거고 지금 난 이 내공의 느낌에 만족하고 있다.

"사 공자!"

"아, 초매."

저쪽 편에서 초매가 달려오는 것이 눈에 띄었다. 그리고 그 뒤로 어슬렁어슬렁 걸어오는 곰탱이도. 원상태로 돌아와 있군.

겨우 하루 만에 만나는 건데 왜 이렇게 반갑다냐.

"괜찮으세요?"

"아아, 그럼 괜찮지."

오히려 힘이 넘쳐서 탈인데. 난 초매를 향해 살짝 미소 지어주고는 배 쪽의 줄을 풀었다. 아, 무겁다.

텅!

"아, 무거워 죽는 줄 알았네. 천년이무기라면 좀 더 그럴듯한 방법으로 줘야 하는 거 아냐? 이게 뭐야, 매고 나가라니……."

내가 등 쪽에 매달고 있던 것은 이무기의 비늘. 그놈의 용가리가 용연지기를 전수해 주고 나서 비늘을 뚝 떼주더니 들고 나가라는 것 아니겠는가. 크기에 비해 가벼운 것은 사실이지만 그 크기가 크기이다 보니 무겁지 않을 수 없었다.

이건 두 명분의 비늘이 아니야! 적어도 열 명분은 만들 수 있겠다. 씁!

"그게 천년이무기의 비늘이에요?"

"아마도. 비늘을 직접 떼내는 것을 봤으니……."

난 신기한 듯이 비늘을 쳐다보고 있는 초매를 보며 옅은 미소를 지었다. 음, 저런 모습도 귀여워.

"초매, 이만 돌아가자. 사냥도 할 만큼 했고, 또 이 비늘도 갑옷으로 만들어달라고 해야지."

그 말에 초매는 날 바라보더니 싱긋 웃으며 대답했다.

"네!"

아으, 귀여워라.

"그런데 그전에 이 비늘을 어떻게든 감춰야 할 텐데……. 이걸 사람들에게 그대로 다 보이면 도둑님들께서 꼬일 수 있단 말이야."

"그렇군요. 인벤토리에 넣을 수 있는 크기도 아니고……."

"흠."

나와 초매는 잠시 생각을 했다. 이걸 어쩌지? 이대로 매고 갈 수는 없잖아. 솔직히 도둑놈들이야 내 능력을 믿기에 꼬이는 것이 귀찮을 뿐이지 그다지 걱정이 되지는 않는다. 다만 이걸 매고 다니면 무겁고, 폼이 나지 않는단 말이야!

"그냥 푸우 등에 매달고 천으로 덮어씌울까? 그 위에 올라타고 가면 되잖아. 안장으로 밑에 비늘을 깔아놓았다 말하고."

크르릉!!

내 절충안에 푸우는 심각한 반항의 기색을 보였지만 반항을 하든 말든 내가 결정하면 하는 거지 제가 뭐 어쩌려고.

"하지만… 푸우가 너무 무거워하지 않을까요?"

"괜찮아, 괜찮아. 원래 저놈은 자가용 아니면 짐꾼으로 쓸 생각으로 데려온 거니까. 좋아, 결정했어. 푸우야~ 이리 오렴!"

나의 간드러지는 말에 초매는 살짝 황당하다는 표정을 지었지만 애써 무시하고 푸우에게 계속 손짓을 했다.

쿠엉?

저, 저놈이!

푸우는 내가 하는 말을 듣고는 어디서 개가 짓나 하는 제스처를 취했다. 앞발을 이마에 세워 대고 주변을 훑어보는 듯한 포즈. 저게 죽으려고 용쓰나?

"당장 안 와!"

쿠어엉?

눈을 감고 앞발로 귀를 막은 채 못 들었다는 제스처. 그러면서도 혀는 입을 빠져나와 꼭 날 놀리는 것 같았다. 그리고 저 티꺼운 표정. 죽었어!

"너 잡히면 죽었어!"

난 그대로 녀석에게로 뛰어갔다. 저게 주인을 물로 봐.

크르릉!

내가 쫓아가자 냅다 도망가는 푸우.

"오! 그래, 해보겠다 이거지? 이 자식! 거기 서! 잡히면 죽었어!"

크르릉!

그렇게 한동안 쫓고 쫓기는 상황이 연출되었다.

"잡았다!"

크르릉!

난 푸우를 잡고야 말았다, 원주미보와 능공천상제의 경공을 사용해서. 능공천상제는 5성 이상으로 익힌다면 허공을 격하고 달릴 수 있다. 그렇다고 허공답보니 하는 건 아니지만 허공을 격함으로써 허공에서 방향을 바꿀 수도 있고, 또 그 속도 또한 매우 빠른 경공이다. 거기다가 12성 대성을 한다면 한 번에 총 여섯 번 허공을 격할 수 있으니 공중전에서 밀리지는 않을 것이다.

지금 내 성취는 2성. 이리저리 뛰어다니지 않고 푸우만 타고 다녀서인지 2성밖에 올리지 못했지만 능공천상제로 순간적으로 녀석과의 거리를 줄이고 원주미보로 은근슬쩍 녀석에게로 다가가서 잡을 수 있었다.

"이게 도망을 쳐? 어디, 죽어! 죽어!"

픽! 픽! 픽!

쿠어엉!

난 손발을 다 놀려서 푸우를 패기 시작했다. 그러자 푸우는 맞는 것이 억울한지 이빨을 세우고 그 거대한 발을 놀려서 내게 반항하기 시작했다. 그렇게 한동안 푸우와 이리저리 뒹굴며 싸웠다.

"그만 하세요!"

"응?"

쿠엉?

초매의 고함 소리에 나와 곰탱이는 싸움을 멈추고 그녀를 바라보았다.

"도대체 뭐 하시는 거예요! 어린애도 아니고 매일 싸우기만 하고!"

난 그녀를 보다가 옆에서 티꺼운 표정으로 어리둥절하고 있는 푸우의 얼굴을 보고는 한 방 날리면 좋겠다는 생각이 들었지만 화를 내는 초매를 보니 그럴 수는 없었다.

"하… 하하하. 싸우다니… 무슨. 아냐, 아냐, 그냥 귀.여.운. 푸우를 어루만져 줄 뿐이었다고."

내가 그렇게 말하면서 푸우의 머리를 쓰다듬자 초매의 얼굴이 좀 풀어졌다. 하지만 옆에서 푸우는 지금 뭐 하는 짓거리냐는 듯이 티꺼운 표정으로 날 쳐다보았다.

"야, 조용히 가자. 초매한테 잘못 걸리면 너나 나나 좋을 것 없다."

크르릉.

난 푸우에게 그렇게 속삭였고 푸우는 아직 뭔가 마음에 들지 않은 듯했지만 별수없이 따를 수밖에 없었다.

푸우는 자신의 등을 내놓을 수밖에 없었고 난 그 위에 잠자리에 들 때 밑에 깔아두었던 큰 천으로 감싼 비늘을 얹어 줄로 매었다.

"이제 다 됐지?"

"네."

"그럼 출발하자고."

크르릉.

사희곡에 오는 데 일주일이 걸렸다. 보통 사람들이 도착하는 시간이 걸린 것이다. 하지만 더 빨리 올 수도 있었다.

푸우는 빠르다. 매우 빠르다. 순간적인 속도는 내가 더 빠르지만 지구력과 가속도를 보면 푸우가 확실히 빠르다. 그리고 사희곡에 올 때 푸우는 그다지 힘들어하지 않았다. 초매의 말만 아니었음 나흘 정도면 도착했으리라. 초매의 말이 도저히 못 따라와 중간에 들른 마을에서 팔고 그때부터 걸어서 이동하느라 일주일이나 걸린 것이다.

그러나 지금 푸우의 등은 안장의 영향으로 세 명이 타도 충분한 넓이가 되었다. 잘만 잡고 있으면 떨어지지도 않을 테고 해서 우리는 사흘 만에 시부촌에 도착할 수 있었다.

사실 오는 중간에 몇몇 도둑님을 만나서 그놈들과 꼬이지 않으려 밤낮 가리지 않고 계속 질주했기에 가능한 일이었다.

"호오, 정말 이런 게 있었다니……. 대단하구만. 크기보다 훨씬 가벼운 재질이고 또 이 단단함을 이루 말할 수 없군. 정말 대단해. 최고야!"

"감탄은 그만 하고 그걸로 몇 명분의 갑옷을 만들 수 있어요?"

강우 형은 내 말을 듣더니 잠시 생각에 빠졌다.

"음, 재질과 강도로 봐서 분해하기가 쉽지 않을 거고 그러다 보면 약간씩 실수하는 범위도 나올 수 있고……. 음, 열 명분의 갑옷을 만들수 있겠지만 실패할 것을 고려해서 아홉 개 정도가 가능하겠군."

아홉 개라……. 나와 친구들 그리고 초매면 딱 아홉 명이네.

"그런데 힘이 약한 사람도 입을 수 있어요?"

"그건 걱정 말게나. 재질이 워낙 가볍다 보니 보통 옷과 무게가 별차이가 없을 테니."

호, 그럼 거의 안 입은 것이나 마찬가지잖아?

"얼마나 걸리는데요?"

"한 일주일 정도? 그 정도면 충분할 걸세."

그때 한 가지 생각이 내 뇌리를 스치고 지나갔다.

"형, 그럼 남는 걸로 가면 같은 거 만들 수 있어요? 이런 죽립을 쓰지 않아도 얼굴만은 확실히 가려지는 그런 가면 말이에요."

난 아직 밝혀지면 안 된다. 레벨 1짜리로 대회에서 우승한 내가 벌써부터 고렙 마물을 잡고 다니는 게 말이 되겠는가? 어느 정도 시간이

지나면 모를까 아직은 아니다. 그리고 그때까지 숨겨야 할 테니 이런 죽립이 아닌 가면이 있으면 좋겠지.

"귀면탈을 말하는 건가? 귀신의 모양을 본뜬 그런 가면 말일세."

"꼭 귀신일 필요는 없고요. 하여튼 얼굴만 가릴 수 있으면 돼요."

"흠, 귀면탈은 내가 전문이 아니라서……. 좋네. 내가 알고 있는 귀면탈의 최고 전문가에게 부탁해 보지. 그러면 만족할 만한 귀면탈을 만들어줄 수 있을 걸세."

"네, 그럼 부탁드립니다."

"걱정 말게나. 귀면탈도 갑옷을 찾으러 올 때 같이 주겠네."

강우 형은 걱정 말라는 듯이 말했지만 난 안심이 되지 않았다. 지난번의 사건이 있는데 어떻게 안심을 해.

"또 다른 사람에게 팔아버리는 건 아니겠죠?"

나의 날카로운 질문에 강우 형은 당황하기 시작했다.

"거, 걱정 말게나. 그 알바생은 내쫓았단 말일세. 아무래도 남한테 가게를 맡기는 것은 믿을 수가 없더군. 그러니 걱정 말고 일 보게나."

난 아무래도 의심이 갔지만 안 믿으면 또 어떡하겠는가. 그냥 맡길 수밖에.

난 강우 형에게 작별 인사를 하고 밖으로 나왔다.

"맡기셨어요?"

"응. 그런데 초매에게 소개시켜 줄 사람들이 있어."

내 말에 초매는 의아해하는 표정을 지었다.

"누구요?"

"내 친구들인데 진짜 친한 친구들이라서 초매에게도 소개시켜 주면 좋을 것 같아."

난 친구들에게 초매를 소개시켜 줄 생각이다. 친구들도 다 좋은 녀석들이니 친해져서 손해 볼 것은 없으리라. 그리고 앞으로 같이 다니려면 이 정도는 해야 하지 않겠나?

초매는 내 말을 듣더니 활짝 웃었다.

"좋아요!"

"그럼, 가자. 친구들도 이 마을에 있을 거야."

난 그렇게 말하고 초매를 용문객잔으로 이끌었다.

음, 이 시간에 친구들이 있을라나?

지금은 훤한 대낮. 사냥하기에 가장 좋은 시간인데 객잔에 남아 있을지가 걱정되었다. 뭐, 없다면 기다리지. 어차피 그동안 힘들었으니 쉴 겸.

용문객점은 언제나 널널하다. 요즘 우리 일행이 계속 이곳에 묵어서 그나마 장사가 되는 것 같지만 그래도 손님이 없었다. 비상을 하는 사람들은 늘어만 가는데 왜 이곳만 이렇게 손님이 없는 건지…….

그런데 객잔의 안에서 사람들의 말소리가 들려왔다. 음? 이 목소리는 녀석들인데?

"초매, 들어가지."

"네."

객잔 안으로 들어가자 친구들이 탁자 하나를 점령하고 오순도순 얘기를 하는 것이 보였다. 그런데 말은 오순도순인데 표정이 영 심상치 않다?

"여어!"

"그러니까…… 효민이!"

"진짜 효민이다!"

"이놈! 어디 갔다 온 거야!"

"너 정말!"

음, 이 상황 언젠가 분명 한 번 겪어본 것 같은데……. 착각인가?

"어허! 다른 사람 보는 눈도 있는데!"

내가 그렇게 말하자 녀석들은 이제야 초매의 존재를 눈치 챘다.

"우와…… 예쁘다!"

크흠, 병건아. 예쁜 건 나도 인정하는데 그렇게 직접적으로 말하는 건 예의가 아니란다.

"인사해라. 이쪽은 초은설이라고 그동안 같이 다녔다. 그리고 이쪽은 내 친구들인데 오른쪽 저놈부터 병, 아니, 무진(병건), 여원(상호), 소룡(민우), 미우(미영), 솔하(하얀), 사미(지현), 유수(지수)야."

"후훗, 안녕하세요. 초은설이라고 해요."

"이 세상의 빛을 주는 영원한 젠틀맨 용호창 무진이라고 합니다!"

병건아, 제발 참아다오.

퍽!

"억!"

"저리 비켜 있어. 반가워요. 미우라고 해요."

"저, 솔하예요."

"안녕하세요. 사미예요."

"유수."

제일 먼저 나서는 병건에게 어퍼컷을 날리고 미영이를 비롯한 여인네들이 초매를 둘러싸기 시작했다. 음, 여자는 여자끼리 통한다, 이건가?

◆ 비상(飛翔) 스물한 번째 날개

크리스마스

비상(飛翔) 스물한 번째 날개 크리스마스

"하아……. 춥다. 벌써 이렇게 되었나?"

밖은 싸늘한 추위가 느껴지는 겨울이었다. 언제나 그렇듯 회색 빛 하늘이었지만 오늘따라 더욱 빛나 보이면서 어두워 보이는 그런 날. 현재 내 기분은 하늘과 비슷하게 즐거우면서도 또 한편으로는 짜증이 난다.

"춥지? 이리 와."

"다른 사람들이 보잖아."

"뭐 어때? 거의 대부분이 연인이라서 우리처럼 하고 다니는데."

바로 연인들. 저놈의 연인들 때문에……. 크윽! 애인 없는 사람 서러 워서 살겠나!

오늘은 12월 24일. 성탄절 이브, 크리스마스 이브, 연인들을 위한 날, 예수님이 태어나신 날 등등으로 불리는 그런 날이다. 연인들에겐 축복의 날이요, 솔로들에게는 자신의 존재 여부를 다시 한 번 더 새기게 해주는 치욕적인 날이다.

솔로들에게 고한다. 크리스마스를 피하고 싶거든 수면제를 먹고 뻗어라. 삼 일 정도만 자고 일어나면 크리스마스는 지나간다. 크윽!

"애들은 왜 이렇게 안 오는 거야?"

사실 재작년까지만 해도 크리스마스 이브에 이러고 있을 시간이 없었다. 그때까지야 크리스마스든 뭐든 내겐 대목, 그 이상 그 이하도 아니었으니까. 작년에도 게임을 하며 혼자 보냈으니 크리스마스가 내게 얼마나 동떨어졌던 세계인지 알 수 있겠지?

그런 내가 오늘은 친구들의 강요에 의해 밖으로 나오게 되었다. 그리고 평소에는 엄청 일찍 나오던 녀석들이 단 한 명도 나타나지 않았고, 녀석들을 기다리는 나는 앞을 지나가는 연인들에 의해 지독한 고통을 겪고 있는 중이다.

세상의 연인들은 다 헤어져 버려!

"에휴, 그냥 집에서 게임이나 할 걸… 괜히 나왔나?"

"저기……."

푸른색 칠이 멋지게 되어 있는 XI—3에 기대어 잠시 세상에 대해 한탄하고 있는 내게 누군가 말을 걸어왔다.

"누구?"

내게 말을 건 사람은 지나가다가도 눈이 번쩍 뜨일 만한 미녀였다. 찰랑이는 검은 머릿결에 추운 날씨 때문에 살짝 굳어졌지만 그 본래의 색을 감출 수 없는 우윳빛 피부. 그리고 앵두 같은 입술, 맑은 눈동자, 갸름한 얼굴.

"저기… 사, 아니, 최효민 씨세요?"

"네, 그렇습니다만··· 누구시죠?"

음, 내가 이런 미인을 알 리가 없는데······.

"저예요, 신서인."

신서인이 누구··· 헉!

"초매?"

"네, 저예요."

그러고 보니 키가 좀 더 작아지고 윤곽이 확실한 것을 빼면 확실히 초매였다. 그리고 또 한 가지. 게임 속의 초매는 밝지만 그래도 고상한 면이 없지 않아 있다면 눈앞의 초매는 상당히 귀엽고 앙증맞은 느낌이라는 것이다.

"아··· 하하하하. 게임 속과 얼굴은 그다지 다르지 않은데 분위기가 전혀 달라서 순간 못 알아봤어."

"사, 아니, 효민 씨는 게임 속과 전혀 다른 게 없는데요?"

효민 씨? 음, 왠지 어색하면서도 쑥스럽구만.

게임 속의 초매도 상당히 아름다웠지만 현실의 신서인은 전혀 다른 매력을 발산했다. 역시 부르길 잘했어.

내가 친구들을 소개시켜 주고부터 초매는 친구들과 많이 친해졌다. 고질병인 존댓말은 고쳐지지 않았지만 그래도 여자들끼리 재잘대는 모습은 남정네들의 뒷골을 땡하게 할 만큼 대단했다. 항상 조용한 이미지였던 초매가 다른 여자와 다른 게 없다는 사실도 그것 덕분에 알게 되었지.

그렇게 친해진 덕분에 친구들이 만나자고 할 때 초매도 부르는 것을 만장일치로 통과시켰고, 초매도 승낙하였기에 이렇게 볼 수 있었던 것이다.

초매, 아니, 서인이와 한참을 얘기하고 있으니 다른 녀석들도 한 명, 두 명 도착하기 시작하더니 어느새 모두 모이게 되었다.

"그럼 어디 갈까?"

"글쎄, 마땅한 곳이 생각나질 않네."

"난 우리 민우와 함께라면 어디든 다 좋아!"

"캬악! 미영이, 쟤 재워!"

흠흠, 노는 것도 특이하다.

막상 모이긴 했는데 마땅히 갈 곳이 없는 듯 애들은 이런 저런 이야기를 나누었다. 흐흐, 이때쯤에서 내가 나서줘야지.

"자자, 애들아. 오늘은 내가 모실 테니 가자!"

"네가?"

내 말을 들은 상호는 못 믿겠다는 듯이 그렇게 말했다. 음, 표정을 보니 다른 애들도 다를 게 없어 보이는데? 아, 서인이만 빼고.

"어허! 이것들이. 이 형님, 오라버님을 뭐로 보고. 따라오라면 따라오기나 해."

내가 강경하게 나가자 친구들은 다 의심쩍어하면서도 차에 올랐다. 오늘은 내 바이크와 민우의 스포츠카뿐만 아니라 상호가 자신의 바이크를 끌고 왔기 때문에 민우 차에 다섯 명이 타고, 나와 상호의 바이크에 한 명씩 더 태우면 딱이었다.

"어떻게 할래?"

"민우 곁엔 내가 있어야 하니까 난 민우 차."

미영이가 제일 먼저 말했다. 넌 안 그래도 제외다. 미영이가 말하자 지현이가 그 다음을 이었다.

"그럼 나도 민우 차를 타지 뭐. 하얀아, 지수야, 서인아, 너희는?"

"난‥● 민우 차를 탈래."

"나도……."

지현이의 질문에 하얀이가 대답하자 지수가 바로 동의해 버렸다. 뭐야? 그럼 남은 건 서인이와 병건이뿐이잖아.

"그럼 전……."

"내가! 내가 효민이의 XI—3를 탈래!"

눈치없이 나서는 병건이 놈. 난 상호에게 눈짓을 했고 그에 고개를 끄덕이는 상호. 없애 버려!

퍽!

"컥!"

"병건아, 우리 사이에 뭘 빼니. 넌 내 뒤다."

"자, 잠깐만! 너랑 나랑 무슨 사인데?"

"닥치고 타!"

"으아악!"

상호, 역시 넌 내 베스트 프랜드다.

난 병건이를 처리하는 상호를 바라보며 살짝 엄지손가락을 들어주고는 어정쩡하게 혼자 서 있는 서인이에게 말했다.

"그럼 서인아, 내 뒤에 타."

"그래도 돼요?"

그럼 내가 안 될 곳에 타라고 했나?

난 그녀에게 고개를 끄덕여 줬다.

"물론."

"그럼, 실례하겠습니다."

실례라고 할 것까지야.

서인이가 뒤에 타자 난 바이크에 시동을 걸었다.

"자, 꽉 잡아. 민우야, 상호야, 잘 따라와라."

애초에 목적지를 알려주면 이렇게까지 할 필요는 없겠지만 놀라게 해주려면 이 정도는 해야지.

빵! 빵!

"좀 기다려!"

"앞에 좀 빠지라고!"

음, 막히는군.

역시 시간이 흘러도 자동차가 줄어들지 않는 한 교통 체증은 사라지지 않는군.

그때 상호와 병건이가 탄 바이크가 다가왔다.

"효민아, 도대체 어디를 가려고 그러는 거야? 이쪽은 너무 막히니까 다른 데 가자."

음, 나도 그러고 싶은데 오늘은 특별한 날이란 말이야.

〈효민아, 너무 막히는데?〉

바이크에 장착된 통신기로 전해오는 민우의 말. 안 되겠군.

"안 되겠다. 에어라인(Airline)을 타자."

"에어라인?"

〈뭐?〉

현재 차가 다닐 수 있는 도로는 세 군데였다. 하나는 사람들도 다니고 차들도 다니는 국도, 또 하나는 차만이 다닐 수 있지만 이용 요금이 비싼 고속도로, 그리고 마지막으로 고속도로 이용료의 네 배나 하는 값으로 고위층 사람들이나 이용하는 에어라인.

지금 우리가 이용하고 있는 것은 고속도로다. 옛날에는 고속도로는 먼 곳을 이동할 때 썼다고 하는데 요즘엔 고속도로가 도시 곳곳 어느 곳이나 다 깔려 있어 바쁠 때 가장 많이 이용되는 교통 도로다.

평소에 고속도로는 그다지 막히지 않지만 오늘은 크리스마스 이브다 보니 이렇게 막히는 것이다. 하지만 고속도로 위에 떠 있는 투명한 도로, 에어라인은 역시 그 값을 하는지 차가 드문드문 보일 뿐이었다.

여기서 도착 지점까지 얼마 멀진 않지만 그래도 할 수 없지.

"그래, 에어라인. 오늘 내가 거하게 쏠 테니 나만 믿고 타!"

난 그렇게 말하며 바이크를 살짝 돌려 에어라인으로 오르는 곳인 업(Up) 에어라인으로 이동했다. 에어라인은 고위 관직자들의 원활한 교통을 위해 200미터마다 오르고 내리는 곳이 있기 때문에 정말 편리하다.

〈별수없지. 만약에 허탕 치면 앞으로 1년간 네가 쏘는 거다?〉

"네가 그렇게 말한다면 한번 믿어보지."

짜식들, 어차피 따라올 거면서 말이 많아.

에어라인은 한적하고 아름다운 풍경을 자아냈다. 투명한 도로 아래로 보이는 밝은 불빛들, 또 하늘과 더 가까워져 마치 나는 것과 같은 느낌을 주는 곳이 에어라인이다.

거기다가 서인이가 무서운지 내 허리를 꽉 붙잡고 얼굴을 묻고 있어 이 따뜻한 느낌이란⋯ 아, 황홀해~

에어라인을 타고 조금 이동하자 금세 도착 지점이 보이기 시작했다. 여기서도 보이는 엄청난 인파와 화려한 네온사인. 거의 축제를 방불케 하는 모습이었다.

"내려간다!"

난 통신기로 그렇게 말하고선 옆으로 빠져 다운(Down) 에어라인을
탔다.

쿵쿵! 짝!

"꺄악!"

"오빠!!"

세상에… 선전을 한다기에 그런 줄 알았건만 이게 뭐야. 으윽! 이게
전부 내 돈이란 말이야!

절망하고 있는 내 등 뒤로 친구들이 다가왔다.

"호오, 새로 생긴다더니 어느새 생겼네?"

"여긴 라스가 있던 곳이잖아."

"응, 그런데 새로 지으면서 아틀란티스(Atlantis)로 개명했대. 그리고
규모도 전 라스의 세 배에다 저런 톱스타들까지 불러서 선전하다
니……. 돈 많이 벌었나 보네?"

"와아! 대단하다."

마음껏 말해라, 난 계속 절망할 테니.

"효민아, 근데 지금 이곳은 들어가기 힘들잖아. 지금 이 부근의 교통
체증도 전부 이 아틀란티스에 들어가려는 사람들이 북새통을 이뤄서
그렇다는데 말이야. 너, 아무래도 1년간 쏴야겠다."

상호 너, 절망하고 있는 나를 꼭 그렇게 괴롭혀야겠냐?

난 절망하던 자세에서 벌떡 일어나 아틀란티스의 정문으로 휘적휘
적 걸어가기 시작했다.

"엑! 기분 나빠. 좀비 같아."

좀비라니……. 미영이의 평가는 정말 신랄하구나.

아틀란티스의 정문으로 걸어가고 있는 나를 보자 친구들은 그제야 내가 향하고 있는 곳이 어딘지 눈치 챘는지 나를 따라오며 외쳤다.

"야! 어디 가!"

"그쪽은 정문이야! 옆에 줄 서 있는 사람들이 안 보여?"

묻지 마, 묻지 마. 점점 더 절망하고 싶어져.

난 옆에서 힐끔힐끔 쳐다보는 사람들의 시선을 무시하고는 나를 말리며 따라오는 친구들과 함께 어느새 아틀란티스의 정문에 도착했다.

"이봐요. 이쪽으로 들어오면 안 돼요. 줄 서 있는 저 사람들 안 보여요?"

병건이와 똑같이 말하는군. 그런데 이 종업원은 새로 들인 건가?

난 종업원의 말을 무시하고 안으로 들어가려 했지만 종업원은 계속 나를 막아섰다. 그리고 친구들은 나를 뒤에서 당기며 말렸고. 아… 짜증나는데 사고 쳐버려?

그때 아틀란티스 안에서 우락부락한 종업원이 뛰어나왔다. 아… 저 사람은?

"이봐, 뭐 하는 거야?"

"아, 선배님. 이 사람이 계속 무단으로 들어가려고 해서 말입니다. 아무리 말려도 소용이 없네요."

"뭐? 어떤 놈이 행… 헉!"

음, 나를 알아보는군. 역시.

"죄송합니다. 오늘 이 친구가 좀 이상하네요. 지금 데리고 나가겠습니다."

"상호야, 그럴 필요 없어."

"뭐?"

"사장님!"

"에엑!"

덩치 종업원의 말에 놀라는 친구들. 음, 이 반응. 내가 원하던 반응이야.

"오랜만입니다. 뿌드득! 부사장은요?"

"저 그게… 말하지 말라고 하셨는데…….'"

덩치 종업원은 내 눈치를 보며 말했지만 나의 핏발 선 눈에 즉시 대답을 바꾸었다.

"4층 CS카페에서 종업원으로 위장하신 뒤 직접 주문을 받고 계십니다!"

"뿌드득! 수고하세요. 아, 그리고 얘들은 제 친구니 출입 가능하죠?"

"물론입니다!"

좋아, 좋아.

난 사색이 된 채 고개를 숙이고 있는, 날 막아서던 종업원의 어깨를 살짝 쳐주며 말했다.

"앞으로도 그렇게만 하세요. 사장 얼굴 알아보는 것도 중요하지만 가게를 지키는 것도 중요하니까요."

"네, 네!"

기합 소리 좋고.

"얘들아, 가자. 손봐 줄 사람이 있다."

"에, 에?"

친구들은 다 어색해하고 황당해하며 뭐가 뭔지 모르겠다는 표정으로 현재 상황을 바라보고 있다가 내가 안으로 들어가자 따라 들어왔다.

부사장…… 죽었어!

아틀란티스 안은 손님들을 받는 수를 제한하고 있는데도 이미 발을 디딜 곳이 없을 만큼 북적거렸다. 역시 서둘러서 크리스마스 이브에 개점한 효과가 있군. 뿌드득! 그리고 저 선전 효과도 쐬끔, 아주 쐬끔 있는 것 같고.

4층이라……. 앞을 가로막는 장벽에 심히 한탄을 금할 수가 없구나. 하지만 난 뛰어넘는다, 처단하기 위해서.

난 분노 게이지를 끌어올려 나 자신도 이해 못할 극도의 기술을 발현, 수많은 사람들을 이리저리 피해 마침내 계단에 도착하는 데 성공했다. 계단과의 거리는 얼마 되지도 않지만 내겐 너무나도 먼 거리였다.

"죽었어, 죽었어."

"야! 효민아!"

"기다려!"

뒤에서 친구들이 날 부르는 소리가 들렸지만 친구들까지 신경 쓸 정도로 내 정신이 온전치 않다는 것이 문제였다. 난 계속 죽음을 부르는 소리를 내뱉으며 인파를 뚫고 계단을 올랐다.

"헥! 헥! 사람 더럽게 많네."

장사가 잘되면 좋아야 할 것을 왜 이리도 증오스러운지……. 만약 내가 비상의 '사예' 였다면 즉시 능공천상제를 발휘해서 사람들을 뛰어넘겠지만 난 그냥 평범한(?) 최효민일 뿐이다.

각고의 노력 끝에 마침내 도착한 4층. 각각의 곳에 모니터가 설치되어 있고 수많은 테이블에서 사람들은 서로 얘기를 나누거나 모니터를 보며 즐기고 있었다. 그리고 CS 앞에는 많은 사람들이 대기하며 자신의 차례를 기다리고 있었다.

원래는 여덟 대를 설치하기로 했지만 좀 더 많은 사람들이 즐길 수 있도록 층마다 열 대를 설치했는데도 부족하다니……

"부사장! 부사장!"

난 센서를 발휘해서 부사장을 찾았는데, 잠시 후 너무나도 쉽게 찾을 수 있었다. 자신의 큰 덩치가 겨우 종업원 복장으로 변장한다고 해서 가려질 것으로 생각했나 보지? 오산이야!

난 있는 힘껏 고함을 질렀다.

"부사장!!"

내 고함 소리에 사람들은 나를 쳐다보았고, 평소 같았음 쪽팔린 일을 했다고 부끄러워할 만도 한데 지금은 그럴 정신이 없다.

"네? 헉! 아니, 부사장님은 없으신데요."

무의식적으로 내 고함 소리에 반응한 부사장, 즉 희구 형은 곧바로 자신이 아님을 부인했지만 이미 엎질러진 물. 주워 담기엔 늦었다. 난 사람들을 피하며 최고 속력으로 희구 형에게로 달려갔고 온 힘을 담은 주먹을 희구 형의 복부에 가져다 박았다.

픽!

"컥! 나, 나, 나이스 펀… 치."

내 펀치에 쓰러지면서도 끝까지 할 말은 하고 쓰러지는 희구 형.

사람들이 황당하다는 듯 우릴 쳐다봤지만 난 쓰러진 희구 형의 뒷덜미를 잡고 본래 계획 외에 새로 지은 층인 사장실과 접대실이 있는 6층으로 끌고 갔다. 5층으로 올라가긴 힘들었으나 5층에서 6층으로 올라가는 계단은 관계자 외 출입 금지 구역으로 정해놓은 터라 쉽게 올라갈 수 있었다.

"도대체 어떻게 된 거야! 저놈의 가수들은 다 뭐냐고!"

난 창문을 열어젖히며 밑에서 고래고래 노래를 부르고 있는 한 록가수를 가리키고 말했다.

"하… 하하하하. 맘에 안 들어?"

"당연하지!"

돈이 드니까!

"큭! 내가 심사숙고해서 겨우겨우 선택한 선전인데……."

"어쩐지 돈이 좀 많이 빠져나간다고 했어! 도대체 일을 어떻게 하는 거야!"

희구 형을 처음 만났을 때는 상당히 마음에 들었는데 갈수록 점점 망가지는 것 같은 느낌이다. 아니, 실제 그렇다.

"하… 하하하. 덕분에 원래 예상했던 개점 당일 벌어들일 금액의 네 배를 넘어섰어."

똑같은 어조, 똑같은 표정으로 말하는 희구 형. 저런 때 보면 장사 수완이라든지 그런 것들이 대단한 것도 같고……. 정말 종잡기 힘든 사람이야.

"뿌드득! 아무리 그렇다고 해도 이번 지출만큼 벌어들이지 못하면 쫓겨날 줄 알아!"

난 돈 많이 벌었다는 말에 더 이상 화를 낼 수도 없고 해서 그렇게 말했다.

"하하하. 알았어, 알았어. 그런데 혼자 왔냐? 여자 친구는?"

"내가 여자 친구가 어디 있어. 그냥 동창들이랑 같이 왔어."

내 말에 희구 형은 흥미가 동한 듯 입을 열었다.

"오, 그러냐? 가자!"

희구 형은 내 등을 떠밀며 말했다.

"어딜?"

"어디긴 어디야. 네 동창 분들이 있는 곳이지. 우리 사장님 동창이 오셨다는데 보지 않고 보내서야 되겠어? 부사장 체면이 있지."

가져다 붙일 걸 붙여라. 보나마나 내 약점 하나 찾아내 보려고 그러는 거겠지.

"아서슈. 보긴 뭘 봐?"

"어허! 네가 그렇게 나온다면 나도 수가 있지. 주용아!"

희구 형이 날 떠밀며 밖을 향해 누군가를 소리쳐 부르자 아까 보았던 덩치 종업원이 들어왔다.

"네, 부사장님."

"아, 그래. 어디 계시냐?"

서, 설마?

"5층 CS카페에서 차를 마시고 계십니다."

"좋았어."

"이젠 이런 곳까지 사람을 부려먹으우?"

"부려먹다니! 사장님의 손님은 우리에겐 최고의 빈(賓)이 아니겠는가! 그런 사장님을 위해 봉사하는 건 당연한 거지! 자, 가자!"

하여간 여기가 사장실인지 부사장실인지 구분이 안 가.

희구 형에게 떠밀려 밖으로 나가며 난 희구 형이 주용이란 종업원에게 하는 말을 들을 수 있었다.

"네가 나 숨어 있는 곳을 알려줬지?"

"헉! 아… 저, 그게……."

"나중에 두고 보자."

싱긋 웃으며 하는 말에 사색이 된 종업원. 정말 희구 형의 성격은 내가 판단하기에는 너무 광범위해.

"효민아, 여기다!"

그렇게까지 손을 흔들지 않아도 보인단다, 병건아.

난 사람들을 뚫고 친구들이 있는 곳으로 갔다. 윽! 이것도 계속하니 중노동이네.

"야, 도대체 어떻게 된 거야. 사장이라니……!"

"와! 여기 멋지다. 이곳이 네 거야?"

"도대체 무슨 일이야?"

내가 제일 먼저 겪은 것은 친구들의 쏟아지는 질문세례였다.

"아니… 저, 그게…… 제발 하나씩만 물어볼래?"

"그러니까!"

"내 말은……."

"내 말부터 들어봐!"

너희에게 뭘 바란 내가 잘못이지…….

"안녕하세요. 저희 사장님 친구시라고요? 전 아틀란티스의 부사장인 문희구라고 합니다. 만나서 반갑습니다."

친구들의 질문 공세에 곤란해 하고 있는 나를 구해준 것은 의외로 희구 형이었다.

"아! 안녕하세요. 전……."

하지만 내가 희구 형의 편을 들어줄 필요는 없지.

"인사할 필요는 없고. 부사장님, 이제 봤으니까 그만 가주시는 게 어떻겠습니까? 할 일도 많으실 텐데요."

"사장님, 저 부사장입니다. 일은 종업원들이 하고 전 관리만 하면
되는데 오늘 같은 날엔 관리고 뭐고 할 것도 없으니 저 할 일 없습니
다."

끝까지 남아 있겠다 이 말이지?

"그렇다면 종업원들의 일이나 좀 도와주시죠."

내 말에 희구 형은 검지를 흔들며 말했다.

"아니죠. 그건 부사장 지위의 체면을 떨어뜨리는 일이죠. 전 그냥
이렇게 사장님 친구 분들과 이야기하는 것이 더욱 좋은데요."

체면? 체면 차리는 사람이 종업원으로 변장하고 날 피해 있었나?

"그래, 효민아. 재미있는 분 같은데 여기 있으시게 해."

"그건 그렇고, 도대체 어떻게 된 거야?"

결국 친구들을 등에 업고 힘을 얻게 된 희구 형은 의자를 끌고 와 앉
음으로써 자리를 굳혔다. 휴우……. 하는 수 없지.

난 친구들에게 아틀란티스를 세우게 된 경위를 설명했고, 친구들은
놀라워하면서도 신기해했다.

"그러니까 말이죠… 이러쿵저러쿵."

"호호호."

"상호야, 병건아, 민우야, 어쩌다가 이렇게 됐냐?"

"그러게 말이다."

"정말 선수다, 선수."

나와 상호, 병건, 민우는 여자애들과 희구 형에게 소외된 채 음료수
나 마시고 있는 중이다. 처음에는 나를 제외한 세 명도 같이 끼워서 얘
기에 동참했는데 한 명씩 제외당하기 시작하더니 결국엔 우리 남자들

은 완전히 소외되어 버렸다.

"내가 왜 이 좋은 크리스마스 이브에 지겨운 너희 얼굴이나 보면서 음료수나 마시고 있어야 하냐?"

난 내 솔직한 감정을 담아 나직이 말했다.

"그건 내가 할 말이다."

"으휴."

"잘 가라!"

"그래. 크리스마스 이브부터 술 마시는 건 안 좋다 해도 뭔가 좀 아쉽다."

"병건이 넌 헛소리 말고 집에나 잘 들어가."

"상호 넌 왜 나만 가지고 그래."

아틀란티스에서 밤늦게까지 시간을 보낸 우리는 크리스마스 이브에는 술 마시고 취해 쓰러지는 건 좋지 않다는 지현이의 말에 동의, 결국 그냥 헤어지기로 했다. 평소 우리가 만나면 쓰러질 때까지 술을 마셔서 데려다 주기 바빴는데 오늘은 전부 쌩쌩한 참이라 데려다 준다는 말에 전부 사양하고 나섰다.

"서인아, 넌 나랑 같은 방향이니 그냥 나랑 타고 가자."

지수, 지현이, 미영이가 사는 곳은 나와 같은 방향이긴 하나 중간에 좀 옆길로 새야 하는 반면 서인이네 집은 그야말로 우리 집 가는 도중에 있으니 태워주는 게 좋겠지.

"그래도 돼요?"

"그럼. 자, 그럼 내일 보자."

내 허리를 감싸 안는 서인이의 팔 감촉을 느끼며 바이크에 시동을 걸었고, 친구들과 작별 인사를 나눈 후 출발했다.

부아아앙!

"서인아, 네 집이 어디라고?"

"동면(픽션입니다)이요!"

"좋아! 그럼 속력 좀 내볼까?"

이미 꽤나 늦은 밤이기에 차는 많지 않았지만 난 오랜만에 바이크의 속력을 높여보기 위해 에어라인을 탔다.

"무서워요!"

"꽉 잡아!"

"휴우, 여기가 네 집이야?"

"네."

서인이네 집은 상당히 잘사는 집이었다. 음, 이 동네는 부자들이 사는 동네라더니……. 서인이네도 그런가 보군.

"재미있었어?"

"네. 이렇게 즐거운 크리스마스 이브는 처음이었어요."

"후훗. 네가 즐겁다니 다행이다."

난 서인에게 살짝 웃어 보이며 말했다.

"아, 차나 한잔하고 가실래요?"

얘도 왜 이러는 거래?

"아서라. 늦게 들어온 것만으로도 부모님께 혼날 텐데 남자까지 끌고 가? 아, 이렇게 멋진 남자라면 칭찬받을 수도 있겠다."

"베! 그건 거짓말이네요."

흠흠! 나만큼 멋진 남자가 또 어디 있다고! 난 서인이의 이마에 살짝 꿀밤을 때려줬다.

"그럼, 잘 자."

"네, 효민 씨도 잘 들어가세요."

"아직도 효민 씨냐? 오빠라고 부르라니까."

"하지만… 익숙하지가 않아서요. 헤헤."

윙크를 하며 말하는 서인은 너무나 귀여웠다.

"그럼, 간다?"

"아, 잠시만… 꺄악!"

갑자기 돌부리에 걸려 넘어지는 서인이. 이, 이건 너무 진부한 스토리잖아!

하지만 내 몸은 반사적으로 넘어지려는 서인이의 몸을 받쳐 안았고 우리 둘의 얼굴은 상당히 가까워졌다.

"……."

"……."

아, 어색해. 이걸 어쩐다냐? 이대로 놓아주기도 뭐하고. 헉! 서인아! 눈은 왜 감아!

서인은 살짝 몸을 떨며 눈을 감았다. 젠장, 저질러 버려?

나와 서인이의 입술은 점점 더 가까워져만 갔고 서인은 아직 느껴보지 못한 두려움 탓인지 아니면 추워서 그런 건지 살짝 떨고 있었다. 나도 첫 키스라고. 그리고 그 떨리는 느낌은 내 속의 변화를 가져왔다.

쪽!

경쾌하게 울려 퍼지는 소리.

"나 간다!"

난 재빨리 바이크를 탔다.

"그럼 내일 보자!"

아니, 12시가 지났으니 나중에 보자 인가?

난 멍하니 날 바라보고 있는 서인에게 손을 흔들며 바이크를 출발시켰다.

약간 아쉬웠지만 후회는 하지 않는다. 아직 시간은 많으니까.

서인은 멀어지는 효민의 뒷모습을 멍하니 바라보고 있었다. 솔직히 첫 키스에 대한 두려움이 없진 않았지만 효민이라면 괜찮을 것 같았다. 하지만 그는 서인과 가까워지더니 잠시 망설였고 곧 이마에 따뜻한 감촉을 주고선 떠났다.

"후훗. 좋은 꿈 꾸세요."

서인은 곧 멍하던 표정을 풀고 입가에 살짝 미소를 머금은 채 멀어져 잘 보이지도 않는 효민의 뒷모습을 보았다.

◆ 비상(飛翔) 스물두 번째 날개
솔로문(率瀘門)

비상(飛翔) 스물두 번째 날개 솔로문(率瀘門)

어, 저기 친구들이 보이는군.

"여어!"

"정말 매일 늦어."

"어쩌겠냐. 우리가 참아야지."

"저놈 우리 패거리에서 쫓아내 버려!"

흠흠. 내가 아무리 늦었기로 친구들이 이렇게 나와도 된단 말인가. 크윽, 내 인간관계가 이것밖에 안 되다니… 땅을 치고 하늘에다가 통곡할 일이군.

"하하하. 한 번만 봐주라."

"으이그……."

친구들은 별수없다는 표정으로 날 바라보았다. 흠흠, 상당히 뻘쭘하구만.

다른 때와 달랐던 크리스마스 이브가 지나고 오늘은 본격적인 크리스마스. 연인들의 날이라고 하는데 내겐 너무나 어색했다. 우리는 오전에는 이렇게 게임을 하고 오후에 만나서 본격적으로 놀기로 약속했다.

연인이라……. 그러고 보니 서인이, 아! 여기선 초매도 저기 있네. 난 미우와 사미 옆에서 웃고 있는 초매를 쳐다보았다. 초매도 내가 바라보는 것을 느낀 것인지 나와 눈이 마주쳤다. 음, 상당히 어색해.

"……."

"……."

홱!

커억! 그렇게 잔인하게 고개를 돌리다니……. 역시 어제 그 사건의 파장이 큰가?

내가 혼자 고민하고 있을 무렵 우리는 목적지에 도착했다. 추시귀(皺尸鬼)가 나오는 중급 사냥터. 나와 여원(상호), 초매는 잡는 데 무리가 없는, 아니, 혼자서 쓸어버릴 수도 있는 사냥터고 친구들 중에서 제일 레벨이 높은 유수(지수)라면 총 두 마리까진 상대할 수 있을 정도의 마물이다. 다른 녀석들이야 한 마리 상대하면 잘하는 거고.

거기다가 한 마리씩 덤비는 것도 아니고 떼로 덤비니 실제적으로 친구들이 추시귀를 상대하는 건 무리다.

그런데 우리가 왜 여기로 왔냐. 그것은 바로 십 인 합격진을 연마하기 위해서다. 이 십 인 합격진의 이름은 십수진(十手陣). 원래는 열 명이라야 본래 힘을 발휘할 수 있는 그런 진이지만 나나 여원, 초매가 그 한 명의 부족한 부분을 채우면서 싸우면 본래 열 명보다는 못하지만 그것만으로도 굉장한 위력을 발휘할 수 있었다.

그나마 지금은 이 중급 사냥터지 처음 십수진을 연마할 때는 인마귀를 잡고 놀았다.

"자, 그럼 시작하자."

가장 선두에 선 여원의 말에 우리는 자리를 잡기 시작했다. 십수진의 대장 역할은 여원이 맡는다. 원래라면 나나 초매가 맡아야 할 것이지만 여원의 통찰력과 상황 판단 능력을 높이 사서 대장 역을 맡겼다. 어차피 난 그보다 더욱 중요한 중앙에서 팔방(八方)의 녀석들을 보좌해주는 역할이기에 더욱 세심함이 필요했다. 거기다가 부족한 한쪽 방위도 내가 맡아야 하니…….

그리고 초매는 자신의 방위를 맡으며 내가 한쪽 방위를 맡기 위해 살짝 자리를 비울 때 그 자리를 채워주는 역할이었다. 저번에 상호가 이 십수진을 보고 일원이 양의가 되고 양의가 삼재가 된다나? 뭐, 하여튼 이러쿵저러쿵하던데 솔직히 알아들은 건 없다. 바랄 걸 바라야지.

우어어어!

진을 완성하자 추시귀가 우리를 발견했다. 추시귀는 말 그대로 주름진 시체 귀신인데, 다른 능력은 그냥 시귀와 다를 게 하나도 없지만 방어력만큼은 짱이다. 거기다가 생긴 것도 상당히 부담스러워 정신적인 타격까지 주는 마물이다.

"진(進)!"

우리를 발견한 총 열 다섯 마리의 추시귀가 달려오자 녀석들의 가속력을 이용하기로 마음먹은 것 같은 상호는 추시귀가 거의 당도했을 쯤 앞으로 나갈 것을 명했다.

십수진은 단지 개개인의 능력을 모아 서로 보좌해 주는 역할뿐만 아니라 기파까지 엮어주는 역할도 한다.

기파란 절정무공을 익히면 느낄 수 있는 건데, 보려고 하면 아지랑이처럼 피어오르는 상대의 기파를 볼 수 있고 직접 내력을 운용하여 기파를 일으킬 수도 있는 쓸 만한 기술이다.

이 십수진은 절정은 아니지만 일류의 것은 되는지라 추가 스킬로 기파가 달려 있었다. 덕분에 기파를 이용하여 적을 상대할 수 있는 것이다.

처음 달려온 네 마리의 추시귀는 우리 십수진이 만든 기파에 휩쓸려 뒤로 나가떨어졌고 그것은 싸움의 시작을 알리는 소리였다.

"산(散)! 진!"

여원의 말을 따라 나를 중간에 놔두고는 자신의 방향으로 이동하는 녀석들. 그리고 그 상태에서 진전해 난 추시귀에 둘러싸인 격, 추시귀는 다른 애들에게 둘러싸인 격이 되었다.

"집(輯)!"

순식간에 거리를 좁혀오는 녀석들. 그리고 나를 에워싼 채 어쩔 줄 몰라 하는 추시귀들에게 난 강력한 한 방을 선사했다.

"삭월령!"

현월광도의 제이초 삭월령. 조용히, 하지만 광포하게 내려쳐지는 삭월의 도, 한월의 차가운 예기에 네 마리의 추시귀가 동강나 버렸고 나머지 추시귀들은 어느새 다가온 친구들에 의해 작살나기 시작했다.

혼자의 힘이라면 간신히 버틸 상대이건만 진을 형성하여 기파를 받음으로써 그 능력이 상승하게 되니 무리없이 추시귀들을 상대할 수 있었던 것이다.

"해(解)."

십수 차례의 사냥으로 수십 마리의 추시귀를 작살낸 우리는 더 이상 필드에 남아 있는 추시귀가 없자 추시귀들이 리젠되기까지 필드 밖에서 진을 해체하고 쉬기로 했다.

여원이 말하는 진, 산, 집, 해 등의 말은 단순히 친구들에게 말하는 것만이 아니라 기파를 움직이는 시동어도 되기에 이렇게 '해'라고 외쳐줘야 뭉쳐져 있던 기파가 풀려난다.

"휴우……. 이 십수진이란 거 능력치도 올려주고 내공 소모도 적고 대단하긴 한데, 진세를 계속 유지하려다 보니 좀 피곤하네."

병건이가 자신의 애병 호창(虎槍)을 지팡이 삼아 서며 말했다.

"그래도 이게 어디냐. 아직 우리가 잡기엔 무리인 이 추시귀를 이렇게나 손쉽게 쓸어버릴 수 있다니."

"흐흐, 그건 그래. 봤냐? 이 멋진 모습을? 이 호창과 어우러져 이루어내는 조화! 크하하하하!"

놀고 있네.

뻑!

"억!"

"헛소리하지 말고 쉬기나 해라."

역시 상호의 강력한 제재에 병건이의 자화자찬은 거기서 막혀 버렸다.

그렇게 한동안 쉬고 있을 때 뒤에서 누군가의 목소리가 들렸다.

"이런, 언제부터 이 추시귀 밭(필드를 뜻한다)이 허접들이 떼로 싸우는 그런 곳이 됐지?"

"푸하하하하!"

"크큭큭!"

나타난 한 무리의 떼. 한 대여섯 명 정도의 남정네 떨거지가 비릿한 미소를 지으며 우리를 바라보고 있었다. 아, 여자가 있었다면 모르되 필요없는 남정네뿐이니 패스!

잠시 녀석들을 쳐다본 우리는 곧바로 고개를 돌려 녀석들을 무시해 버렸고, 자신들을 무시했다고 여긴 녀석들은 곧 화를 내기 시작했다.

"이, 이 허접한 것들이 감히 이 솔로문(率瀘門)의 대제자 구검(究劍) 명경을 무시해!"

구검? 설마겠지. 그때 여원이 이제야 알았다는 듯 말했다.

"아, 어디서 봤나 했더니 생각났다. 솔로문이라는 이 시부촌 주위에서만 떵떵거리는 이류문파의 대제자인데, 개같이 싸운다고 해서 붙여진 구검(狗劍)을 자칭 궁극의 검이란 뜻의 구검이라 고치고 다니는 놈이야. 이류문파 대제자 주제에 이류무공을 익히고 있긴 하지만 그다지 신경 쓰지 않아도 돼."

그럼 별 볼일 없는 놈이네. 제발 시끄럽게 굴지 말고 꺼져 줬으면 좋겠다.

"크하하하! 이 구검의 명성은 하늘을 찌르는구나. 너 같은 허접도 알고 있다니 말이다."

"크하하하하!"

"역시 대사형입니다! 저런 촌것들도 알고 있다니."

"그럼, 그럼!"

저것들 단체로 약 먹었나? 바보 아냐? 자기 욕하는 줄도 모르고 잘난 척하는 놈이나, 욕먹은 대사형을 띄워주는 놈들이나 막상막하네.

난 갑자기 바보균이 퍼지는 것을 느끼며 심각한 고통이 생기는 것 같았다.

"무시해, 무시해."

난 녀석들이 들으면 귀찮아질까 봐 작게 말했다.

"그런데 촌놈들 주제에 이렇게 미인들이랑 같이 놀다니! 버릇없군! 이보시오, 거기 예쁜이 소저들. 저런 한심한 놈들은 내버려 두고 이 훤칠한 미남들과 함께 다니지 않으시겠소?"

구검이 옷을 시원하게(?) 입은 미우를 음흉한 눈빛으로 바라보며 말하자 소룡(민우)이 평소답지 않게 발끈해서 나서려고 했지만 내가 소룡의 손을 잡아 세움으로써 막아냈다. 사실 소룡도 내가 구해온 이류검법을 익히긴 했지만 익힌 지 기껏해야 삼 일 남짓 됐으므로 아직 저 구검이란 작자와 싸우긴 무리다. 음, 유수(지수) 혼자라면 가능하겠네.

녀석의 말에 아무도 대꾸하지 않자 남자들은 겁먹은 것이라, 여자들은 창피해서 그런 것이라 여긴 놈들은 기고만장해졌다.

"크하하하! 창피해서 그런 것이오? 걱정 말고 이리 오시오. 자, 어서."

마침내 음흉의 극에 달한 구검은 미우의 팔을 잡아당겼고 이에 눈이 팩! 돌아버린 소룡은 즉시 칼을 뽑아 녀석의 목에 가져다 댔다. 음, 저 발검 하나는 수준급이란 말이야.

"헉!"

"꺼져라, 귀찮게 하지 말고."

싸늘한 소룡의 말. 그 눈빛은 차갑기 이루 말할 수 없었다. 음, 저런 눈빛은 소룡이 진짜 화났을 때 볼 수 있는 건데 그런 때는 나도 녀석이 무섭다. 그래서 말리지도 못한다.

"으… 으."

녀석도 소룡의 싸늘한 눈빛에 겁을 먹었는지, 아니면 목에 가져다 댄 검에 겁을 먹었는지 사색이 된 채 소룡을 바라보고 있었다. 그 뒤쪽의 떨거지도 마찬가지였다. 그러게 까불기는 왜 까부냐고.

"꺼져."

그렇게 말한 소룡이 검을 회수하자 사색이 되었던 녀석의 얼굴이 곧 점점 붉어졌다.

"가, 감히 이 구검님을……."

얼굴이 붉어진 채 화를 내기는 했지만 소룡의 그 차가운 눈빛 때문에 감히 덤비지는 못하는 듯 뒤로 계속 물러섰다.

"두, 두고 보자. 가자."

구검은 그렇게 말하고 떨거지를 데리고 어딘가로 갔는데 바로 추시귀들이 나오는 곳이었고, 마침 그곳에 추시귀들이 리젠되어 있었다. 쩝, 조금 전처럼 쓸지는 못하겠네.

"추시귀도 리젠되었다. 다시 가볼까?"

내 말에 친구들은 하나씩 자리에서 일어나기 시작했고 우리는 진을 이룬 채 추시귀들이 있는 곳으로 다가갔다.

"추(趨)!"

여원의 말에 우린 속도를 맞춰 앞으로 달리기 시작했다. 벌써 세 무리의 추시귀를 섬멸하고 다시 다른 추시귀들을 섬멸하려던 중이었다. 그리고 지금 노리는 것은 우리 앞에 있는 한 무리의 추시귀.

그때 갑자기 검이 날아가 추시귀들에게 박혔고, 그걸 시작으로 어떤 사람들이 진을 이뤄 추시귀들을 쓸어버리기 시작했다.

"저것들 뭐야?"

"이건 명백한 스틸이야, 스틸!"

"응? 저것들은?"

흥분하는 미우와 무진을 말리고 나서 추시귀들을 몰아붙이고 있는 사람들의 얼굴을 보니 아까 전의 그 솔로문인가 뭔가 하는 문파의 대제자 일행이었다. 아, 짜증나는 떨거지들……

"냅두자. 똥이 무서워서 피하냐? 더러워서 피하지."

"짜증나."

우리는 신경질이 났지만 아직 추시귀들은 꽤 남아 있었기에 다른 추시귀들을 노리기 시작했다.

"망(網)!"

그물 형태로 움직인 우리는 서서히 추시귀들의 숨통을 조여갔다.

그때 갑자기 기합 소리와 함께 난입한 여섯 자루의 검과 인영.

"차앗!"

우리 진을 망가뜨리며 난입한 여섯 자루의 검과 인영은 이미 전의를 상실한 추시귀들을 도륙하기 시작했다.

"뭐야!"

"또 저놈들이야?"

으……. 짜증, 짜증.

우리는 잔뜩 열이 뻗쳐 녀석들이 추시귀를 다 잡아 죽일 때까지 기다렸다.

"뭐냐? 왜 그 딴 눈으로 보는 거냐!"

어쭈, 저 자식이?

"당신들이 저희가 잡는 마물들을 스틸하지 않았습니까?"

"훗! 스틸? 그깟 추시귀들 잡는 데 스틸이라니. 네깟 놈들이 너무 꾸물대기 때문에 도와줬더니 고맙다고는 못할망정 이게 무슨 말이냐!"

"뭐?"

오, 짜증이 트위스트를 추는 이 시점에 여원은 주먹을 세웠다.

"당신들, 아무래도 한번 혼나봐야겠어."

"뭐? 네깟 놈이?"

유들유들 계속 반말하는 녀석에게 여원은 잔뜩 열이 받은 듯했다. 말이야 바른말이지, 여원은 랭커였던 사람. 거기다가 이번에 대회에서 우승까지 해 그 이름을 더 드높인 실력자다. 그런 실력자가 언제 이류 문파, 그것도 문주도 아닌 겨우 대제자에게 이런 모욕을 받아봤겠는가? 예상컨대 저놈들 죽지 않을 때까지만 맞을 거다.

"은혜도 모르는 잡것을 손 좀 봐줘라!"

"예!"

덤벼드는 떨거지들. 모두 다 내공을 끌어올려 검을 세우고 여원을 향해 달려들었지만 여원은 내공을 끌어올리는 낌새가 없었다. 기에 대해서는 민감한 나다. 그린 내가 내공을 끌어올리는지 그렇지 않은지 모를 리가 없었다.

여원은 분명 내공을 끌어올리지 않았고 권갑을 착용한 손에 주먹을 쥐었다.

날아오는 검을 권갑으로 튕기듯 옆면을 가격해 멀리 떨어뜨려 버리고 정권 지르기로 가볍게 한 놈 격파. 다음 로우 킥으로 두 번째로 달려오는 놈의 다리를 차서 넘어뜨리고 발로 얼굴을 찍어버려 또 한 놈

격파. 쓰러진 놈을 뛰어넘어 그 다음 다음으로 달려오는 놈의 가슴을 그대로 두 발로 차면서 세 놈 격파. 그리고 상호의 발차기를 맞고 날아간 놈이 뒤에 쫓아오던 두 명과 함께 넘어져 다섯 명 모두 격파.

순식간의 일이었다. 내공을 사용하지 않고 순수 능력치만으로 내공을 사용하는 다섯 명의 무사를 처참히 박살 낸 것이다. 음, 저렇게 간단히 끝내지 말고 죽지 않을 만큼만 패지.

"허헉! 넌… 넌 뭐냐!"

"나? 알 필요 없어."

"히이익!"

퍽!

"끄윽!"

반항할 새도 없이 복부에 박힌 주먹에 긴 신음과 진득한 침을 흘리며 쓰러지는 구검. 쯧쯧, 덤빌 놈에게 덤벼야지.

"에이, 기분 잡쳤다. 시간 많이 남았냐?"

"음, 오후 2시라……. 벌써 시간이 이렇게 됐군. 그만 나가자. 한바탕 놀아야지!"

"좋아!"

오늘도 어김없이 술에 먹혀 실려 가는 애들을 데려다 주고 집으로 돌아가는 길이다. 크리스마스에 이게 뭐 하는 짓인지……. 서인은 술을 마시지 않아 정신이 말짱한 덕분에 혼자 집에 가겠다며 먼저 집으로 가 난 혼자서 XI—3를 뒤에 달고 있는 수송 택시를 타고 집으로 돌아왔다.

"음, 친구들이 실려 갈까 봐 술을 얼마 마시질 않았더니 취하지도 않

고 잠도 안 오네. 하아……. 비상이나 할까?'

알코올 농도 때문에 비상이 될지 모르겠지만 얼마 마시지 않았고 또 술 마신 지 꽤 시간이 지났으니 가능하지 않을까 하는 생각으로 나는 비상 캡슐을 열고 그 속에 몸을 묻었다.

이렇게 눕고 나니 그 느낌이 너무나 편해서 꼭 비상을 하지 않고 이렇게 누워 있어도 괜찮겠다는 생각이 들었다.

하지만 의도치 않게 캡슐은 자동으로 닫혔고 곧 비상은 시작되었다.

─알코올 농도 0.1%. 순화 작업 들어갑니다.

음? 캡슐에 이런 능력까지 있었던가?

캡슐의 능력에 관한 책자는 있었지만 그런 거까지 일일이 읽기에는 내 인내심이 부족했고 그냥 대충대충 사용해 왔으니 캡슐에 사용자에 대한 순화 능력까지 있었는지 알 길이 없었다.

곧 순화 작업은 끝났고 검은 세계가 눈앞에 펼쳐졌다.

"글쎄 없다니까!"

"늙은이, 어서 데려오라고."

응? 무슨 일이지?

나와 친구들은 용문객잔까지 와서 접속을 끊었기에 비상을 접속했을 때 당연히 용문객잔 안이었다. 그리고 내가 속한 방에서 내려와 정문으로 다가가자 계속 누군가 다투는 소리가 들렸는데, 용문객잔의 주인 어르신과 웬 열 명 정도의 남자가 다투고 있는 중이었다.

남자들은 자꾸 누군가를 데려오라 그리고 주인 어르신은 계속 없다고 그러는데 도대체 무슨 말인지…….

"어르신, 왜 그러십니까?"

"응? 아, 자네인가? 마침 잘 왔네. 자네 일행을 찾는 사람들이 와서 이 소란이네. 자네들이 접속을 끊고 나갔다고 말했는데도 막무가내지 뭔가."

우릴 찾는 사람?

"앗! 저놈은 그 일행 중에 있던 놈입니다!"

누군가 나를 보고 손가락질을 하며 외쳤는데 어디선가 본 적이 있는 얼굴이었다. 음, 술이 덜 깼나? 순화까지 했으니 술기운이 남아 있을 리 없을 텐데 왜 저 사람이 누군지 기억나지 않지? 어디서 봤더라?

"아! 넌 그 싸가지."

"누가 싸가지냐! 난 솔로문의 대제자 구검 명경이란 말이다! 이분은 우리 솔로문의 호법이시자 잔해검(殘害劍)이란 별호로 그 이름을 떨치고 계시는 와초 대협이시다!"

잔해검? 음, 그렇게 말해 봤자 내가 알 리 없잖아. 구검 외에도 아까 여원에게 맞고 뻗은 놈들도 있었는데 구검과 그놈들은 전부 잔해검이란 별호를 가진 혈의인 뒤에 숨어 혹시나 여원이 있지 않을까 걱정하는 눈빛을 하고 있었다.

"그 딴 건 됐고, 왜 왔냐?"

"감히!"

난 귀찮은 설명은 듣고 싶지 않았기에 대충대충 말했고, 내 말투에 녀석들은 발끈해서 덤비려 했지만 잔해검이란 녀석이 그들을 막아섰다.

"휴우……. 너 따위가 알 일이 아니다. 네놈과 같이 있던 그놈을 불러와라!"

"아까 너희를 팬 녀석 말이야?"

"그, 그렇다!"

구검도 자신이 누군가에게 맞고 다닌 게 창피한지 살짝 말을 더듬었다.

"걔는 왜?"

"네가 알 바 없다! 본디 내일 우리 문파의 문주님께서 문원들과 함께 친히 납서서 놈을 척살하기로 했으나 내 문주님께서 나서시기 전에 너희를 처단하러 온 것이다. 네놈은 그놈의 일이 끝난 후에 천천히 처리해 줄 터이니 놈을 데리고 와라!"

말 참 기네. 그러니까 맞고 가서 어른한테 앵앵댔더니 어른이 애 싸움에 끼어들기 위해 나섰다 이거지? 그런데 그 애는 자신보다 더 나이 많은 형님을 데리고 와서 먼저 본때를 보여주려 하는 거고.

"한심한 녀석."

난 나도 모르게 입에서 그런 말이 튀어나왔다.

"뭐라? 네놈이 죽고 싶어 발광을 떠는 것이냐!"

"아주 지랄을 떨어. 척살이 어쩌고 어째? 웃기지도 않는 것들이 어디 와서 행패야!"

난 아까 사냥터에서부터 저놈들이 마음에 들지 않았다. 특히 저 오른쪽에서 세 번째에 있는 놈. 초매를 보고 침 흘렸던 놈이다. 만약 여원이 나서서 한 대씩 때려 보내지 않았다면 난 한월을 뽑았을 것이다.

오히려 고맙다고 했어야 할 상황에 뭐가 어쩌고 어째?

"뭐, 뭐라? 이놈이!"

차앙!

구검이라는 놈은 내가 한 말에 참기가 싫었던지 곧바로 허리춤에서 검을 뽑았고 내게 달려왔다. 이번에는 혈의인도 막지 않았다. 내가 우습게 보였겠지. 가만히 있으니까.

"죽어라!"

나를 향해 곧장 달려오며 검을 내려치는 구검. 저놈 이류검법 익힌 놈 맞아? 왜 저리 허술해?

난 살짝 몸을 틀어 구검의 검을 피해 버렸다.

"이놈! 이놈!"

계속해서 이놈을 외치며 검을 이리저리 휘둘러 대는 구검. 물론 거기에 맞아줄 생각 따윈 없었다.

"헉! 헉! 이놈! 피하는 재주만큼은 뛰어나구나! 하지만 언제까지 계속 피할 수 있을 거라 생각되느냐!"

흥! 방금 나와 같은 피하기를 할 수 있다면 무공 같은 걸 익히지 않은 사람도 네놈은 충분히 죽였다. 살짝 피해서 아무 데나 칼만 꽂아 넣으면 땡인데 그걸 모르겠나?

"이것도 피할 수 있는가 보자! 회류살검(回流殺劍)!"

갑자기 계속해서 회전해 오며 그 회전력을 바탕으로 강한 풍압을 만들어내는 구검. 저게 놈이 가진 이류검법의 초식인가? 검법은 뛰어나지만 그 사용자가 조잡하군.

난 피할 수도 있었지만 슬슬 지겨워지던 참이라 한월을 뽑았다. 싸늘한 예기가 넘실거렸고, 햇살에 비치는 한월은 그 아름다움을 뽐내었다. 그리고 그대로 한월을 내리찍었다. 내공? 필요없었다. 오직 내가 가진 순수한 힘만으로 내리찍었다.

카캉!

"커억!"

찢어질 듯한 금속음이 사방을 메웠다. 녀석의 검은 한월에 의해 산산조각으로 부서져 사방으로 튀었고 그 조각들은 녀석들 일행에게로 날아가 박혔다.

그 와중에 혈의인은 자신에게로 날아오는 조각들을 검집으로 쳐내 긴 했지만 나머지 놈들은 그럴 재주가 없었는지 몸으로 때웠다. 물론 대부분은 그냥 게임 오버되겠지. 그리고 주인 어르신은 내 뒤에 있었기에 전혀 피해가 없었다. 아니, 일부러 이쪽으로 날아오지 않게 쳤다.

"끄륵! 어, 어떻게 네놈이!"

한 방에 나가떨어진 구검은 입으로 피를 뿜으며 믿을 수 없다는 듯이 말했는데 그 모습이 더욱더 가소로웠다.

난 더 이상 구검에게 신경 쓰지 않고 남은 혈의인을 쳐다보았는데 혈의인은 입가에 비릿한 미소를 짓고 있었다. 지금까지 겪어본 바로는 저런 미소를 짓는 놈은 상당히 짜증나고 재수없는 놈이다.

"대, 대협. 저, 저놈을 혼내주십시오!"

어느새 다가갔는지 구검은 혈의인의 다리 쪽에서 혈의인을 바라보며 간절히 말했다. 쟨 자존심도 없나?

퍽!

"커억!"

갑작스러운 반응. 비릿한 미소를 짓던 혈의인은 계속해서 구검이 달라붙자 귀찮은 듯이 한쪽 발을 놀려 구검의 복부를 차버렸던 것이다. 그리고 입을 열었다.

"훗! 무명소졸에게도 이기지 못하는 네놈은 이제 솔로문의 대제자가 아니다. 꺼져라. 다신 내 눈에 띄지 마라. 쓰레기."

"허, 허억! 말도 안 돼! 이럴 순 없어!"

마음에 들지 않았다. 저 구검도 마음에 들지 않기는 마찬가지지만 단순히 비무에 패했다고 저렇게 사람을 쓰레기 취급하는 것은 더 더욱 마음에 들지 않았다. 솔로문이라……. 짜증나는 문파야.

◆ 비상(飛翔) 스물세 번째 날개
멸문(滅門)

비상(飛翔) 스물세 번째 날개 멸문(滅門)

"이봐, 그만 하지?"

"훗! 그러지 않아도 그만 할 생각이다. 이딴 놈을 계속 차다가는 내 발이 썩을 것 같거든."

재수없는 놈. 무서운 것 빼고 재수없기로 따지자면 투귀를 능가할 놈이다. 음, 투귀는 재수없다기보다 무서운 건가? 하여튼 난 투귀고 저 놈이고 둘 다 싫어.

"볼일이 끝났으면 가봐라, 귀찮게 하지 말고."

난 혈의인과 잔해검이 마음에 들지 않았지만 그렇다고 일부러 싸움을 할 필요는 없다는 생각에 그냥 돌아가라고 했다.

"그럴 순 없는 노릇. 한 사람의 힘으로 아무리 곡괭이를 사용하여 거산을 찍어본들 거산이 무너질 리는 없지만 거산에게는 그것 나름대로 신경 쓰이거든. 재수가 없음을 원망해라."

꼭 이렇게 나와요. 하아··· 왜 자꾸 이런 놈들이 꼬여 드는 건지.

잔해검은 자신의 검집에서 검을 뽑아 들었다. 아무래도 싸워야겠지? 근데 아무리 문파의 체면을 생각해도 이렇게까지 나올 필요는 없을 텐데? 난 이상한 생각이 들었고 곧 잔해검의 탐욕이 깃든 눈동자를 보고 대충 상황을 파악할 수 있었다.

탐났던 거로군, 한월이.

"나의 잔렬검법(殘烈劍法)의 검초를 받아낼 수 있을까?"

"해보지 않고는 모를 일이지."

난 그렇게 말하고 자세를 잡았다. 흘리는 기파로 보아 상대는 이류무공을 극성으로 연마했지만 일류무공은 익히지 못한 고수. 원래의 나라면 그다지 신경 쓰지 않아도 될 존재이지만 아직은 아니다.

자결이란 말로 여러 개 나누어져 있던 도제도결의 진기가 용연지기로 바뀌며 모두 하나의 진기로 통합되었고, 현재 내 진기는 모든 자결의 진기의 장점과 용연지기의 정순한 힘만을 가지고 있다.

하지만 그러기 위해서 버린 진기 때문에 지금 내가 가진 전 내공은 고작해야 30년 정도. 앞으로도 계속 쌓아 올라갈 내공이지만 지금은 도기만 뿌려낼 수밖에 없다.

상대의 내공은 약 20년 남짓. 일류무공은 익히지 못한 것으로 보이니 검기는 어림없겠지만 이류무공을 극성을 익힌 만큼 초식에 익숙해졌을 거다.

진기가 통합되면서 도제도결은 하나의 본격적인 무공이라기보다 완전무결한 보무공이 되었다. 직접적인 힘이 아닌 무공을 보좌해 주는 그런 무공. 아마 도제도결이 추구하는 무공의 끝은 바로 이런 보무공이 아닌가 싶다. 애초에 식을 가지지 않았지만 식으로 펼치려 했던 무공.

그렇다면 내게 남은 것은 무엇이 있을까? 현월광도. 그것뿐이다. 하지만 현월광도는 아직 고작해야 2성의 단계. 그것도 도강을 쓸 수 없다면 반쪽짜리 무공이다. 도강 대신 도기로 대체할 수는 있지만 그래도 도강보다 그 활용성이 현격히 떨어지는 것은 부정할 수 없다.

언젠가부터 긴장감이 흐르기 시작했다. 질 거란 생각은 들지 않는다. 도강을 제외하곤 이미 지금의 내공으로 전보다 더욱 뛰어나게 되었다. 정 안 되면 그동안 죽어라 연습한 투결이나 폭기를 사용하면 된다. 전처럼 압도적인 내공으로 승부하는 것이 아니라 초식으로 승부한다는 것에 흥분이 되었다.

"허례허식 따윈 차릴 필요 없겠지, 어차피 너 아니면 내가 죽어야 할 테니."

"그럴 테지. 어르신, 잠시 객잔 안에서 기다리세요."

"허점!"

내가 어르신을 보고 그렇게 말하는 사이 녀석의 검이 짓쳐들어 왔다. 비겁하다고는 하지 않겠다. 나라도 저렇게 했을 테니.

"잔류무한(殘溜無限)!"

마치 흐르는 급류처럼 세차게 몰아세우는 잔해검의 검. 난 현월광도 제삼초 망월막을 펼쳤다. 처음에는 전혀 이해가 가지 않던 초식이었으나 계속 사용하면 할수록 그 깊이가 깊어지고 나중에 가서는 도강이나 도기 없이도 자연스레 내 몸을 방어할 수 있는 초식이란 걸 깨달았다.

"망월막."

아주 느리게 완만한 곡선을 그리며 움직이는 한월. 하지만 그 곡선이 이르는 곳에는 어김없이 잔해검이 날아들었고, 잔해검의 검은 한월에 의해 전진할 수가 없었다.

카캉!

"제법 숨겨둔 한 수가 있었구나. 이것도 막아봐라. 잔율검(殘慄劍)!"

키아아악!

검을 비틀며 찔러오는 검격으로 공기 간의 마찰이 생겼던지 진한 귀곡성을 흘리며 검은 동시에 세 곳의 요혈을 노리고 찔러 들어왔다. 그러나 난 망월막을 그칠 생각은 하지 않았다. 망월막은 그 어떤 공격도 거부하는 절대방어 초식.

잔해검의 검도 예외가 될 순 없었다. 귀곡성은 그보다 내공이 높은 나에게 전혀 해를 끼칠 수 없었고, 검 역시 망월막이 그리는 방어선에 튕겨 버렸다.

그리고 그 튕겨가는 검을 한월이 조용히 뒤따라갔다.

"삭월령!"

조용히, 아주 조용히. 세상의 모든 것이 소리를 잃은 듯 주위는 적막에 젖어들었고, 그 적막을 따라 수많은 잔영을 남기며 상대를 도륙하기 위해 폭격하는 한월.

"크윽! 이건 뭐냐!"

삭월령의 강력한 공격에 당황하며 급히 뒤로 물러서는 잔해검. 그래봤자 삭월령의 공격을 피할 순 없었으나 난 삭월령의 공격을 거둔 채 원주미보를 밟아 물러서는 잔해검에게로 접근했다.

"잔월향."

삭월령이 조용하면서도 광포했다면 잔월향은 느리지만 정교한 초식. 순식간에 여덟 곳을 공격해 가는 한월의 모습에 잔해검은 이리저리 검을 휘둘러 보았지만 잔해검은 이미 한월이 지나간 곳을 노릴 뿐이었다. 마치 향기의 그것처럼 여운만을 남기는 초식. 하지만 잔월향의 '잔(殘)'은 괜히 붙은 게 아니다.

"끝났군."

스르릉.

난 잔해검을 지나쳐 한월을 도갑에 집어넣었다. 이미 승부는 끝났다. 잔월향은 결코 상대를 용서하지 않는 잔인한 달의 향기.

피쉬싯!

"크아악!"

잔해검의 전신에서 잔잔한 핏줄기가 생겨나더니 곧 그 핏줄기에서 엄청난 양의 피가 뿜어져 나왔고, 그 피는 잔해검의 비명과 어울려 마지막 피의 향기를 남겼다.

"사람을 쓰레기라고 치부하는 것은 옳지 않아. 설령 너 같은 자기 제일주자라 해도 말이야."

내가 떠나는 자리에는 싸늘히 식어가는 잔해검의 시신과 그의 피, 그리고 비릿한 혈향(血香)만이 남았을 뿐이다.

젠장, 기분이 더러워졌어.

"솔로문……. 제기랄!"

"강민 형! 어디 있어! 나와봐!"

난 지금 예의 그 어둠의 세계에 와 있다. 그리고 지금 소리 높여 강민 형을 부르고 있다. 도대체 어디 간 거야?

사실 항상 형이 나를 지켜보고 있지 않는 한 이렇게 갑작스런 부름에 나타날 수가 없다. 게다가 거의 반년 동안 아무런 연락도 없었는데……

"강민 형!!"

"시끄러!"

내가 계속 소리를 지르고 있자 뒤에서 울려 퍼지는 소리. 강민 형이었다.

"형!"

"그래, 나다. 마침 내가 비상을 훑어보고 있어서 망정이지 그렇지 않았다면 넌 헛수고했을 거다. 그건 그렇고, 오랜만이네. 잘 있었어?"

오랜만에 보는 강민 형은 전과 다를 바 없었다.

"도대체 어떻게 된 거야! 전화를 해도 받지도 않고! 그동안 나타나지도 않고."

"하… 하하하. 아니, 그게… 멋들어지게 사라졌는데 갑자기 나타나면 뻘쭘할 것 같아서……."

무, 무슨 저런 말도 안 되는 황당한 소리를…….

"아하하하. 장난이고, 좀 바빴어. 그리고 전화번호도 사정이 생겨서 바꼈고. 근데 너한테 현재 사정이랑 전화번호 적은 쪽지 보내줬는데 못 받았어?"

"응?"

전화번호라니……. 설마 예전에 누군가에게서 온 쪽지를 휴지 대용으로 쓴… 그것이란 말인가!

"음, 하여튼 형이 나쁜 거야. 전화로 해도 될 것을 그렇게 하다니……. 그리고 내가 연락 안 하면 형이 했어야지."

"아하하. 그래, 내가 잘못했다. 그런데 웬일이냐?"

"웬일은 무슨……."

"아냐, 네가 이렇게까지 날 찾을 때는 분명 이유가 있었어. 꼭 필요한 거 있을 때마다 날 찾던 그 버릇을 내가 잊은 줄 아니?"

음, 정말 버릇 같지도 않은 버릇을 잘도 기억한다니까.

"사실은 하나 물어볼 게 있어서."

"물어볼 거?"

강민 형은 내 말에 의아하단 표정을 지었다.

"음, 뭐라고 해야 하나. 문파전이라고 해야 하나? 하여튼 비상에도 그런 게 있지? 문파끼리 싸우는 거."

"그래, 있어."

"그럼 단체가 아니더라도 개인이 문파와 싸울 수도 있는 거야?"

"그래. 단체와 단체, 개인과 개인, 단체와 개인. 어떻게 되든지 상관 없어. 단지 미리 통보를 해야 한다는 거지."

좋아, 좋아. 그럼 다음 질문.

"그렇게 통보를 하고 싸우면 PK범은 되지 않는 거야?"

"너 아직 잘 모르는구나. 비상에는 PK범이 없어. 일반 양민들을 학살한다면 관이라는 이름으로 현상범에 오르겠지만 그렇지 않고 정정당당히 하는 대결이라든지 무림인들끼리 하는 일에 대해선 철저히 불문에 붙여져. 무림과 관의 생리라는 거지. 만약 그렇지 않는다면 살수란 직업이 무의미해지니까."

"그럼 통보는 어떻게 해야 해?"

"직접 홈페이지에 가서 할 수도 있고 아니면 네가 서찰을 보내 그쪽으로 통보를 할 수도 있지. 그리고 통보한 시간으로부터 최대 네 시간에서 삼 일까지 그 시간을 정할 수 있어. 통보를 하는 쪽이 쳐들어갈 시간 말이야."

음, 그렇다면 지금 통보를 해도 네 시간 후에나 쳐들어갈 수 있단 말인가?

"뭐, 통보를 하지 않더라도 무림인들끼리의 일이면 관에서도 간섭을 안 하는데, 단지 상대편이 현상금을 걸 명분이 생긴다는 거지. 명분없이 현상금을 걸면 사람들이 그 현상범을 잘 추적하지 않거든. 통보없이 쳐들어간다면 엄연히 무법 행위고 그렇다면 명분이 생기는 거지."

음, 무슨 소린지 확실히는 모르겠지만 어쨌든 별로 상관없다는 거네.

"근데 그건 왜 물어보냐? 무슨 일 있어?"

"아니, 손 좀 봐줄 문파가 생겼거든."

내 말에 강민 형은 잠시 생각하더니 입을 열었다.

"참지 그러냐. 아무리 화가 나더라도 무력으로 모든 것을 끝내려 하면 안 돼."

"이번만이야, 이번만."

내가 절대 그럴 수 없다는 강력한 부정을 표하자 강민 형은 고개를 저으며 말했다.

"휴……. 고집 하나는 여전하구나. 좋아, 그럼 내가 네 이름으로 통보를 넣어줄게."

"아니, 그럴 필요 없어. 통보없이 쳐들어가는 게 더 이익이잖아."

"정말 범죄자가 되려고 하는 거냐? 설사 통보없이 쳐들어가더라도 나중에 관에서는 조금이나마 그걸 조사를 해야 하고 그 관이란 이름으로 활동하는 건 바로 우리 운영자란 말이야."

듣고 보니 나중에 고생할 형에게 좀 미안하긴 했다. 별수없지.

"그럼 나중에 그 범인을 찾거든…… 음, 무제(武帝), 그래, 무제라고 해."

무제는 내 직업의 이름. 이 정도면 되겠지.

"정말 너의 그 막무가내에 두 손 두 발 다 들었다. 그래, 무제로 신청은 해놓으마. 그런데 그 파장이 만만치 않을걸?"

"응?"

다른 건 다 알아듣겠는데 마지막 말, 파장이 만만치 않다니……. 무슨 말이지?

"아니, 아무것도 아니다. 어쨌든 그렇게 신청을 해놓으마. 그리고 나중에 다시 전화번호랑 우리 집 주소 적어서 보내줄 테니 이번엔 제대로 보관하고. 자주 놀러 와, 보여줄 사람도 있으니."

"알았어. 근데 보여줄 사람이라니?"

"나중에 오면 알려줄게."

강민 형은 뭔가 숨기는 듯했지만 지금 난 그것보다 더욱 중요한 일을 가지고 있었기에 그냥 넘겼다. 다음에 놀러 가면 알겠지.

"강우 형!"

"오, 자네 왔나?"

강우 형은 약 나흘 만에 들른 나를 보자 반가워했다.

"강우 형 예전에 제가 부탁드린 거 지금 찾을 수 있나요?"

"음? 비늘 갑옷이라면 아직 하나밖에 완성하지 못했고 가면이라면 이미 완성되었네."

음, 어차피 나 혼잔데 하나면 충분하지.

"그럼 그 하나 지금 주세요. 아, 제가 그러고 보니 잊고 있었는데 다섯 개는 여성용으로 만들어 주셔야 해요. 디자인도 멋지게요."

"알았네. 그리고 디자인은 갑옷의 생명 아니겠는가. 마침 지금 만들어놓은 것은 특별히 자네를 위한 것이라 무려 사흘이나 걸린 거네. 잠시만 기다리게 지금 가져오겠네."

오, 그래? 나를 위한 것이라……. 잠시 후 강우 형은 한 목곽과 큼지막한 무언가를 검은 천에 두른 채로 돌아왔다. 그리고 내 앞으로 탁자를 끌고 와 목곽과 검은 천을 두른 것을 내려놓았다.

스르륵.

"자, 이것이 바로 자네를 위한 특별 비늘 갑옷이네. 이름은 승룡갑(乘龍鉀)이라 지었네."

"음……."

강우 형이 검은 천을 벗기자 그곳에서 은빛의 갑옷이 그 모습을 드러냈는데 마치 은빛 용이 승천하는 것과 같은 모양으로 갑옷을 빙 두르며 조각되어 하나의 예술품을 보는 것과 같은, 그런 느낌을 주는 갑옷이었다. 실로 아름다움의 극치.

"멋진데요?"

"멋지다뿐인가. 자네의 한월이 내가 만든 최고의 병기라면 이 승룡갑은 내가 만든 최고의 갑주라고 할 수 있네. 아름다운 것도 아름다운 것이지만 그 방어력. 아마 강기를 쓰지 않고는 잘라내지 못할 것일세. 강기를 써도 한 번의 강기로는 역시 커다란 손상을 입히지 못할 것이고."

강기를 막아낼 수 있는 갑옷이라……. 최고로군.

난 묵룡갑을 벗어 잠시 옆에 놓아둔 후 승룡갑을 입기 위해 들어보았다.

묵직!

"음……?"

승룡갑은 예상외로 묵직했다. 이 정도 무게라면 하얀이 같이 힘을 중시하지 않는 사람은 못 입겠는걸?

"강우 형, 가볍다고 하지 않았나요? 근데 이건 무거운데요?"

"아, 그건 자네를 위한 특별한 것이라 하지 않았나. 그 갑옷은 내가 오래전에 구한 정체 모를 기술로 만든 거네. 그 기술을 사용하려면 강기를 막아낼 수 있는 강한 금속이 필요했고 보통 갑옷을 만드는 것에 두 배가 넘는 양이 필요했기에 사용해 보지 못하고 있던 것이었지. 그런데 이번에 자네가 비늘을 들고 와서 한번 써먹어 보게 되었다네. 그것도 실패하지 않고 단번에 만들 수 있어서 다른 갑옷을 만들 양도 부족하지 않았고 말일세."

호오! 그럼 이건 두 개분의 비늘로 만든 갑옷이란 건가?

"실제 다른 갑옷들은 그 갑옷 무게의 반도 안 될 것이니 너무 걱정 말게."

난 강우 형의 설명을 들으며 승룡갑을 착용해 보았다. 그러자 승룡갑 전체에서 따뜻한 온기가 느껴졌다.

"이건?"

"아, 비늘이 화기를 흡수하는 것인지 스스로 온기를 내뿜더군. 해가 되는 것이 아니라 오히려 착용자의 체온을 보호해 줄 그런 온기 말일세."

그렇군. 그래서 온기가……

"마음에 들어요. 두 개분으로 만든 건데 오히려 저 묵룡갑보다 가볍고……"

난 주먹으로 승룡갑을 두드려 보았다.

"상당히 강력한 것 같군요."

"이를 말인가."

강우 형은 내가 만족한 듯하자 강한 자부심이 담긴 표정을 지으며 목곽을 들었다.

딸깍!

"이게 바로 자네가 부탁한 귀면탈일세."

목곽이 열리자 그 안에는 은빛 가면이 놓아져 있었다. 이마에는 작은 뿔이 돋아나 있어 전체적으로 상당히 고혹적인 느낌을 주는 것과 동시에 섬뜩함을 주는 그런 가면이었다.

"백면귀(白面鬼)를 그 소재로 만들었다고 하네. 백면귀는 그 아름다운 얼굴로 밤중에 나타나 여인네들을 홀려 데려간다는 귀신이지. 어떻게 보면 얍삽하다고도 할 수 있지만, 그 무력만으로도 우리 나라 그 어떤 귀신에게도 밀리지 않는 그런 귀신이라고 하네(픽션입니다!)."

"백면귀라……."

난 낮게 되뇌며 귀면탈을 썼다. 마치 원래부터 그랬던 양 얼굴에 착 감겨오는 귀면탈. 그리고 길게 찢어진 눈이라 시야에도 장애가 생기지 않았다. 거기다가 승룡갑이 그랬던 것처럼 따뜻한 온기가 느껴지는 가면이었다.

"좋아요. 만족스러워요. 승룡갑과 백면귀탈. 둘 다 최고입니다."

"고맙네. 귀면탈 장인도 최고의 재료로 최고의 물품을 만들 수 있어서 정말 즐거웠다고 하더군."

난 뒤로 젖혀두었던 죽립을 올려 머리에 썼다. 백면귀탈에 달려 있는 뿔은 죽립과 붙을 정도로 크진 않아서 아무런 방해가 되지 않았고, 주변의 아무 칼이나 집어 나를 비춰보니 스산한 기운과 함께 고혹적이면서 신비로운 느낌을 주는 그런 모습이 연출되었다.

좋아, 좋아, 딱 좋아.

"그럼 나머지 갑옷도 부탁합니다."

"알았네."

난 그렇게 말하고 귀면탈을 벗어 주머니 인벤토리에 넣고 다시 죽립을 뒤로 젖힌 후 대장간을 나섰다. 이제 준비는 모두 끝났다. 푸우는 우리가 크리스마스 동안 거의 들어오지 못할 테니 잠시 다른 데 가서 놀다 오라고 했기에 내일쯤에나 올 것이다. 그러니 지금은 나 혼자.

이럴 때 청운이라는 사람이 있었으면 힘이 됐을 것이나 내 정체를 함부로 가르쳐 줄 수 없는 데다가 일이 있다고 먼저 가버렸으니 그쪽도 신경을 끊어야 한다.

혼자라는 것에 약간 부담감이 들긴 했지만 투결과 폭기를 사용해서 싸우면 질 것이란 생각은 거의 들지 않다. 정 안 되면 능공천상제를 사용해서 도망가면 된다. 이제 심판의 시간이다, 무제라는 이름으로의……

"여긴가?"

난 지금 솔로문이란 간판이 떡하니 붙어 있는 장원 앞에 섰다. 확실히 규모는 내가 생각하던 것 이상으로 크다. 사람들도 많은 것 같다. 음, 그냥 냅둘까? 고민이 계속된다. 왠지 끝이 좋을 것 같지 않다는 예감이……

"이봐! 거기 누구냐!"

솔로문의 문지기가 내가 계속 대문 앞에서 서성거리자 창을 세우며 물었다. 쩝. 그냥 가려고 했는데… 하는 수 없군.

난 미리 써두었던 죽립 덕분에 가려진 얼굴을 백면귀탈로 확실히 가린 후 낮게 말했다.

"무제."

"뭐?"

두 명의 문지기가 의아한 듯 물었지만 난 답하지 않았다, 답할 상대가 없었기에.

난 한월에 의해 순식간에 게임 오버된 두 명의 문지기를 뒤로하고 솔로문의 대문을 산산조각 내었다.

콰쾅!

"헉! 뭐지?"

"누구냐!"

솔로문 내부에는 생각보다 많은 수의 사람들이 있었다. 음, 솔로들을 모아놓다 보니 엄청난 숫자로군.

"나 무제가 솔로문을 멸문시키러 왔다."

난 내공을 실어 당당히 말했지만 돌아오는 반응은 차가웠다.

"미친놈."

"어디서 행패야?"

"저거 바보 아냐? 혼자서 이 많은 수를 상대하겠다고? 지가 무슨 랭킹 50위 안에 드는 사람인 줄 아나?"

한순간에 미친놈이 되어버린 나. 음, 역시 이렇게 갑자기 쳐들어오니 반응이 시원찮잖아.

그때 한 전각에서 한 무리의 사람들이 나타났다.

"무슨 일이냐!"

나타난 놈은 얼굴에 거만이라고 적어놓은 것 같은 20대 중반의 남자였는데, 아까 보았던 구검과는 또 색달리 재수가 떨어지게 생긴 얼굴이었다.

"갑자기 저놈이 쳐들어와서 본 문을 멸문시키겠다고 난리입니다."

음, 거기 얍삽하게 생긴 놈. 너 얼굴 봐뒀어.

난 구검 2세에게 굽실대며 말하는 얍삽한 얼굴의 남자를 눈에 새기고 있었는데 그때 구검 2세가 입을 열었다.

"난 솔로문의 이제자 소검(小劍)이다. 네놈은 누구냐?"

저게 보자마자 반말이네. 하긴 나 같아도 무단침입한 사람에게 존댓말을 쓰진 않겠지.

난 이왕 이름을 무제로 해놓은 것 끝까지 그렇게 나가기로 했다.

"난 무제. 평소 솔로문의 악행을 들었던 바, 솔로문을 멸문시키기 위해 이렇게 왔다."

폼을 잡으며 최대한 멋지게, 그리고 없는 말도 지어내기. 이곳에 오면서 여러 사람에게 솔로문에 대한 얘기를 들었는데 온통 욕하는 소리뿐이었다. 그만큼 행실이 나빴다는 거지만, 평소에 그런 것에 신경 쓰지도 않았으니 평소 솔로문의 악행을 들었다는 말은 거짓인 것이다.

"뭐?"

"솔로문이라는 문파의 이름을 내세워 다른 유저들을 함부로 PK하고, 마음에 들지 않으면 쫓아내는 것을 정녕 모른단 말이냐!"

난 오면서 들은 것 중 솔로문이 벌인 나쁜 짓을 하나 말했다. 음, 부정하면 어떻게 하지?

"훗! 그 딴 놈들이 솔로문에 반항한 것 자체가 대죄이다."

다행히 부정은 안 하는군. 그런데 더 기분이 나빠. 솔로문에 대항하면 모두 다 죽음이란 말이잖아.

"그렇다면 수많은 커플들을 PK한 것은 어떻게 설명할 테냐!"

"커플들은 이 세상에서 사라져야 할 존재다. 우리 솔로문의 제1법 칙, 커플은 사회악의 축이며 세계에서 가장 먼저 사라져야 할 것이라는 법칙에 따랐을 뿐이다. 게임에서도 그런 민망한 짓거리를 행하는 것들에게 어찌 검을 아끼리오!"

음, 그중 맞는 말도 몇 가지 있긴 하다만 만약 저놈에게 애인이 생기면 어떻게 될까? 아마 더했으면 더했지 덜하진 않을걸? 그래도 솔로들에게 심심찮은 예를 표한다. 쯧쯧.

거기다가 저렇게 말하니 꼭 자기가 좋은 일을 한 것 같잖아. 코에 걸면 코걸이 귀에 걸면 귀고리라더니, 말도 하는 거에 따라 달라지는군. 또 녀석의 말에 고개를 당연하다는 듯이 끄덕이는 문도들이라니……

"구제불능이로구나!"

나도 얼마 전까지 솔로였는데 이런 놈들 땜에 솔로들이 욕먹는 거야. 철저히 부숴주마.

난 한월을 곧추세우고 내공을 끌어올리기 시작했다.

"저놈을 죽여라!"

"우와아아아!"

녀석도 더 이상 말이 필요없다는 것을 깨달았는지 문도들에게 그런 명령을 내렸다. 칫! 그리 대단한 무위를 가지고 있는 것은 아니지만 수가 너무 많잖아.

"떼거리군, 떼거리야."

난 달려오는 사람들의 가속을 이용하기 위해 원주미보를 밟아 앞으로 이동하며 여럿을 한꺼번에 해치울 수 있는 삭월령을 시전했다.

"삭월령!"

한월이 조용히 움직이며 공중에 수많은 잔상을 그려냈고, 그 잔상들이 낙하하여 솔로문도들을 해치우기 시작했다.

"컥!"

"으악!"

지금 내게 달려드는 문도들은 대부분 삼류무공도 극성에 이르지 못한 삼류무사 중에서도 최하급 삼류무사. 그런 그들이 삭월령을 막아내기란 요원한 일이었다.

수많은 비명 소리가 들리며 삭월령의 공격은 끝났지만 난 연거푸 삭월령을 펼쳤다. 쳇! 내공만 온전했더라도 도강을 생성해서 한 번 그으면 땡이었을 텐데…….

계속해서 달려드는 사람들을 삭월령으로 게임 오버시키다가 내공을 생각해서 그냥 차례차례 베어 넘겼다.

"그만!"

구검 2세가 큰 소리로 외쳤다. 아마 계속 이렇게 싸우다 보면 나를 해치울 순 있겠지만, 그렇다 하더라도 자신들의 피해가 만만치 않다는 것을 깨달은 것이겠지.

아무리 하급문도들이라 해도 그 많은 수가 세 번밖에 없는 목숨에서 게임 오버를 당하면서까지 이곳에 남아 있을 리는 없을 테고, 그렇다고 게임 오버당한 사람에게 한 사람씩 대가를 지불하기에는 재정이 넉넉하지 않을걸? 비상의 최고 갑부라면 몰라도 말이야.

나도 더 이상 사람들을 베고 싶지 않았기에 한월을 멈추었다.

"네놈의 실력은 알았다. 대단하구나. 하지만 싸움은 지금부터다. 살애대(殺愛隊)!"

살, 살애대? 사랑을 죽이는 부대? 아, 아무리 솔로문이라 해도 이름도 참 특이하구만.

구검 2세의 말에 전각 뒤에서 갑자기 많은 수의 기파가 느껴지더니 흑의, 흑검으로 도배한 녀석들이 줄 맞춰 나오기 시작했다.

"이들이 우리 솔로문의 정예인 살애대다. 한 명 한 명이 전부 이류무사급의 힘을 가지고 있지."

구검 2세의 말대로 지금까지 다른 문도들과는 다른 기도를 내뿜고 있었다. 개개인은 그리 대단하지는 않지만 아마 진을 사용할 터. 그렇다면 최대 일류무공을 5성 이상 익힌 일류무사급의 힘을 낼 수 있을 것이다. 결국 이렇게 설렁설렁 끝나지는 않겠다는 말이군.

"가서 저놈을 죽여 버려라!"

구검 2세의 말에 즉각 움직이는 살애대. 음, 저렇게 맞춰서 걷는 게 더 힘들겠다.

그들은 살짝 이동하더니 나를 둘러싼 채 원진을 만들었다. 음, 너무 깊숙이 들어왔구나.

"추살(追殺)하라!"

살애대 중 대장으로 보이는 녀석이 외쳤는데, 그는 다른 놈들과는 달리 묵빛 갑옷을 입고 있었다. 살애대장의 말에 따라 서서히 반경을 좁히며 들어오는 녀석들. 능공천상제를 사용하면 충분히 뛰어넘을 수도, 또 잔월향을 사용해 뚫어버릴 수도 있었지만 난 기다렸다. 그보다 더욱 큰 충격을 주기 위해.

진을 형성해 들어오는 녀석들의 기파는 대단했다. 비록 투구나 영귀들 정도는 되지 못했지만 그래도 대단한 것이었다. 난 녀석들을 기다리며 몸속에서 꿈틀거리는 남은 내공을 끌어올리기 시작했다.

"참(斬)!"

살애대장의 말에 이미 1미터도 되지 않는 거리에서 칼을 내려치는 놈들. 순간 난 준비했던 내공을 한월로 몰아넣었다.

"헉! 도기!"

도기를 사용하면 내공의 소모가 좀 심하긴 하지만 빨리 끝내려면 이 수밖에 없었다.

"승월풍(昇月風)!"

현월광도 제칠초 승월풍. 진기를 이용해 주변에 바람을 일으켜, 그 바람 하나하나에 진기를 담아 승천하는 초식. 이미 일어나는 바람 하나하나가 도기를 담았을 때는 도기로, 도강을 담았을 때는 도강으로 변하는 그런 초식이기에 주변에서 달려드는 놈들을 없애기엔 딱인 초식이다.

츠카카카캇!

한월은 조용했지만 바람이 마찰을 일으키며 고성을 내었고, 승천하는 묵빛 달의 바람은 살애대원들을 베기 시작했다.

"크아악!"

"커억!"

비록 도강이 아닌 도기로 펼친 것이기에 그 반경 범위라든지 파괴력이 약하긴 하지만 이들은 의형진기를 사용할 수 없는 이류무사. 이런 갑작스러운 공격을 막기에는 그들의 무위는 아직 부족했다.

"놈이 하늘로 떴다! 이젠 움직이지 못할 것이다!"

살애대장은 나의 단 일 초로 많은 수의 부하들이 게임 오버를 당하자 당황했지만 곧 내가 하늘로 솟아오른 것을 보고는 그렇게 말했다. 그리고 그 말에 따라 겁먹은 살애대원들은 동료들의 시신을 밟고 내가 착지할 곳에 서서 검을 하늘로 치켜 세우고 있었다.

미안하지만 아직 끝난 게 아니야.

"초월파(超月波)!"

쉬쉬쉬쉿!

현월광도 제사초 초월파. 한월에 생긴 묵빛 도기는 초승달이 되어 공기를 가르며 아래로 폭사하여 다섯 명의 살애대원을 베고는 땅속 깊숙이 사라졌다. 이 초월파란 초식은 강기를 끊어 날릴 수 없는 사람이라도 그것을 가능하게끔 해주는 초식이었다. 영귀가 검강을 쓸 수 없음에도 검강을 쓸 수 있는 것처럼.

"아직이다! 아직! 버텨라!"

묵빛 반달 도기가 무섭기는 했지만 승월풍처럼 한 번에 십여 명을 도살할 수 있는 초식이 아니기에 살애대원들은 부족한 자리를 다시 메워갔다.

"망월막!"

망월막은 본디 방어의 초식이지 공격의 초식은 아니다. 하지만 그것도 상황에 따라 변한다. 도기로 시전하는 망월막은 원래 막을 이루지 못하고 망을 이루지만 난 전력으로 도기를 펼쳐 내어 잠깐이나마 도막(刀膜)을 이루었고, 그대로 밑에서 대기하고 있던 살애대원들이 있는 곳에 내리 꽂혔다.

쾅!

"끄어어억!"

"아아악!"

먼지가 펼쳐져 눈앞을 가렸다.

"주, 죽었나?"

겁먹은 듯한 구검 2세의 말이 들려왔다. 죽어? 내가? 농담이시겠지. 차차 먼지가 바람에 의해 걷히고 살애대원들의 시체를 밟고 서 있는 내 모습이 드러났다. 음, 의외로 싱거웠어.

"헉!"

"사, 살아 있다니……."

"괴, 괴물이다!"

여기저기서 신음성이 들려와 내 귀를 즐겁게 해주는군.

"너, 넌 도대체 누구냐!"

구검 2세는 겁에 질려 그렇게 말했다. 이미 살애대장이란 사람은 망연자실한 표정으로 무릎을 꿇고 있었다. 자신은 안 나서고 부하들만 내보내더니 결국 부하들만 다 게임 오버됐잖아.

"무제, 난 무제다."

"무, 무제……!"

아까 소개할 때는 그냥 흘려 넘겼겠지만 이제는 그렇게 하지 못하겠지.

그때 파공음이 들리며 살기가 느껴졌다.

쉐에엥! 팍!

파공음을 만들어내는 것을 피하자 그것은 석조 바닥에 박혀 버렸는데, 바로 비도(飛刀)였다.

난 비도가 날아온 쪽을 쳐다보았다. 그곳에는 삼십 대 후반으로 보이는 사람이 여섯 명 정도의 남녀를 대동하고 나타났다. 음, 드디어 주인이 나선 건가?

"그대가 무제인가?"

역시 대뜸 반말이었다. 나도 반말을 했으니 마찬가지지만…….

"그렇다. 그대가 솔로문의 문주인가?"

"저놈이!"

내 말에 뒤에 있던 남자가 발끈해서 앞으로 나서려다 문주로 보이는 사람에 의해 저지당했다.

"그렇다네. 내가 솔로문의 문주 솔로검객(率瀘劍客) 한우량이네."

음, 저 진중한 말투하고……. 느껴지는 기파로 봐서 일류무사급인데? 뒤의 인물들도 아까 그 잔해검과 비슷한 수준 같고. 힘들겠어.

"난 솔로문을 멸문시키러 왔다. 그 이유는 알겠지?"

"음, 알고 있네. 우리 솔로문의 잘못을 말일세."

솔로검객이라는 자는 잘못을 시인했다.

"애초에 솔로문을 세웠던 것은 솔로들이 모여 연인들에게 핍박당하지 않기 위해서였는데, 어느 사이엔가부터 연인들을 다 죽여 버려야 한다는 것으로 바뀌었지. 내가 그 사실을 깨달았을 때는 이미 너무 늦어 버렸지."

저 사람, 꽤나 폼이 나온다. 무공도 제법 강한 것 같고 얼굴도 그럭저럭 봐줄 만하며 분위기도 나는데 왜 솔로문이라는 단체를 세웠을까?

"그렇다고 그대의 잘못이 사라지지 않소. 방관이라는 것 역시 죄라면 죄이니. 지금이라도 솔로문을 해체하시오."

난 진심으로 솔로검객에게 그렇게 말했다.

"그럴 것이네. 아니, 그래야겠지. 이미 솔로문의 전력은 거의 상실됐네, 자네 손에 의해. 계속 이어 나가려 해도 다른 유저들이나 주변 문파에 의해 그것은 힘들 것이네. 하지만 무제, 문주 된 입장으로서 또다시 방관만 할 수 없고 또한 자네의 힘을 직접 겪어보고 싶군. 어떤가? 받아주겠나?"

"그대 혼자 말이오?"

솔로검객은 뛰어난 무사이긴 하다. 아마 랭킹이 아직 있었으면 랭킹

안에 들어갈 정도로. 아니, 난 모르겠지만 아마 들어갔었을 것이다. 하지만 혼자서는 내게 안 된다.

"아니라네. 내 직접 보지는 않았지만 이 주변 상황으로 보아 난 자네의 상대도 되지 않는다는 것을 아네. 우리 일곱 명. 일곱 명 전부가 합격진을 사용하겠네. 그래도 좋겠는가?"

일곱 명……. 음, 힘들다. 하나같이 고수. 하지만 이제 와서 저 비무를 받아주지 않는 것은 안 될 말이지.

"좋소. 최선을 다하시오. 나도 그대들을 대하려면 최선을 다해야 할 것이니."

내가 그동안 멍한 면만 보여왔지만 그것은 나와 친분이 두터운 사람들과 함께 있을 때뿐이다. 그 외의 사람들에게는 인정사정 봐주지 않는다. 아니, 적에게는 인정을 베풀지 않는다.

"우리는 애초에 이 솔로문을 세우기 전부터 함께해 왔던 절친한 사이라 비룡칠성(飛龍七成)이란 하나의 합격진을 사용한다네. 부디 조심하기 바라네."

그들은 자리를 이동해 합격진을 형성하기 시작했고, 곧 내공을 끌어올리는 그들에게서 나오는 기파는 합격진의 기파를 타고 배가되어 내게로 쏘아졌다. 크윽! 지금으로선 버티기 힘들다.

"폭기!"

난 폭기의 1단계를 개방시켰다. 유유히 흐르던 진기는 순간적으로 압축되었다가 한순간에 폭발적으로 흐르기 시작했고 약간 허한 기분이 들었던 진기의 빈자리로 채워지기 시작했다. 그렇게 폭기를 시전하자 전신에 힘이 넘쳐흐르는 것을 느꼈다.

음, 용연지기를 얻은 후의 폭기는 처음이건만 이렇게 대단할 줄이야.

"그럼 먼저 선수를 취하겠소. 보았는지 모르겠소만, 지금 내가 쓸 초식은 삭월령이란 초식이오."

난 그렇게 말하며 원주미보를 사용하여 발을 앞으로 내디뎠다. 그게 비무의 시작을 알리는 시발점이었다.

"삭월령!"

난 미리 예고했던 바와 같이 삭월령을 시전했다. 삭월의 잔상은 일곱 명의 상대를 조용히, 그러나 무참히 짓이겨 버리기 위해 낙하하기 시작했다.

"각방(各防)!"

"차앗!"

"하압!"

솔로검객의 고함 소리를 따라 내공을 일으킨 일곱 사람은 진을 이용한 방어를 하기 시작했다.

잔상 하나하나를 흘리거나 쳐내는 상대. 역시 삭월령은 여럿을 공격하기에는 좋지만 상대가 여럿의 고수라면 그다지 효과를 볼 수 없는 초식이다. 그래도 폭기의 힘을 얻은 삭월령 잔상의 파괴력을 무시하지 못하겠는지 잔상을 쳐내는 그들의 얼굴에는 긴장감과 힘겨움이 나타나 있었다.

"초월파!"

난 진에 대한 방어법을 모른다. 아까 살애대와 붙었을 때는 워낙 무위의 차이가 심해서 쉽게 이길 수 있었지만 이들은 고수. 방법을 모를 때는 속공으로 쉴 새 없이 몰아치는 것이 좋을 것이다.

난 그들에게 다가들며 도기를 생성해 초월파를 뿌렸고 초승달 모양의 묵빛 도기는 공기를 가르며 일곱 명에게로 짓쳐들어 가고 있었다.

"허억!"

구검은 상처 입은 몸을 이끌고 솔로문의 대문에 도착하고는 신음을 내뱉을 수밖에 없었다. 자신이 잔해검에 맞아 기절을 하고 깨어났을 때는 누군가의 핏자국밖에 볼 수 없었다. 결코 잔해검이 졌다는 생각은 하지 않고 사예의 핏자국으로 생각한 그는 솔로문으로 돌아가 문주에게 애원한다면 혹여나 자리를 보존할 수 있을까 하는 마음에 솔로문으로 발걸음을 옮겼다. 그리고 그는 놀라운 장면을 목격하게 되었다.

죽어 있는 문지기, 산산조각이 난 대문, 그리고 솔로문 안쪽에서는 병장기가 부딪치는 소리와 사람들의 비명 소리가 들려오고 있었다.

'어, 어떻게 된 일인가? 다른 문파의 침입인가?

그는 산산조각난 문이 있던 곳을 통과하여 안으로 숨어들어 갔다.

"헉!"

믿을 수 없었다. 온통 시체. 게임 오버당한 지 얼마 지나지 않았는지 아직 사라지지 않은 시체가 널려 있었다. 그 시체들은 대부분 솔로문의 하급 무인들이었지만 한곳에는 떼로 죽어 있는 흑의인들, 살애대원들의 시체도 있었다. 그리고 한쪽에서는 문주와 장로 일곱 명이 솔로문을 이만큼이나 키워준 비룡칠성진을 형성한 채 한 사람을 공격해 가고 있었다.

그는 문주들과 싸우고 있는 한 사람의 모습을 보고는 조금 전까지 잊고 있던 공포가 새록새록 피어났다. 피에 젖어 이미 새빨갛게 물든 백의를 입고 섬뜩한 귀면탈과 죽립을 눌러쓴, 검은 막이 씌워져 있는 도를 휘두르며 문주와 싸우고 있는 자.

귀면탈을 쓰고 도를 휘두르는 모습은 괴기스럽고 섬뜩했지만 한편으로는 너무나 고혹적이었다.

구검은 숨죽여 그들이 싸우는 모습을 훔쳐봤다.

"집력(輯力)!"

귀면탈의 남자. 즉, 백면귀탈을 쓴 사예가 쏘아 보낸 초승달 모양의 도기가 솔로문주 일행에게로 날아가자 문주 일행은 솔로검객에게 힘을 집중시키는 진으로 변형시켰다.

"차앗!"

여섯 명의 힘을 받은 솔로검객은 힘을 모아 검기를 만들어내기 시작했다.

"비화지로(飛火之路)!"

화염의 기운을 담은 붉은색 검기는 세 줄기로 뻗어 나가 사예의 초월파에 부딪쳤고, 곧 두 가지 힘은 상쇄되어 사라졌다. 사예는 완벽한 도기였고 솔로검객은 다른 이의 힘을 빌려 급히 만들어낸 검기였기에 간신히 평수를 이룬 것이다.

'솔로검객은 화속성의 검법을 익힌 모양이군.'

사예는 의외로 초월파를 잘 막아내자 다음 공격을 준비하기 시작했다. 그러나 그전에 집력으로 힘을 집중시킨 솔로검객의 공격이 먼저였다.

비룡칠성은 일곱 명의 힘을 한데 모아 한 명에게 그 힘을 전해주어 싸우는 합격진이었는데, 그 한 사람은 원래 자신의 힘에다 다른 이들의 힘까지 고스란히 뿜어내며 싸우는, 강력한 합격진이었다.

"이번엔 우리 것을 받아보시게나! 화마집행(火魔執行)!"

붉은색 화의 검기에서 뿜어져 나오는 열기와 아지랑이가 화마(火魔)의 형상을 만들어내며 사예에게로 뻗어갔고, 검기가 지나간 곳의 풀들은 검기의 열기 때문에 전부 타 들어가기 시작했다.

'크윽! 대단한 열기다.'

사예는 원주미보를 밟아 간신히 검기를 피했음에도 느껴지는 뜨거운 열기에 치를 떨었다. 예상외로 솔로검객의 무위가 강했던 것이다.

쾅!

"흐억!"

솔로검객이 쏘아 보낸 화마집행의 검기가 구검이 숨어 있던 바위에 부딪치자 곧 바위에 불덩어리가 붙기 시작했고, 구검은 혼비백산하여 급히 신형을 뒤로 빼내어 다른 바위로 옮겨가 몸을 숨겼다.

그때 사예의 한월이 지금까지와는 다른 투로를 타기 시작했다.

"만월회(滿月回)!"

한월이 마치 망월막을 만들어낼 때처럼 완만한 곡선을 그리며 움직였는데, 망월막과는 달리 하나의 완벽한 원을 만들어내고 있었다. 그리고 그 원은 검은 빛을 뿜으며 솔로검객들에게로 날아갔다. 현월광도 오초. 만월회가 펼쳐진 것이다.

쒜에에엥!

공기를 찢어발길 정도의 예기.

"산피(散避)!"

솔로검객은 둥근 만월의 도기에 기겁하곤 즉시 산개하여 피하라는 명령을 내리고 만월의 도기를 간신히 피해내었다.

솔로검객은 만월회의 위력과 속도에 놀라면서도 이상한 느낌을 감출 수 없었다.

'대단한 위력이다. 하지만 위력과 속도만이라면 아까 사용했던 초월파와 다른 게 없지 않은가. 만월회…… 이런! 회(回)!'

솔로검객은 다시 진을 형성하기 위해 뒤로 모이는 자신의 동료들을
보다 그 뒤의 무언가를 보고는 급히 외쳤다.

"뒤다! 피해!"

그렇다. 솔로검객들이 피한 만월회는 멀리 뻗어 나가다 곡선을 그리
며 방향을 틀어 다시 짓쳐 들어오고 있었던 것이다. 솔로검객은 다급
히 외쳤으나 참혹한 현장을 막지 못했다.

"헉!"

"크억!"

"아아악!"

"어억!"

이번 공격에 무려 네 명의 친우가 죽었다. 솔로검객은 문득 허탈해
짐을 느꼈다. 상대는 고수다, 상상도 못할 정도의.

쒜에에엥!

"허억!"

구검은 갑자기 도기가 회선을 그리며 다시 날아들어 네 명의 장로를
베는 것에 놀랐지만 그보다 그 둥근 도기가 자신이 숨어 있는 바위로
날아오자 더욱 놀라며 몸을 날렸다.

콰드드득!

날카로운 도기에 의해 부서지는 바위. 다행히 구검은 몸을 날려 엎
드림으로써 간신히 피할 수 있었다.

'헉! 헉! 혹시 내가 여기 있는 것을 알고 있는 것 아냐? 그래서 일부
러 내게 이런 공격을……!'

구검은 속으로 이런 생각을 했지만 자신이 생각해도 그건 아니었다.
저 귀면탈을 쓴 누군가는 모르겠지만 문주는 자신에게 검기를 날릴 이

유가 없었던 것이다. 구검은 다시 숨을 만한 곳을 찾기 시작했다.

"도저히 상대가 안 되는군. 자네의 그 신위에 경의를 표하네."

사예는 상대가 경의를 표하며 고개를 숙이자 자신도 고개를 숙이며 답했다.

"이번이 마지막 공격일세. 전심전력(全心全力)을 다한 공격이니 상당히 위험할 것일세. 그것을 알고 조심하기 바라네."

솔로검객은 그렇게 말하고 나머지 남은 두 명과 함께 진을 짜기 시작했다.

고오오!

두 명에게서 남은 모든 내공을 전해 받은 솔로검객은 내공을 일으켜 자신의 검에 집어넣기 시작했고, 곧 완성된 붉은 검기가 만들어지자 자신의 최후 절초를 펼치기 시작했다.

"화령말살(火靈抹殺)!"

솔로검객의 찌르는 듯한 기합 소리와 함께 붉은색 검기에서 불꽃이 솟아오르기 시작했고 곧 그 불꽃은 솔로검객의 전신을 덮었다.

지금까지완 비교도 되지 않는 열기. 주변의 나무든 뭐든 탈 수 있는 것은 죄다 타기 시작했고, 사예 역시 지금까지 느껴보지 못한 열기에 괴로움을 느낄 수밖에 없었다.

이 순간만큼은 강기를 쓰지 못하더라도 그에 버금가는 힘을 솔로검객은 낼 수 있었던 것이다. 결코 투귀나 영귀에게도 밀리지 않는 그런 패도적인 파괴력.

"크윽!"

'강하다! 너무 강해! 크윽, 저곳과는 거리가 있는데도 이렇게 강한 열기라니……'

그때 한월에서 싸늘한 한기가 타고 올라와 사예의 전신을 식혀주니 그제야 사예는 정신을 차릴 수 있었다.

'한월… 네가 한기로써 날 보호해 주는구나.'

사예는 솔로검객이 이미 방어를 포기하고 공격만을 노리는 동귀어진의 수법을 사용하는 것을 보고 자신도 최후 절초를 준비했다.

'아직 현월광도 후 3식은 펼치지 못한다. 앞의 것이야 도기로 어떻게든 버텨온 것이라면 후 3식은 완벽한 도강이 필요한 초식이니…….
그렇다면 육초 섬월명(纖月明)!'

그때 불에 휩싸인 채 내공을 충분히 모으고 있던 솔로검객의 신형이 사예에게로 폭사하기 시작했다.

"즈아아앗!"

"투결!"

사예의 입에서 낮은 목소리가 터져 나왔다. 그리고 사예의 눈앞으로 펼쳐지는 투로(套路)의 실. 지금까지 한 번도 보지 못한 거대한 실은 사예의 전신을 통과하고 있었다. 그만큼 이번 상대의 공격은 광범위한 공격.

사예는 원주미보를 극성으로 밟으며 실에게서 벗어나기 위해 몸부림을 쳤다.

화아아악!

솔로검객의 신형은 한줄기 불꽃이 되어 사예를 덮치고 지나가 버렸다. 이미 솔로검객이 지나간 자리는 풀 한 포기 없는 불에 탄 황무지가 되어버렸다. 그때 사예가 있던 불덩이 속에서 작은 달이 모습을 드러냈다.

보통 달과는 달리 온통 검은 묵빛의 달. 시리도록 차가운 달. 작은 달은 그렇게 시작되었고 그 속에서 누군가의 외침이 울려 퍼졌다.

"섬월명!"

어느덧 시간은 밤이었다. 그리고 하늘에는 달이 떠 있었다. 또 불덩이 속의 작은 묵빛의 달은 하늘에 떠 있는 달보다 더욱 강한 빛을 내뿜었다.

빛은 쭈욱 뻗어 나갔고, 아직도 신형을 멈추지 못하고 있는 솔로검객을 완전히 덮어버림으로써 솔로검객의 신형은 빛에 묻혀 버렸다.

작은 묵빛의 달은 시리도록 차가운 빛을 간직하고 있는 그런 달이었다.

"커억!"

신음 소리와 함께 빛이 지나간 자리에서 이미 전신에 화상을 입은 솔로검객이 모습을 드러냈고, 거대한 불덩이에서 사예가 멀쩡한 모습으로 그 신형을 드러냈다.

"바, 방금 그 초식은 뭔가?"

솔로검객은 잘 나오지 않는 목소리를 억지로 쥐어짜 내 사예에게 물었다.

"섬월명."

"자, 작은 달의 빛… 이라……. 대단한 초… 식이었네."

피쉭!

푸하학!

솔로검객은 그 말을 끝으로 전신 여기저기에서 상처가 벌어지며 지금과는 비교도 되지 않을 만한 양의 피를 뿜어내기 시작했고, 서서히 그의 몸은 식어갔다. 작은 검은 달의 빛은 가혹하다. 그 누구도 용서하지 않을 만큼.

"그대도 강한 무인이었다. 만약 아직 한 번도 죽음을 경험하지 않았다면 두 번째 삶부터는 부디 제대로 된 삶을 살아보기를."

스르릉.

사예는 한월을 도갑에다 넣으며 그에게 예를 표했다. 한월에는 피한 점 묻어 있지 않았다.

피식!

남들을 실컷 게임 오버시켜 놓고 이런 말을 하는 건 예의에 맞지 않지만 피에 젖은 자신의 모습을 생각하자 쓴웃음이 새어 나왔다.

사예는 솔로문의 산산 조각나 버린 대문을 뛰어넘으며 밖으로 나갔다. 이미 그를 막을 수 있는 존재는 솔로문에 존재하지 않았다. 남은 두 명의 솔로검객도 망연자실이다. 옆의 바위에 누군가 숨어 있기는 하지만 기파로 봐서 사예에게 덤빌 의향은 없는 듯했다.

이미 솔로문은 멸문이 확정된 상황. 사예는 그다지 유쾌하지 않은 기분을 느끼며 길을 걸었다. 몸의 상태도 최악이었다. 지금까지 간신히 버텼다. 하지만 이제 끝났다.

"가, 갔나?"

구검은 귀면탈을 쓴 자가 사라진 곳을 바라보며 두려운 표정을 하고 있었다. 그는 구검으로서는 꿈도 못 꿀 고수였다. 벌써 한 번 밖에 남지 않은 목숨. 발견되지 않은 것만으로도 천만다행이었다. 그는 귀면탈의 고수가 사라지는 것을 확인한 후 재빨리 머리를 굴렸다.

'이미 솔로문은 망했다. 그럼 솔로문에 있는 돈이나 챙겨서 뜨자.'

아직 장로 두 명이 살아 있기는 하지만 저 상태로 보아 한참의 시간이 지난 후에나 제정신을 차릴 것으로 보인다. 어서 챙겨서 뜨면 아무도 모르리. 구검은 그렇게 생각하고는 돈이 있는 전각으로 향했다.

쒜에에엥!

"응?"

전각으로 향하던 구검은 무언가 상당히 기분 나쁜 소리가 들리자 뒤를 돌아보았고, 둥근 묵빛의 만월이 보였다. 그것이 구검이 구검으로서 비상에서 본 마지막 장면이었다.

서걱!

순식간에 구검의 목을 자르고 지나간 만월회는 전각으로 날아가 전각을 반쯤 잘라 버림으로써 제 힘을 다했고 곧 사라져 버렸다.

사예가 몰라서 그렇지 만월회는 시전자가 직접 거두기 전까지는 멈추지 않는다. 그나마 도강이 아닌 도기로 펼친 것이라 힘이 다하여 사라졌지만, 도강이었다면 이 지역은 누군가 나서기 전까지는 영원히 만월회의 피해를 보았을 것이다.

이렇게 솔로문은 멸문지화를 피하지 못했고, 그곳에는 침묵만이 감돌았다.

◆ 비상(飛翔) 스물네 번째 날개
　　알지 못할 세상사

비상(飛翔) 스물네 번째 날개 알지 못할 세상사

"휴우. 내가 얼마나 잔 거지? 굉장히 오래 잔 것 같은데. 게임 속에서 이렇게 오래 자기는 처음이군."

난 일어나 침상에 걸터앉았다. 그리고 어제 있었던 일을 생각했다.

"후후. 공교롭지, 공교로워. 하필이면 죽립의 유일한 옵션이 화염 저항이라니……. 그리고 백면귀탈과 승룡갑이 자체적으로 화염 저항력을 가지고 있었으니……. 어제의 그 비무는 내가 이길 수밖에 없었나?"

난 쓸쓸한 미소를 지었다. 만약 승룡갑과 백면귀탈, 죽립이 없었다면 어제 쓰러진 것은 나였을 것이다. 아이템의 효능도 지닌 사람의 실력이라 할 수 있지만 그렇게 기분은 좋지 않았다.

"아아, 이렇게 우울해하고만 있어서 어쩌리. 친구들이 왔을지 모르니 내려가 보자."

난 우울한 생각을 접어버리고는 대충 침상을 정리한 후 아래로 내려 갔다. 그리고 제일 처음 본 게 거대한 붉은 덩어리, 푸우였다. 이놈은 언제 왔지?

픽!

"그만 좀 자!"

난 푸우의 옆구리를 걷어차고는 발걸음을 옮겼다. 푸우는 누가 건드 렸냐는 듯이 티꺼운 얼굴을 하고 이리저리 두리번거리더니 날 보고선 으르렁 한 번 짖고는 다시 고개를 묻고 잠이 들었다. 저 곰탱이 때문에 진지해질 수가 없어.

난 곰탱이를 지나 탁자를 중심으로 모여 두런두런 이야기를 나누고 있는 친구들에게로 다가갔다.

"여어! 너희는 나 없으면 사냥도 안 가냐?"

"냅둬. 아직 숙취가 남아 있어서 머리가 띵해."

내 말에 가장 먼저 반응한 병건이가 머리를 짚으며 말하자 난 다른 녀석들을 쳐다보았다. 초매와 지현이, 그리고 숙취 따윈 없는 민우와 하얀이만 빼고는 다들 마찬가지의 표정을 짓고 있었다. 음, 하얀이 쟤 는 술도 약할 것 같으면서도 의외로 세단 말이야.

"얘들아, 내가 홈피에서 죽이는 소식 봤다."

"병건이 너는 숙취 때문에 머리가 아프다면서 홈피에 접속했냐?"

난 정말 어이없다는 표정을 지으며 말했다. 하여간 애는 폐인답다니 까.

"병건이가 아니라 무진이야."

끝까지 따져요.

“그래, 무진. 무슨 소식이냐?”

내가 뚱한 표정으로 병건이를 바라보자 옆에서 상호가 병건이에게 물었다.

“크리스마스에 우리에게 시비 건 녀석 있잖아. 스틸하면서 말이야. 개검이라고 했던가?”

“구검. 계속해 봐.”

상호는 병건이의 말을 바로잡아 주며 다음 말을 재촉했다.

“하여간에 그놈이 속한 솔로몬이라는 웃기지도 않는 문파가 어제 한 사람에 의해 괴멸당했대.”

“뭐?!”

“정말이야?”

음, 벌써 그게 소문이 나다니……. 병건이는 놀랍다는 표정을 하고 있는 친구들을 보며 의미심장한 미소를 짓고는 뒷말을 이었다.

“그런데 더욱 놀라운 사실은…….”

“사실은?”

“빨리 말해 봐!”

더욱 놀라운 사실? 그런 게 있었나?

“솔로몬을 괴멸시킨 사람이 바로 무제라는 거야.”

“무제!”

“정말?”

“정말이야?”

“그럼! 확실해. 운영자가 그렇게 발표했고 살아남은 솔로몬의 장로가 괴인이 직접 자신이 무제라고 밝혔다고 말했대.”

“호오.”

"드디어 등장한 건가?"

난 친구들의 반응에 어안이 벙벙할 수밖에 없었다. 무제가 그렇게 놀라운 거야? 그때 병건이가 다른 친구들의 반응에 만족해하다가 별달리 놀라운 반응을 보이지 않는 나를 보며 푸우 특유의 티꺼운 표정을 짓고는 말했다.

"효민이 너는 별로 놀란 것 같지 않다?"

"당연하지. 내가 그랬으니까."

"하하, 네가 그랬다면 그럴 수 있겠지."

병건이는 말을 마치고 뭔가 이상하다는 표정을 지었다. 다른 친구들도 마찬가지였다.

"……."

"……."

음, 이 침묵은 무언가를 요구하는 그런 매력을 지님으로써 나에게 새로운 길을 열어주게끔 할지도 모른다 말하는, 나는 도대체 무슨 말을 하는 걸까?

"정말이냐?"

제일 먼저 정신을 차린 것은 민우였다. 민우는 예의 그 싸늘한 눈빛으로 내게 물었다.

"응. 내가 솔로몬을 멸문시켰어."

그리 자랑할 만큼 기분을 좋게 하는 일은 아니지만 친구들에게 비밀이 없기로 나 스스로 다짐했으니 말해 줘야 한다. 만약 숨기다가 나중에 발각되면……. 으으, 상상하기도 싫어.

"아니, 내가 묻는 것은 네가 무제냐는 말이다."

무제가 그렇게 중요한가?

난 의아한 생각이 들었지만 사실을 말하기로 했다.

"그래, 내가 가진 직업을 뜻하는 거라면 무제 맞아."

내 말에 친구들은 하나같이 믿기 힘들다는 표정을 지었다. 그때 상호가 입을 열었다.

"너, 저번에 나한테는 무장이라고 했잖아."

"응. 그때는 무장이었어. 한데 패치 후에 무제가 되어 있던걸?"

"뭐?!"

"어떻게 그런 일이 다 있는 거야?!"

친구들은 다 어이없다는 듯이 나에게 항의해 왔다. 내가 무제가 맞는 걸 어쩌라고.

"어쨌든 나를 무제로 인정해. 그리고 내가 솔로문을 괴멸시킨 그 사실 그대로 받아들여. 내가 무제가 아니라는 편견을 버려! 난 무제야, 무제! 오케이? 에브리바디? 더 이상의 태클은 노다, 노."

난 더 이상의 말싸움이 지겨워 그렇게 끊어버림으로써 일단락 지었다. 그런데 무제에 왜 이렇게 심한 반응을 보이는 거지?

"근데 무제가 도대체 뭔데 그러는 건데?"

내 말에 친구들은 한심하다는 듯이 날 쳐다보았고, 그중에서 병건이가 말을 했다.

"어떻게 너는 나보다 비상도 오래했다면서 그걸 모르냐. 너, 구신(九神)은 알아?"

"구신? 그게 뭔데? 귀신의 사투리냐?"

"내가 너에게 뭔 말을 하겠냐. 잘 들어. 비상에는 구신이라는 게 있어. 정확히 말해서 정삼신(正三神), 중삼신(中三神), 사마삼신(邪魔三神)."

음, 그렇게 말해 봤자 내가 알아들을 리 만무한걸?

"더 풀어서 말해 봐."

"정파에는 정파를 수호하는 세 신이 있고, 중립에는 중립을 수호하는 세 신이 있으며, 사마외도에는 사마외도를 수호하는 세 신이 있다는 말이야. 정삼신은 성(聖), 천(天), 선(仙). 중삼신은 무(武), 투(鬪), 전(戰). 사마삼신은 마(魔), 혈(血), 사(死). 이렇게 나눌 수 있어."

흐음, 어느 정도 이해가 가기 시작하는군.

"그리고 방금 내가 말한 순서대로 그 무위가 강하다고 알려져 있어. 정파에는 '성'이, 중립에는 '무'가, 사마외도에는 '마'가 말이야. 사실 이건 전부 직업을 뜻하는 건데 전설적인 직업이라 할 수 있지. 그리고 지금까지 다른 것은 다 나타났지만 중립의 '무'만 나타나지 않고 있었지. 그리고 그 '무'의 직업을 가진 사람의 제일 처음 칭호가 무제라고 알려져 있어."

"그러니까 내가 그 무제란 말이지?"

"그래. 네 직업이 무제라면 확실하겠지."

그런데 도대체 이런 사실은 어떻게 퍼진 거야? 그나저나 내가 중립의 대빵이라니…….

"그럼 다른 여덟 명은 누군데?"

"'성'은 천하제일인 성자(聖子) 단엽이고, '천'은 천자(天子) 천진 랑, '선'은 선자(仙子) 협무라는 사람이 맡고 있어. 그리고 중립의 '무'는 빼놓고 '투'는 악명을 높이고 있는 투제(鬪帝) 투귀가 맡고 있고, '전'은 현재 군부에서 활동 중인 전제(戰帝) 진명이 맡고 있지. 그리고 '마'는 마교의 교주를 맡고 있는 광마(狂魔) 천마, '혈'은 혈궁의 궁주 광혈(狂血) 비마, '사'는 광사(狂死) 살무라고 알려져 있어. 어쩌면 모르지, 승급해서 다른 칭호를 받았을 수도……."

투, 투귀라니! 난 투귀가 싫어!

난 투귀와 같은 중립에 속해 있다는 것을 깨닫고는 비명을 내지르고 싶었다. 투귀 걔는 사마외도 쪽이 잘 어울리잖아!

"어쨌든 네가 무제라니……. 하하, 유명 인사를 이렇게 가까이서 만나니까 기분이 이상하다? 아, 솔로문의 누군가가 무제의 모습을 스크린으로 찍어놔서 그걸 봤거든. 가면을 쓰고 죽립을 뒤집어쓴 게 소름 끼치면서도 멋지더라. 네가 무제라면 그걸 보여봐라!"

네가 미영이냐? 그런 정보를 다 입수하게. 그러나 친구들에게 믿음을 주려면 어쩔 수 없이 백면귀탈과 죽립을 써야 하나?

"잠깐만 기다려 봐라. 방 안에 두고 왔으니 쓰고 올게."

난 친구들에게 그렇게 말하고 방으로 올라가 백면귀탈과 죽립을 뒤집어썼다. 이왕 하는 김에 폼 한번 제대로 잡아보자고.

난 묶어놓은 머리카락을 풀어버리고 길게 내린 채로 방을 나와 계단을 내려갔다. 그러면서 한월을 살짝 뽑아 한기를 흘리는 것을 잊지 않았다.

"허헉!"

"흡!"

여러 경악성. 무표정의 백면귀탈은 공포심을 심어주기에 충분했다. 거기다가 싸늘한 한기가 사방을 뒤덮고 있음에야… 진짜 귀신이 나타났다고 해도 무방할 정도였다.

"효, 효민이?"

병건이가 나를 바라보며 그렇게 물었다. 내가 이 백면귀탈을 쓰면 분위기가 변한다. 뭐랄까. 내 몸속에 잠재해 있는 파괴 본능이 깨어난 달까? 아직 한 번밖에 써보지는 않았지만 그런 느낌이 내 몸을 죄어온다.

"그래, 나다. 무제."

"병건아, 저 모습이 네가 본 그 모습 맞아?"

"무, 무진이라니까. 그리고 맞아. 내가 홈피에서 본 그 모습이야."

끝까지 무진이라는 아이디를 외치는구면. 난 한월을 집어넣고 백면귀탈과 죽립을 벗으며 말했다.

"어때? 이제 믿겠지?"

갑작스럽게 한기가 사라지고 분위기도 변하자 친구들은 그제야 마음을 가라앉혔다.

"우와! 네가 진짜 무제였다니……. 효민아, 아니, 무제님. 앞으로 더욱 친하게 지내자."

"쿡!"

"크크크."

"푸하하하!"

병건이의 돌변한 표정과 우스갯소리로 분위기가 상당히 호전되었다. 음, 병건이 이놈은 역시 분위기 띄우는 데는 탁월한 소질이 있군. 그게 설사 의도하지 않고 되는 것일지라도…….

"이봐, 그 소문 들었어?"

"솔로문과 무제에 대한 얘기 말인가?"

"알고 있구면."

"그럼, 당연하지. 지금 그 소식을 모르면 간첩 아닌가."

"그나저나 솔로문은 잘 망했어. 평소에 나쁜 짓만 하더니……."

"아닐 말인가. 내가 무제만큼의 힘만 가지고 있었어도 솔로문을 무너뜨렸을 것일세."

"자자, 그 소리는 그만 하고 술이나 드세나."

음, 어딜 가나 이 소리다. 처음에는 날 띄워주는 것 같아 괜히 기분이 좋았는데 계속 듣자니 얼굴이 달아오르는 느낌이다. 쩝. 무제가 그렇게 대단한 존재였다니…… 문득 강민 형의 말이 떠오른다. 그 파장이 만만치 않을 것 같다고 하더니…….

"휴유, 이런 소리 듣기 싫어서 피해왔더니 여기서도 또 이 얘기네."

난 친구들의 계속되는 시선과 질문에 부담스러워 자리를 피해 마을 중앙에 있는 객잔으로 피신한 중이다. 음, 잘못 택했어. 마을의 중심은 정보가 원활히 흐르는 곳인데 그걸 미처 생각하지 못하고 중앙으로 오다니…….

"에라, 시켜놓은 음식이나 나오면 먹고 사냥이나 가야지."

그렇게 조금 기다리자 소면과 만두 한 접시가 나왔고 신경 쓰이는 소문 때문에 맛도 모른 채 먹을 수밖에 없었다.

그때 객잔으로 한 무리의 장한들이 들어와서 두리번거리더니 곧 나를 발견한 후 다가왔다.

"무슨 일이오?"

난 갑자기 소면을 먹다가 째려보는 열두 개의 눈동자 때문에 제대로 삼키지도 못하고 물었다. 뭔 일이지?

"이봐, 네가 어제 솔로문 앞에서 서성거리는 걸 이 친구가 봤다는데?"

한 장한이 옆에 있던 허약해 보이는 사람을 어깨로 툭 치며 말했는데, 그 허약해 보이는 사람은 아무래도 주민 NPC인 것 같았다. 장한의 말에 순간적으로 뜨끔했지만 설마 누가 봤으랴 싶어 우선 시치미를 떼보기로 했다.

"내 발로 내 마음대로 가지도 못하오?"

"물론 되지, 되고말고. 하지만 하필이면 솔로문이 멸문지화를 당하는 날 서성거리는 게 이상하다 이 말이지."

별 웃기지도 않는 이유다. 그럼 솔로문이 멸문지화당하는 날 그 앞에 있었던 사람, 솔로문을 방문했던 사람을 전부 범인으로 몰아 세워도 된단 말인가?

장한들은 서서히 나를 솔로문을 멸문시킨 주범으로 몰아가기 시작했다. 그리고 객잔 안의 모든 사람들은 나와 장한들을 쳐다보며 수군거리기 시작했다. 젠장, 기분 더럽네.

"그래서 어쩌자는 것이오. 내가 솔로문을 멸문시키기라도 했단 말이오? 그래서 내가 당신들 앞에 '나 무제요' 하고 말한 뒤 무릎이라도 꿇길 바라는 것이오?"

가끔 이런 놈들이 있다. 비상이 워낙 실감나는 게임이다 보니 덩치만 크면 자기가 최고라고 생각하는 놈. 하지만 비상에서는 아무리 덩치가 작더라도 그 수련 정도에 의해 얼마든지 강해질 수가 있다. 아니, 오히려 거대한 덩치와 느린 몸 대신 작고 빠른 몸이 더욱 도움이 될 때도 있다.

장한들은 서슬 퍼런 내 눈빛과 말투에 일이 이상하게 돌아간다고 생각했는지 한 발자국 물러났다.

"아니, 그렇다는 건 아니고 말이야… 단지 우리와 같이 가서 네가 무제가 아니라는 것을 증명만 하면 풀어주겠다는 것이지."

기분 최악. 짜증난다. 게임을 하는데 이렇게까지 머리 쓰면서 하면 좋나? 게임은 즐기면서 하면 되는 거다.

난 순식간에 다운되는 기분에 열이 머리끝까지 뻗쳤다. 여기서 이들을 혼내지 않는다면 앞으로도 수많은 사람들을 핍박하고 다닐 거다. 그리고! 가장 중요한 건 내겐 알리바이가 없다는 것. 쩝. 내가 한 일이니 알리바이가 있을 리가 없잖아.

"더 이상 날 귀찮게 하지 말고 꺼져라, 떨거지."

내 목소리는 차가워질 대로 차가워졌고 살짝 내공을 끌어올려 기파를 뿜어내기 시작했기에 주변의 분위기는 급속도로 냉각되어 갔다.

"뭐? 이놈이!"

픽!

"커억!"

"이놈이!"

이놈들 초보다. 삼류무사 축에도 못 끼는 놈들이 게임의 무위는 믿지 않고 실제 저희가 강한 것만으로 여기서도 최강인 줄 안다. 하지만 난 비상에서도, 밖에서도 이딴 떨거지에게 질 만큼 약하지 않다.

내 주먹이 가장 가까이 있던 녀석의 복부에 틀어박히자 다른 떨거지 중 한 명이 나를 향해 주먹을 놀렸다. 살짝 부숴주마.

"까불지 마라."

뿌드득!

"끄아아악!"

난 녀석의 주먹을 한 손으로 잡고 그대로 뭉개 버렸다. 이 녀석들은 감히 자기들을 건드릴 만한 존재가 없으리라고 생각한 건지 감도를 최고로 맞춰놓고 있었다. 그게 아니라면 괜히 엄살만 심하던가.

난 손뼈가 부서진 놈을 던져 버리고 일어나며 발로 나머지 녀석들의 복부를 한 대씩 걷어차 줬다. 일체의 내공을 사용하지 않은 순수한 능력치만으로.

"커억!"

"끄윽!"

"감히 어디서 선량한 사람을 핍박하려는 것인가. 네놈들같이 제 힘만 믿고 매너를 지키지 않는 것들은 비상에 발을 디딜 자격조차 없다. 꺼져라!"

나의 추호 같은 고함성에 복부를 잡고 주저앉아 있던 녀석들은 겁을 먹고 주춤거리더니 동료들을 데리고 사라졌다. 젠장, 하필이면 뭐 먹을 때 건드리다니……. 개가 생각나서 기분이 찜찜하잖아.

난 더 이상 뭘 먹고 싶은 기분도 들지 않아 점소이 NPC에게 음식 값을 지불하고 객잔을 나왔다. 내 뒤로 사람들의 시선이 느껴졌지만 애써 무시했다.

"이봐!"

무시.

"이봐!!"

또 무시.

"이봐!!"

아, 또 왜 날 부르는 거야!

"또 뭐야?"

"오! 이 녀석 사예가 맞구나!"

"염이 형?"

내가 뒤를 돌아보자 그곳에는 나를 쫓아오던 짜증나는 장한… 이라고 생각한 사람이 아닌, 비상을 처음 시작할 때부터 깊은 인연을 가지고 있던 장염 형이 서 있었다.

"오오! 오랜만이야."

"그래, 오랜만이다. 그나저나 무섭던데?"

"응?"

"방금 말이야. 네놈들같이 제 힘만 믿고 매너를 지키지 않는 것들은 비상에 발을 디딜 자격조차 없다. 꺼져라! 인가?"

"봤구나."

난 손바닥으로 얼굴을 쓸어 내리며 말했다. 하필이면 그런 장면을 보이다니…….

"그래도 형만큼은 하겠어? 아마 처음 만나자마자 나를 협박했던 것으로 기억하는데?"

"하하하! 어디 가는 중이냐?"

자기가 필요한 것만 듣는 저 귀. 정말 송곳 가지고 쑤셔 버리고 싶다.

"근데 형은 이 시부촌엔 웬일이유?"

난 어차피 갈 곳도 없었기에 장염 형의 질문을 살짝 씹어주며 다른 말을 꺼냈다.

"나? 일이 좀 있어서 말이야. 어제 솔로문이 무제에게 멸문당했다며? 내가 이 부근에 볼일이 있어서 왔다가 본 문에서 비조가 와 무제에 대해 알아보라기에 시부촌으로 온 거야."

음, 그렇군.

"근데 그런 이야기 함부로 해도 괜찮아?"

"아아. 괜찮아, 괜찮아. 어차피 난 이 임무가 마음에 안 들어. 무슨 스파이도 아니고 무제에 대해 조사해 오라니……. 나중에 한 번 만나서 적이면 싸우고 아니면 친구 하면 될 걸 가지고 말이야."

정말 속 편한 생각이다. 그래도 마음에 든다. 적어도 이런 사람은 딴생각은 하지 않으니까. 내가 생각해도 나 같은 인물이 제일 대하기 힘든 인물이라고 생각한다. 쥐뿔도 없으면서 비밀은 오죽이나 많아 가지고… 나도 속 편히 살고 싶어라……

"어디 묵을 곳은 정해놨어?"

"아니, 이제부터 찾아야지. 아마 치우 형이랑 문파의 고위급 한 분도 오실 것 같으니 넉넉한 곳으로 찾아야 할 텐데……."

난 선뜻 장염 형에게 용문객잔에 대해 말해 주지 못했다. 믿지 못해서가 아니라 괜히 알려줬다가 정체가 발각되면 저 장염 형 성격에 한 번 싸워보자고 덤빌 것이 분명하기 때문이다. 난 싸움을 별로 좋아하지 않는데 주변에는 왜 이리도 싸움광밖에 없는지……

그래도 오랜만에 만난 장염 형인데 묵을 곳이나 찾으며 다니게 할 순 없지.

"내가 묵는 곳으로 와. 용문객잔이란 곳인데, 마을 외곽에 위치해서 사람들도 별로 없고 주인 어르신도 좋은 분이야."

"오, 정말? 거기가 어딘데?"

음, 지금 가르쳐 줘야 하나? 하지만 말로써 설명하기 상당히 애매한 곳이라 내가 직접 데려다 줘야 할 테고, 그러다 보면 또 친구들과 마주치게 될 테고 또 놀림받을 텐데……. 에라, 놀리면 병건이를 패지 뭐.

"가자, 내가 안내해 줄게."

난 장염 형을 이끌고 용문객잔으로 향했다.

"휴우, 오늘은 이만큼만 해야지. 너무 피곤해."

장염 형을 용문객잔에 데려다 주고 친구들과 가벼운 인사를 나누게 한 후 난 비상에서 나와 버렸다. 요즘 게임만 너무 해서 그런지 몸이 굳어져 삐그덕대는 것 때문이기도 했지만 오늘은 강민 형에게 찾아가기로 한 날이다.

"2시 30분이라……."

시간은 넉넉했다. 찾아가기로 한 시간이 4시니까 한 시간 반이나 남았다. 아직 차가 막힐 시간도 아니고 거기까지 가는 데 넉넉잡아 사십 분이면 될 것이다.

"그럼 좀 챙겨볼까?"

끼익!

"여긴가?"

난 지금 한 오피스텔 앞에 와 있는 중이다. 꽤나 좋은 오피스텔이다. 새로 생긴 지 얼마 안 된 것을 자랑이라도 하는지 주변의 상점들도 전부 때깔이 나고 오피스텔도 깨끗한 게 좋아 보였다.

그동안 강민 형이 우리 집에 자주 놀러 왔지만 난 이번에 처음으로 강민 형네 집에 간다. 후후, 한집에서 살았을 때가 엊그제 같은데 벌써 10년이 다 되어간다니…….

난 상념을 접고 오피스텔 엘리베이터를 탔다. 25층이라고 했지?

띵! 스르륵!

소음없이 열리는 엘리베이터. 음, 좋아, 좋아. 근데 뭐가 좋지?

난 형이 가르쳐 준 번호로 형의 집을 찾아 벨을 눌렀다.

〈누구십니까?〉

기계적인 딱딱한 음성. 출입은 인공 지능이 맡고 있는 것 같았다.

"최효민이라고 합니다. 오늘 4시에 약속이 있었는데요."

〈잠시만 기다려 주십시오. 현재 시각 3시 50분. 10분 후에 찾아주시기 바랍니다.〉

"뭐, 뭐?"

이런 황당한 경우가! 뭐 이따위 인공 지능이 다 있어!

"이봐! 문 열라고! 약속이 있다고 했잖아! 10분 늦게 온 것도 아니고 빨리 온 건데 그럴 수 있냐!"

〈출입 시각은 엄격히 통제합니다.〉

"난 네 주인의 동생이란 말이야! 문 열어!"

온갖 방법을 다 써보았으나 인공 지능은 요지부동이었다. 그냥 10분을 기다리는 게 오히려 속 편할 것 같았지만 인간의 체면이 있지 인공 지능 따위에게 지고는 못 살아!

"이보세요! 안에 아무도 없어요? 강민 형!"

〈다른 주민께 방해됩니다. 조용히 해주시기 바랍니다.〉

"시끄러! 인공 지능이면 인공 지능답게 굴라고!"

〈경고 들어갑니다. 5초 후에도 역시나 똑같을 시에는 경찰에 자동 신고 들어갑니다.〉

무슨 인공 지능이 사람을 협박하냐고. 그래, 누가 이기나 해보자!

"해봐, 내가 잡혀 들어가도 너만은 부숴 버리겠어."

〈5. 4. 3.〉

"인공 지능 주제에 인간을 무시해?"

〈2.〉

내가 주먹을 쥐고 그대로 음성이 나오는 스피커를 부숴 버리려고 했을 때 문이 열렸다.

스르릉!

"어머! 누구세요?"

문 안에서 나타난 인물. 강민 형이 아니었다. 여자, 그것도 내가 아는 여자랑 상당히 닮은 여자.

"서, 서인이?"

"네?"

어, 어떻게 서인이가 여기에?

갑자기 서인이가 나오자 난 패닉 상태에 빠져들었다. 도대체 어떻게 된 거야?

"서인이를 아세요?"

"응?"

저 말투는 분명 자신이 서인이가 아니라는 말투인데?

난 자세히 그 여자를 바라보았다. 그리고 깨달았다. 앞의 여자는 서인이가 아니다. 분명 서인이와 닮긴 했지만 분위기도 다르고 좀 더 성숙해 보인다. 서인이의 몇 년 후 모습을 보는 것 같다고 할까?

그때 그녀의 뒤로 한 남자가 모습을 드러냈다.

"왜 그래? 응? 효민아!"

"아! 형!"

"왔으면 들어오지 여기서 뭐 하냐?"

강민 형이 궁금하다는 듯이 물었는데 그것 때문에 기분 나쁜 인공 지능이 다시 떠올랐다

"형! 이 인공 지능 만든 사람 누구야? 당장 신고해 버리겠어!"

"응? 그거 내가 만들었는데?"

"뭐?"

그럼 지금까지 나를 고생시킨 인공 지능을 나를 초대한 강민 형이 만들었단 말인가? 이 짜증나는 인공 지능을?

으, 갑자기 열이 뻗쳐 오른다.

"왜 그래?"

"강민 형."

"왜 그러니, 사랑스런 동생아."

"우선 좀 맞아."

"응?"

픽!

"컥!"

"큭큭큭! 그러니까 인공 지능에 막혀서 신고당할 뻔했다는 거 아냐."

"웃지 마. 누가 만든 인공 지능인데!"

난 계속해서 웃고 있는 강민 형을 째려보며 말했다.

"큭큭! 근데 그렇게 하지 말고 옆에 있는 음성 탐지기로 들어오면 되잖아. 인공 지능이 알 정도면 음성 탐지기에 입력을 해놨다는 생각은 못했냐?"

음, 음성 탐지기라…….

"큭큭! 보니까 잊어먹었구나."

"근데 소개시켜 줄 사람이 방금 그 사람이야?"

난 서인이와 똑같이 생긴 여인을 떠올리며 말했다. 그 여인은 지금 장 보러 간다며 밖으로 나갔으니 마음 놓고 이야기해도 되겠지.

"수진 씨? 그래. 앞으로 네 형수님 될 사람이다."

"오, 정말? 축하해. 근데 꼭 내가 알고 있는 사람이랑 닮았단 말이야."

"서인이?"

응? 어떻게 형이?

"어떻게 형이 서인이를 알아?"

"역시나⋯⋯. 당연히 알지. 처제 될 사람이니까."

처, 처제?

"아하하! 걱정 마. 어차피 너랑 나랑은 법적으론 친형제가 아니잖아. 너랑 나만 알고 있으면 되는 거야. 그리고 생각하고 믿으면 되는 거야, 우리가 영원한 친형제라는 것을. 법적으로 촌수 꼬이는 것은 생각 안 해도 돼."

"누, 누가 그렇대?"

"하하하. 그런데 정말 우연의 일치라 보기에는 뭣하군. 처제가 그렇게 열심히 설명하던 사람의 이름이 효민이라길래 설마설마 했더니 정말 너라니 말이야."

흠, 서인이가 내 얘기를 많이 해? 커험, 왠지 쑥스럽구만.

"결혼식은 언제 할 건데?"

"내년 5월. 5월의 신부라고 들어봤냐?"

형수님이 드레스 입은 모습을 생각하는지 잠시 멍한 모습이 되어 있는 강민 형을 보니 한숨만 새어 나왔다. 어쩌다가 저렇게 푹 빠져 가지고. 뭐, 제자리를 찾았으니 좋은 거겠지.

"근데 동생아, 처제랑 어디까지 갔냐?"

"무, 무슨 소리야! 우린 아직 그런 사이가 아니라고!"

"에게, 그게 아닌 것 같은데? 손은 잡아봤고? 아, 요즘 애들은 진도가 빠르다고 했지? 키스는 해봤냐? 설마 넘어선 안 될 선을?"

"아니라니까!"

난 빽 하고 소리 질렀지만 소파에 앉아 능글능글한 미소를 짓고 있는 형의 모습에 내가 놀림받았다는 사실을 깨달았다.

"두고 보자고! 결혼식 날을……."

"허헉! 도, 동생아. 나의 사랑스러운 동생 효민아! 화 풀어라."

당연히 이렇게 나와야지. 강민 형은 아부로도 통하지 않자 말 돌리기를 시도했다.

"아차, 내가 너를 부른 건 그것 때문만이 아니야."

"뭔데?"

"비상… 조심해라."

"뭐?"

이게 무슨 소리야? 비상을 조심하라니?

"사실 비상은 나도 어떻게 될지 모르는 게임이야. 위험성은 없다고 보는데……."

"도대체 무슨 소리야?"

"사실……."

강민 형의 이야기는 그렇게 길지도 짧지도 않았다.

강민 형이 포에버 사에 취직해서 능력을 인정받아 게임 개발 실장으로 승진했을 때라고 한다.

가상 현실 게임. 말처럼 쉬운 게 아니었다. 강민 형의 천재적 머리로도 진전이 거의 없을 만큼 힘들고 고독한 작업이었다고 한다.

결국 강민 형은 이리저리 자료를 찾던 중 플레이 금지령이 내려진 S·T라는 데모 버전의 최초 가상 현실 게임을 구해서 플레이 해보았다고 한다. 개발 중에 한 테스터가 죽음으로써 사람에게 어떤 해를 줄지도 모르는 S · T를 하는 것은 상당히 위험한 일이었지만 강민 형은 결코 포기하지 않았다.

처음 접해본 S · T는 별세계였다고 했다. 지금의 비상보다 오히려 더 리얼리티한 뛰어난 가상 현실 시스템.

한 며칠간의 플레이로 데모 버전의 S · T를 클리어한 형은 그 맛에 젖어 쉽게 헤어나올 수 없었다고 한다. 그리고 형은 S · T를 파고들었다. S · T의 개발적인 부분을 파고든 것이 아니라 안정성, 오직 그것만을 추구했다. 이미 S · T 자체만으로도 완벽한 가상 현실 게임이라고 강민 형은 판단한 것이다.

그 후 수백, 수천 번의 실험 끝에 S · T는 사회에 알려진 것과는 달리 아무런 문제도, 아무런 피해도 없음을 밝혀냈다.

그리고 강민 형은 S · T의 시스템을 기반으로 연구했고 많은 부분을 S · T에서 따왔다. 가상 현실 부분은 거의 S · T와 다를 바가 없다고 한다. 그렇게 몇 년간의 노력으로 드디어 가상 현실 게임 비상을 만들어냈고, 그것을 네트워크화시키며 한 가지 사실을 깨달았다고 한다.

바로 비상의 데이터베이스를 함부로 건드릴 수 없다는 것. 네트워크화시키며 비상의 시스템에 버그가 걸려 데이터베이스를 이용해 버그를 고치려 한 일이 있었다.

그러나 비상과 충돌을 일으켜 비상의 모든 데이터는 삭제.

결국 다시 만들 수밖에 없었다. 기반은 완성되어 새로이 보관하고 있던 중이라 새로 만드는 데는 시간이 얼마 걸리지 않았지만, 그것은 강민 형에게 충격이었다고 한다. 그리고 다시 연구하고 고친 끝에 그 원인을 찾아냈다.

아마 S · T의 영향을 받아서일 것이라 했다. S · T의 시스템 중 S · T를 발명한 에버 사 외에는 아무도 밝혀내지 못한 절대 보호 시스템과 진화 인공 지능 시스템을 옮겨와 비상에 심었고 그것이 충돌을 일으켰다는 것이다.

계속된 수정의 결과로 패치라든지 여러 가지를 손댈 수 있었지만 결코 캐릭터의 시스템을 손댈 수는 없었다고 한다. 그래서 아무리 캐릭터가 버그에 걸려도 전체적으론 버그를 치료할 수 있지만 각 캐릭터에 걸린 버그는 없앨 수 없었고 초기화도 불가능해졌다. 초기화를 하려면 처음부터 새로 만들어야 하는 작업을 해야 하니 그럴 시간과 예산이 부족했던 것이다.

그렇게 비상은 나타났고, 일부 패치 작업과 시스템을 빼놓고는 진화 인공 지능 시스템이 비상의 모든 일을 담당하고 있다고 한다.

난 강민 형의 말을 들은 후 무언가 이상하다는 느낌을 받았다.

"S · T란 게임의 가상 현실 시스템이 비상보다 좋다고?"

S · T를 발전시키고 또 발전시켜 만든 게임인 비상이 S · T보다 떨어진단 말인가?

"그래, S · T의 모든 프로그램을 완전히 옮겨왔다 해도 그 가상 현실 시스템의 비밀은 밝혀낼 수 없었어. 그나마 많은 자료가 있었기에 그것을 기반으로 만든 것이고. 비상에서 일어나고 있는 알지 못할 일은 모두 진화 인공 지능 시스템이 맡고 있어. 네 도제도결이라든지, 내공을 사용자의 뜻대로, 또 자신도 예기치 않게 움직이는 것 등등 말이야. 비상은 S · T의 시스템 덕분에 처음 상용화된 가상 현실 게임이라 볼 수 없을 정도로 뛰어난 역작이었지만 개발자인 우리도 시스템에 대해서 참견을 거의 할 수가 없어. 지금 이 순간에도 진화 인공 지능이 비상의 모든 것을 자신의 뜻대로 하나하나 고치고 있을 거야. 아마 얼마 후면 우린 패치 외에는 비상에 손을 댈 수 없게 되겠지."

강민 형의 말에 난 큰 충격을 받을 수밖에 없었다.

스스로 생각하는 인공 지능. 지금의 과학으로도 충분히 가능하다. 하지만 스스로 진화하여 새로운 것을 창조한다? 그것이 가능한가?

인공 지능. 기계는 분명 사람과 비교도 안 될 만큼의 뛰어난 전산 처리 능력과 기억력, 아니, 기억 시스템을 가지고 있다. 하지만 그들은 결코 사람을 따라오지 못한다. 창조성이 없기 때문이다.

명령을 받고 그에 따르는 인공 지능과 기계로서는 도저히 인간을 따라오려 해도 따라올 수가 없다. 그런데 스스로 생각해서 창조적인 생각으로 무언가를 창출해 내는 인공 지능 시스템? 기가 막힌다.

"그럼 앞으로 비상에서 일어날 수 있는 일을 형이나 포에버 개발사 측에서도 모른단 말이야?"

"그건 아니야. 어느 정도 예상은 할 수 있지. 그래도 현재 인공 지능은 처음에 우리가 만든 개발 예정을 토대로 움직이고 있으니까. 하지만 그건 비상의 세계에서 아주 큰 범위의 일이라는 것이지 캐릭터당 작은 일까지 예상할 순 없어."

젠장, 그럼 잘못하면 유저들이 인공 지능의 꼭두각시가 될 수도 있다는 말이 아닌가. 난 일의 심각성을 느꼈다.

"그래서 대책은 있어?"

"아직. 하지만 지금 개발 중이야. 인공 지능을 무력화시키고 우리가 만든 새로운 인공 지능을 넣는 방법으로 말이야."

"흐음."

"그래서 네게 부탁을 하나 하자."

"응?"

난 의아한 얼굴로 강민 형을 쳐다보았다. 강민 형은 너무나 진지했다.

"네가 비상에서의 일을 정찰해 줘야겠다."

"뭐?"

"우리 회사의 직원들을 비상에 투입시켜서 정보를 알아내고 있는데 그것만으로는 부족할 것 같아서 말이야. 직접적인 도움도 줄 수 없고, 캐릭터의 능력을 고칠 수도 없어서 특출난 고수는 없거든. 하지만 비상에서 '무제'라는 초절정고수라면 많은 도움이 될 거다."

"나야 아무래도 상관없지만……."

"고맙다. 네가 정말 이 형을 살려주는구나. 그리고 이 일은 극비다. 아직 사회에 알려져서는 안 돼. 아무리 위험성이 없다고 해도 인간들이란 알지 못하는 것에 두려움을 느끼는 법이니까."

강민 형은 정말로 고마운지 내 손을 꼭 붙잡고 말했다. 흠, 그렇단 말이지. 인공 지능……. 인간과 인공 지능의 싸움이라……. 재미있겠어.

얼마 후 형수님이 돌아왔고 난 그날 밤 오랜만에 성대하고 맛있는 저녁을 먹을 수 있었다.

◆ 비상(飛翔) 스물다섯 번째 날개
구신(九神)

비상(飛翔) 스물다섯 번째 날개 구신(九神)

"……."

"……."

이 남자 뭐지?

난 지금 비상에 들어와 있다. 초매는 오늘 들어오지 못한다 했고 친구들은 사냥을 갔는지 용문객잔에 남아 있지 않았다. 장염 형도 마찬가지고. 비조를 보내볼까 하다가 그냥 오랜만에 혼자 있는 것도 괜찮겠다 싶어 용문객잔을 나섰다.

그렇게 거리를 걷다가 어이없게도 길을 잃어버리는 사태가 발생했고 어쩌다 보니 인적이 없는 곳으로 오기에 이르렀다. 하여간 어지간히도 재수없지. 그리고 그 와중에 누군가와 마주쳤는데, 그게 또 심상치 않다.

"……."

"……."

상대는 30대 초반으로 보이는 장한으로 적의, 아니, 마치 피와 같은 색인 혈의(血衣) 무복을 입고 있었는데, 허리춤에는 도를 차고 있었으며 덩치가 크긴 했지만 특출나진 않았다. 그러나 그가 뿜어내는 눈빛은 장난이 아니었다. 마치 날 투과시켜 보는 것 같은 강렬하면서도 섬뜩한 눈빛.

오, 눈빛 상당히 마음에 안 드는데?

그때 혈의인이 입을 열었다.

"넌 누구냐?"

"그걸 제가 답해야 할 이유는 없다고 봅니다."

상대의 눈빛도 마음에 들지 않았고, 거기다가 초면부터 반말을 지껄이니 열받아 말투가 고울 리 없었다.

"적어도 너와 비슷한 용모와 그만한 기파를 가지고 있는 자가 있다는 사실은 듣지 못했다. 하지만 너 정도의 인물이라면 알려지지 않을 수 없었을 텐데?"

흠칫!

무, 무슨 소리지? 그럼 이 남자는 내가 가진 무위를 알고 있단 말인가?

"무슨 소린지 모르겠습니다만?"

"기를 잘 다루는 것으로 보아 감도를 최고로 해놓고 기를 스스로 통제하는 것을 익혔나 보군. 하지만 주변의 기파를 감출 수는 없다. 하수라면 몰라도 적어도 비슷한 고수라면 들킬 수밖에 없지."

고, 고수다. 지금까지 붙어왔던 사람들 중에서도 내가 가진 무위를 알아보는 사람은 없었다. 투귀와 처음 만났을 때 내가 비록 약하긴 했지만 투귀도 내 정확한 무위를 알지 못했다. 그런데 이 남자는 내가 가진 무위를 꿰뚫어 보듯 알고 있다.

"말하라. 넌 누구냐?"

"도무지 무슨 소린지 모르겠군요. 괜한 사람 핍박하지 마시길……."

난 그렇게 말하며 그를 지나쳐 가려 했는데 곧 멈출 수밖에 없었다.

미칠 듯한 살기와 투기.

살기라면 투귀가 가장 먼저 생각나는데, 사실 투귀의 것은 상대를 죽이려는 살기라기보다는 강한 자와 싸우고 싶어하는 투기에 가깝다. 하지만 눈앞의 이 남자는 확실한 살기. 투기를 덮어버린 살기를 내뿜고 있었다. 큭!

"네가 말하지 않는다면 무력으로 알아내는 수밖에."

스르릉.

그렇게 말하며 그는 도를 뽑는데, 그 도의 색깔은 피처럼 붉은색이었다. 유엽도(柳葉刀)의 형상을 갖춘 붉은색인 도. 도가 붉은색이라니……

내가 보기에 남자의 도는 한월보다는 못하지만 인세에 다시없을 최고의 보도 중 하나일 것 같았다. 특이한 점이라면 도 자체가 지독한 살기를 뿜어낸다는 것.

크윽! 얼마 전이라면 몰라도 내공이 얼마 남지 않은 지금의 나는 혈의인의 상대가 되지 않는다. 하지만 그렇다고 해서 항복 따위 하지 않는다.

스르릉―

난 도갑에서 잠자고 있던 나의 애도이자 비상 최고의 도, 한월을 뽑아 들었다. 한월에서 뿜어져 나오는 예기와 한기는 사방을 덮었다.

웅웅웅!

웅웅웅!

"……!"

"……!"

혈의인의 혈도와 한월이 공명하며 도명을 뿜어내고 있었다. 한월이 상대의 무기와 공명을 하다니! 처음 겪는 일이다. 혈의인도 놀라긴 마찬가지인 듯했다. 설마 내가 이런 도를 가지고 있을 줄 생각도 못했겠지.

"대단한 도로군. 혈아(血牙)에겐 미안하지만, 혈아보다 더 뛰어난 도로군. 비상에 그런 도가 있을 줄 몰랐어."

혈의인도 눈치 챘는가 보다, 도명의 차이를. 자세히 듣는다면 한월의 절대 굽히지 않는 절대자의 도명 앞에 혈의인이 혈아라 불렀던 혈도가 내는 도명은 그 기세를 펴지 못하고 있는 것을 알 수 있었다.

"……."

"재미있겠군. 혈아를 뛰어넘는 도를 지닌 무인이라……."

아, 나는 싸우는 거 별로 안 좋아하는데 어쩌다가 가는 곳마다 싸우게 되는지. 그리고 점점 이 싸움이라는 것에 맛들이게 되잖아. 이 흥분감, 이 긴장감. 한 번 맛보면 잊을 수 없게 된다. 흠, 이러다가 투귀처럼 되는 거 아냐?

"후우……."

살짝 한숨을 내쉬며 긴장된 근육을 풀어주었다. 그리고 용연지기를 서서히 끌어올렸다.

"와라."

혈의인은 나를 쳐다보며 그렇게 말했다. 좋아, 해보자고. 미친 듯이,

끝내주게 싸워보자고!

"차잇!"

난 우선 가볍게 한월을 떨쳤다. 거리를 확보하기 위함이다. 혈의인이 가볍게 피한 한월을 뿌리는 것과 동시에 그에게로 다가간 후 재빨리 이어지는 잔월향.

"잔월향!"

슈우웃!

한월의 잔상이 나타나며 혈의인의 여덟 개의 요혈을 동시에 노려갔다.

"하혈현영(下血現影)."

혈의인의 낮은 말에 그의 주변으로 혈아가 핏빛 그림자를 그리기 시작했고, 곧 사방이 핏빛 그림자로 뒤덮였다.

캉! 캉! 캉! 캉! 캉! 캉! 캉! 캉!

단 하나의 형상도 허락하지 않고 모두 튕겨내는 핏빛 그림자. 그 무엇도 통과시키지 않는 그런 완벽한 방어. 그 방어막에서 느껴지는 패도적인 기세에 나는 주춤거리며 원주미보를 사용해 물러설 수밖에 없었다.

"칫!"

저 정도의 방어는 뚫기 힘들다. 난 한월을 세로로 세워 혈의인의 발을 노렸다. 이미 도제도결의 모든 자결들이 내가 가진 움직임 하나하나에 녹아 있었기에 혈의인의 발을 노리는 한월은 마치 섬의 식을 펼친 것과 진배없는 움직임을 보여줬다.

"혈첩진보(血疊進步)."

발을 노리고 들어가는 한월을 순식간에 혈아로 쳐내고는 내가 있던 자리로 짓쳐 들어오는 혈의인은 혈아를 사용해 나의 얼굴을 찍어 들어왔다. 젠장, 빠르다!

난 순식간에 도기를 끌어올렸다.

"승월풍!"

묵빛 도기가 담긴 바람은 한월을 잡은 내 몸과 함께 하늘로 승천하기 시작했다.

파파팟!

"큭!"

"초월파!"

묵빛 도기는 초승달을 그리며 혈의인에게로 날아갔다.

"하혈현영."

다시 펼쳐지는 핏빛 그림자. 하지만 이번 공격은 막기 쉽지 않을 거다!

츠츠츳!

초승달과 핏빛 그림자가 마찰을 일으켰다. 그리고 하늘로 뜬 내가 땅으로 착지할 때쯤 핏빛 그림자에 균열이 생기며 초월파가 파고들었고, 초승달은 순간적으로 튼 혈의인의 허리를 베며 날아갔다. 그리고 내 발 밑에서 핏빛 그림자가 날 노리고 덮친 것도 이때였다. 큭! 역시 단순히 방어만을 위한 것이 아니었어!

"흡!"

파삿!

"큭!"

재빨리 몸을 날려 심장으로 파고들던 핏빛 그림자를 피해내긴 했지만 어깨에 박히는 것까지 막을 순 없었다. 혈의인은 허리의 상처는 아무엇도 아니라는 듯 여전히 무심한 태도로 입을 열었다.

"대단하군. 내게 상처를 입히다니……."

"큭! 그러는 당신이야말로 그 순간에 공격을 가하다니……."

분명 상처는 혈의인 쪽이 깊었으나 정신적인 타격은 내가 더 심했다. 전혀 공격받을 거라곤 예상하지도 못했으니…….

"미안하다, 한순간이나마 가볍게 본 것을. 최고의 힘으로 상대해 주지."

그, 그러지 않아도 되는데… 라고 말하고 싶었으나 사나이 체면에 어떻게 그걸 말해.

혈의인에게로 서서히 집중되는 내공을 느낄 수 있었다. 젠장, 예상은 했지만 이 정도일 줄이야…….

"도강이다. 최고의 힘을 선보일 테니 너도 최선을 다하도록."

혈의인은 어느새 싸우는 이유에 대한 것은 잊어버린 것 같았다. 그것은 살기가 사라진 것으로 증명되었다. 살기가 사라진 오직 투기만이 그의 눈에 자리잡고 있었다. 젠장, 도강이라니……. 결국 이 수밖에 없나?

"폭기!"

폭기. 분명 대단한 기술이다. 하지만 폭기를 한 번 쓰고 나면 게임 시간으로 이틀간은 진기의 흐름이 불안정하다. 그 시간 동안은 2단계 개방이 아닌 한 폭기를 써도 제 힘을 기대하기란 어렵다. 다행히 이틀이 지난 후라 폭기의 최고 힘을 쓸 수 있었지만, 또다시 속이 울렁거리는 불안정한 진기의 흐름을 느껴야 한다니…….

그런 생각과는 달리 진기의 압축과 그 탄력을 받아 세차게 움직이는 폭기를 가한 용연지기는 내게 새로운 힘을 주기 시작했다.

"응? 뭔지 모르겠지만 갑자기 기파가 변했군. 불안정하고 광포하기는 하지만 조금 전과는 비교도 되지 않을 정도의 파괴력을 담고 있군."

　젠장, 폭기를 썼는데도 기파가 읽힌단 말이야? 도대체 얼마만큼의 고수라는 거야? 난 폭기의 용연지기를 한월에 담기 시작했다.

　점점 더 묵빛으로 빛나며 선명해지는 도기. 하지만 도강과는 비교할 수 없었다.

　"도대체 이 아저씨는 어디를 간 거야?"

　"염아, 그분은 내 사부시란다."

　"그리고 내 친구기도 하지."

　"한마디로 말조심하라고."

　장염은 짜증났다. 원래 온다던 인물은 치우와 문파의 높은 분 한 명이었는데 어찌 된 건지 문주네 삼총사가 전부 나왔다. 골치가 아팠다.

　'애초에 이 임무는 마음에 안 들었어. 그런데 이 사람들까지 나오다니⋯⋯.'

　거기다가 설상가상으로 문주네 삼총사 중 한 분이 사라져 버렸다. 어디 가서 PK당할 만큼 약한 분은 아니지만 찾아야 하는 귀찮음을 유발시키는 일이었다.

　"시부촌이라⋯⋯. 정말 오랜만이네."

　"그러게 말일세."

　"디다야, 언제나 말하는 거지만 그 말투 좀 고치면 안 될까?"

　"자네도 알다시피 난 현자(賢者) 아닌가. 그러니 말을 함부로 하면 안 되지. 말투에도 현기가 담겨 있어야 하는 거라네."

뭐가 그리도 좋은지 헤실헤실 웃고 있는 청삼(靑杉)의 사내는 옆에 있는 백색 도포(道袍)를 입은 사내와 이런 저런 말을 하며 장염의 뒤를 따라 걷는 중이었다. 그리고 그 앞으로 장염과 함께 바른 생활 청년 치우와 녹색 무복을 입은 한 남자가 걷고 있었다.

"치우 형은 사부 간수 좀 잘 해. 어떻게 사람이 갑자기 사라질 수가 있냐고."

"내 사부님이라고 했다."

"그리고 내 친구."

"마찬가지."

'누가 그걸 모르냐고!!'

몇 번이고 다시 말하는 두 명의 문주 패거리의 말에 장염은 혈압이 올라 제명대로 살지 못할 것 같은 느낌을 심각하게 받고 있던 중이었다. 얼굴에 철판을 떡하니 깔아놓은 장염을 이렇게 뭉개놓은 사람들.

그때 헤실헤실 웃고 있던 문주가 그 상태 그대로 걸음을 멈추며 입을 열었다.

"잠시!"

'또 왜 그러슈? 영감탱이.'

"사부님, 왜 그러십니까?"

"느껴졌다, 녀석의 기파가."

"네?"

'댁이 무슨 신이유? 이 먼 거리에서 기파를 느끼게?'

장염은 속으로 투덜거렸지만 후환이 두려워 겉으로 표현하지는 못했다. 그때 치우가 다시 문주에게로 다가서며 물었다.

"기파를 느끼셨다고요? 사부님의 기파를요?"

"그래, 나와 녀석은 상극의 무공 속성을 가지고 있기 때문에 녀석의 기가 공중에 퍼지면 따끔하단 말이야. 그것을 바탕으로 추적한다면 기파 따윈 간단히 찾을 수 있지. 누구나 할 수 있는 거야."

'댁밖에 못해!'

별거 아니라는 듯이 넘겨 버리는 문주의 말에 장엽은 허탈했지만 별수없었다.

"자자, 이쪽이다. 디다야, 너도 느낄 수 있지?"

"느낄 수 있네. 나야 원래 이런 쪽으로는 빠삭하지 않은가."

'저게 어딜 봐서 현기가 담긴 말투라는 건지……'

속으로 열심히 투덜거리면서도 문주를 따라 발걸음을 옮기는 장엽이었다. 기파가 생겼다? 그럼 내공을 끌어올렸다는 말이고 '그'가 내공을 끌어올렸다면 보통 일은 아닐 것이다. 문파에서 최고의 힘을 가진 '그'였으니까.

챙!

"여기다."

"저기 있다!"

"사부… 읍!"

그들이 도착한 곳은 인적이 드문 곳이었고, 그곳에서 그들은 그들이 찾던 사람을 찾을 수 있었다. 문제는 '그'가 누군가와 싸우고 있다는 것.

치우는 사부가 또 누군가에게 해를 입힐까 봐 즉시 말리려 뛰어나가려 했지만 문주의 악마 같은 손에 붙잡혀 단순히 시도만으로 끝나 버리고 말았다.

"왜 그러세요? 빨리 말려야 한다구요."

"치우야, 치우야, 인생은 즐겁게 살아야 하는 거야. 그것도 즐거운 마음으로 하는 게임임에야 두말할 필요도 없지. 저렇게 즐겁게 싸워보는 것도 오랜만인 것 같은데 좀 더 내버려 두자. 그리고 우리도 눈요기 좀 하고."

'눈요기를 하는 것이 주된 목적이 아니고요?'

치우는 순간적으로 문주의 말에 말문이 막혔으나 힘없는 자신이 별수있으랴. 문주의 말에 따를 수밖에 없었다. 그리고 사부가 제발 사정을 봐주며 싸우길 빌고 또 빌었다.

"응? 쟤가 왜 저기 있어?"

"염아, 네가 아는 사람이니?"

"치우 형, 바보야? 사예잖아, 사예. 그것도 기억 못해?"

"응? 지, 진짜네! 사예가 왜 우리 사부님이랑 싸우고 있어?!"

"그걸 나한테 물으면 어쩌라고."

장염은 당황해하는 치우의 모습에 어이없는 표정을 지었다. 그리고 그런 둘의 대화를 듣지 않을 수 없었던 문주는 장염을 바라보았다.

"치우랑 장염이 아는 사람인가 보다? 사예?"

"아, 2차 테스터인데 저희랑 인연이 깊어서 형, 동생하기로 했어요."

장염은 그렇게 말하고 다시 사예와 '그'가 싸우고 있는 곳으로 시선을 돌렸다.

'그리고 보니……!'

녹색 무복의 덩치 큰 사내는 사예를 보고 상당히 놀란 것 같았으나 아직은 표를 내지 않았다. '그'와 싸우고 있는 것으로 보아 그다지 좋은 상황 같지도 않았고 괜히 나섰다간 모두에게 피해가 갈까 봐 걱정이 되었던 것이다.

"호오, 그래? 저 녀석과 저 정도로까지 싸울 수 있다니…… 근데 난 처음 보는 얼굴인데? 저 정도 실력자라면 알려지지 않을 수가 없었을 텐데? 사냥터도 그렇고 말이야."

"그러게 말일세. 대단하구먼. 내공이 달려서 도강을 못 쓰는 것이 안타까울 따름일세."

옆에 있던 백의도포의 사내 디다가 문주의 말을 받았다. 문주와 디다, 그들의 얼굴에는 재미있는 것을 발견했다는 표정이 떠올라 있어 그 둘을 바라보는 세 쌍의 눈동자를 불안하게 만들었다.

"어쨌든 지켜보자고."

그때가 바로 사예의 초월파의 초승달이 혈의인의 허리를 가르고, 혈의인의 핏빛 그림자가 사예의 어깨를 뚫었을 때이다.

서서히 끓어오르는 기파. 혈의인의 혈아에서는 타오르는 듯한 핏빛의 도강이 생겨났다.

"폭기!"

사예의 목소리와 함께 그의 전신에는 폭기로 인해 내공이 광포하게 흐르기 시작했고, 그 결과 주변의 기파까지 바꿔놓았다.

"호오, 희한한 기술을 쓰네?"

"그러게 말일세. 현자라는 나도 저런 기술은 보지 못했으니."

"쿠쿡! 재미있겠어."

사예와 혈의인이 몇 마디 나누는 듯하더니 다시 맞붙어갔다.

"잔월향!"

아까와 똑같은 듯했으나 똑같지 않은 공격. 폭기로 인해 네 배의 파괴력과 도기로 인해 그 모든 면에서 월등히 증가되었다.

혈의인도 아까와 똑같지 않다는 것을 느꼈지만 그렇다고 물러서고 싶은 생각은 들지 않았다.

"혈류귀곡(血流鬼哭)!"

지금까지 낮게 중얼거리던 초식의 시동어가 아닌 기합이 담긴 외침. 혈의인의 외침과 함께 혈아에서 피의 물줄기가 생기며 한월이 만든 여덟 개의 잔상과 마주쳐 갔다.

카카캉! 캉! 캉!

"흠……."

"크윽!"

격돌 후 혈의인은 낮은 신음을 삼키며 한 발자국 물러났지만 사예는 땅속 깊숙이 발을 묻은 채 주욱 밀려났다. 현격한 차이. 사예는 속이 진탕됨을 느꼈다.

'역시 도강과 정면 상대를 해선 안 돼. 그렇다면!'

몸을 움직일 때마다 지독한 통증이 밀려왔지만 그래도 사예는 움직였다. 이대로 포기 할 순 없으니까.

땅에 묻힌 발을 빼낸 사예는 한월을 도갑에 집어넣는 것과 동시에 오른발을 앞으로 내밀며 몸을 낮춰 오른손으로 왼쪽에 매달아둔 한월의 손잡이를 잡아갔다.

발도의 자세.

혈의인과 사예는 상당한 거리가 있었지만 문제될 건 없었다.

"후우……."

"와라!"

스릉! 파샤샤샤샤!

강한 진각을 밟으며 살짝 뽑은 한월을 순식간에 뻗어내는 사예. 동작 하나하나가 초고속으로 움직이며 바람을 가르는 소리를 내는 가히 살인적인 발도술이었다.

"만월회!"

한월은 순식간에 원을 그렸고, 그 원에서 생겨난 묵빛의 만월은 섬전같이 혈의인에게로 쏘아졌다. 저번 솔로문에서 생성시킨 만월회보다는 크기가 작았지만 그 속도는 감히 비교조차 할 수 없을 만치 빨랐다.

"크윽!"

피시싯!

혈의인은 내심 상대의 공격이 쾌도라는 것을 짐작했지만 이렇게 빠르게 날아올 줄은 미처 예상하지 못했다. 자신의 독문보법인 혈첩진보를 사용해서 급히 그 자리를 빠져나왔지만 얼굴에 긴 혈선이 생기는 것은 막지 못했다. 혈의인은 얼굴과 허리에서 피를 뿌리며 순식간에 사예에게로 접근해 들어갔다.

"큭! 대단한 쾌도기(快刀氣)다. 하지만 공격 뒤의 허점이 너무 많아!"

패도적인 기세로 사예에게 내리 꽂히는 혈아. 그 혈아에는 절대 공격, 강기가 맺혀 있었다.

'저 강기를 제대로 받는다면 그대로 끝이야!'

사예는 만월회를 믿었지만, 우선 지금 처한 상황부터 모면해야 만월회에 희망을 걸 수 있을 것 같았다.

이미 사예는 발도술을 전개한 뒤라 곳곳이 허점투성이. 재빨리 몸을 틀며 띄웠고, 동시에 한월에 담을 수 있는 모든 내공을 담아 혈아를 비껴가게 만들려 했다.

한월에는 도기가 그 불을 뿜었고 혈아의 도강과 맞서서 버텨내고 있었다.

'됐다! 이렇게 도기가 도강과 맞서는 동안 몸을 빼내면……!'

그때 도강이 갑자기 폭발적인 힘을 뿜어냄과 동시에 사예는 자신의 몸이 뒤로 날아가는 것을 느꼈다.

쾅!

"커억!"

뒤로 날아간 사예는 나무와 부딪치며 굉음을 만들어냈다.

"쿨럭! 크억!"

지독한 고통이 사예를 엄습하고 있었다.

"도기로 도강을 버텨내다니……. 대단하군. 버텨내지 않았다면 두 동강이 났을 테지만."

혈의인은 지금까지 무표정하던 것과는 달리 놀랍다는 표정을 지으며 사예를 바라보았다. 이미 혈아에 맺혔던 도강은 사라진 뒤였다. 그로서도 도강을 계속 유지하는 것은 힘들었으니.

'큭! 조, 조금만 더 옆으로.'

사예는 온몸에서 힘이 빠져나가며 고통스러웠지만 억지로 일어나 도기를 일으켰다.

"초월파! 초월파!"

그 기세가 약해지긴 했지만 초승달은 여전히 무서웠다. 한 번은 가로로, 한 번은 세로로 억지로 쏘아 보낸 두 개의 초승달은 혈의인을 노리고 들어갔다.

"아직 도기를 날릴 힘이 있었나?"

혈의인은 자신에게로 날아오는 초승달을 보았다. 하지만 그 기세와 속도가 처음에 비해 너무 약했고, 거기다 두 개를 한꺼번에 만들면서 힘이 분산되어 있었다.

혈의인은 자신의 오른쪽으로 날아오는 도기를 왼쪽으로 세 걸음 옮겨 피해 버렸다.

"이 정도에서 네 힘은 다한 것 같군. 재미있었다, 오랜만에."

그러나 그게 끝이 아니었다. 사예의 눈은 살아 있었기 때문이다.

쒜에에에엥!

공기를 찢는 소리가 울려 퍼졌고 혈의인은 즉시 뒤를 돌아보았다. 그리고 만월을 보았다. 크진 않지만 빛나는 만월을.

"큭!"

'피하긴 늦었다. 도강도 끌어올릴 수 없다!'

혈의인은 만월회를 피하기 위해 몸을 날렸지만 도강을 쓴 뒤라 떨어진 체력 때문에 몸은 마음대로 따라주지 않았다.

그때 누군가 모습을 드러냈다. 그의 검에는 검강(劍罡)이 맺혀 있었으며, 검강이 맺힌 검을 그어 만월회를 잘라 버리려 했다.

차크크크크!

톱날 바퀴처럼 돌며 마찰을 일으키는 만월회.

"하앗!"

하지만 남자의 기합 소리에 따라 검강은 더욱더 강해졌고 결국 만월회는 두 조각으로 잘린 채 사라졌다.

'큭! 적인가?'

사예의 상태는 최악이었다. 폭기를 써서 많은 내공이, 그것도 폭발적인 내공이 남아 있긴 하지만 그 내공도 몸이 따라줘야 쓰지 손가락 까딱하는 것도 힘든 사예에게는 내공을 쓸 만한 육체의 힘이 남아 있지 않았다. 그런데 적이라니……

그때 누군가 쓰러져 있는 사예의 어깨를 잡아서 부축했다.

"괜찮아?"

"누구? 치… 우 형?"

"그래, 나야. 우선 조식으로 내상부터 다스려."

사예의 어깨를 잡고 부축한 것은 바로 치우였다. 그리고 만월회를 베어버린 것은 장염.

"하지만 적이……"

"괜찮아. 나를 믿어. 걱정 말고 조식을 취해."

사예는 치우 형이 나타났다는 것에 어느 정도 안심을 하며 가부좌를 틀고 조식을 취했다.

"어떻게 너희가……?"

혈의인은 갑작스레 나타난 장염과 치우를 바라보며 물었고, 그 대답은 다른 곳에서 나왔다.

"도강을 일으킬 정도로 기를 일으키는데 내가 모를 리 있냐? 아, 살 갗이 다 따갑다."

"하여튼 자네는 어딜 가나 말썽일세."

"음, 그렇군."

비마는 나타난 문주와 디다를 바라보며 고개를 끄덕였다. 두 명 중 한 명만 있었어도 자신의 행방을 찾을 수 있다. 근데 두 명이 같이 있음에야……

"길을 잃었다."

간단한 말. 혈의인이 이런 외진 곳에서 사예와 마주친 이유였다. 그 말에 문주와 디다는 이미 예상했다는 듯 계속 똑같은 웃음을 짓고 있었지만 나머지 세 명은 황당하다는 듯 혈의인을 바라보고 있었다.

"그런데 저… 그러니까, 공아야! 걔 이름이 뭐라고 했지?"

문주는 장염, 치우와 함께 사예의 상태를 살펴보러 간 녹의무복의 덩치 큰 청년, 공아에게 소리쳐 물었다.

"사예요!"

"음, 사예. 좋아, 어쨌든 사예라는 저 애랑은 왜 싸웠냐?"

"강한 무인이더군. (누군지) 물었다. (하지만 대답이) 시원찮았다. (그래서) 싸웠다."

문법을 살짝 밟아버리며 하는 말이었지만 용하게도 다른 사람들에게 그 뜻이 정확히 전달되었다. 많이 겪어본 까닭인가?

"자네, 아무리 그 성질을 죽이기 힘들더라도 남에게 피해를 입혀서야 되겠나? 저 애가 깨어나거들랑 정중하게 사과하게."

디다의 말에 혈의인은 디다에게로 고개를 돌렸다.

"무인은 주먹으로 말한다. 아니, 이번 경우에는 도로 말한다가 옳겠군."

간단히 말해 죽어도 사과는 할 수 없다는 말이었다.

"내가 자네에게 무슨 말을 하겠나."

디다는 별수없다는 듯 고개를 절레절레 저었다. 그때 공아와 장염이 그들에게로 다가왔다.

"그럼 사장과는 별달리 원한이 없단 말이죠?"

"사장? 저 녀석을 말하는 건가? 그렇다면 원한은 없다. 아니, 오히려 마음에 들었다.”

공아의 말에 혈의인은 잘 바뀌지 않는 표정을 만족스럽다는 듯이 바꾸고 입을 열었다.

“사장?”

“공아 너, 쟤 알고 있냐?”

“형도 사예를 알고 있었어?”

‘이런!’

그만 입버릇대로 나오고 말았다. 공아는 자신의 실수를 눈치 챘지만 이미 엎질러진 물이었다. 호기심 어린 문주, 공아 자신의 사부를 보라. 비밀로 하기엔 틀려 버렸다는 생각이 들었다.

“공아야, 설마 이 사부에게 속이는 거라든지, 비밀이라든지 그런 건 없겠지?”

좋게 말해 이렇지 말로 할 때 불어라, 라는 뜻의 협박이 상당히 많이 담긴 말에 공아는 한숨을 내쉴 수밖에 없었다.

“우리 사장이에요. 아틀란티스의 사장. 본명이라든지 그런 건 못 가르쳐 드립니다. 그건 우리 사장의 프라이버시 침해니까요.”

“오, 너를 고용했다는 그 젊은 사장?”

공아의 말에 문주는 눈에 이채를 띠며 사예를 바라보았다. 그렇다. 공아라 불린 녹의무복의 덩치 큰 사내는 전 라스트스테이션의 주인이었으며, 현 아틀란티스의 부사장 문희구였던 것이다.

“네.”

“이거 참, 정말 세상 좁군. 이런 식으로 인연이 꼬이다니 말이야.”

“그래도 저런 고수일 줄은 저도 몰랐는데요?”

“쿡! 좋아, 어쨌든 재미있게 됐어. 아무리 방심했다고는 하지만 이 녀석을 이기다니 말이야."

"그러게 말일세."

사실 혈의인이 처음부터 강기를 계속 뿜어냈다면 사예는 살아남기 힘들었을 것이다. 그리고 마지막에 사예의 도기를 잘라 버릴 수 있음에도 불구하고 그냥 튕겨낸 것도 일말의 방심에서 초래된 것이었다.

"무인에게 방심이란 곧 죽음으로 연결된다는 것을 잊었다. 이 비무는 내가 패한 것이다."

"그래, 그래, 너 잘났다."

각기 따로따로 말하는 문주 패거리가 오늘따라 유난히 더 부담스럽다는 생각이 공아, 치우, 장염의 뇌리를 때렸다.

'제발 별일없이 지나가기를……'

"으음……."

난 어느 정도 내상을 다스리고 운기조식을 끝냈다. 조금밖에 겪어보지 못했지만 상대가 운기조식을 취하고 있는 사람을 베지 않을 것이라는 건 안다. 하지만 상황이 궁금했다. 치우 형은 어떻게 나타났으며, 또 내가 운기조식을 취한 후 어떻게 된 것인지.

"어? 일어나려고 하는가 본데?"

이 목소리는? 분명 장염 형의 목소리?

눈을 뜨자 내 앞에 앉아서 날 바라보고 있는 장염 형을 볼 수 있었다.

"염이 형?"

"그래, 사예야. 나다. 괜찮냐?"

"아, 괜찮아. 근데 형이 여긴 어떻게?"

내가 그렇게 말하며 주변을 둘러보자 장염 형 뒤로 치우 형과 웬 녹의무복의 덩치 큰 사내가 앉아 있는 것을 볼 수 있었다. 응? 저 사람은?

"희구 형?"

"여어, 사장, 깨어났나?"

"도대체 형이 여긴 어떻게? 가게는 어쩌고? 아니, 그것보다 도대체 어떻게 된 거야?"

난 너무 혼란스러웠다. 치우 형이 나타난 것만 해도 혼란스러운데 난데없이 장염 형이 나타나질 않나, 전혀 예상치 못한 희구 형까지 나타나다니. 아아, 도대체 어떻게 된 거야?

그때 공아 형 뒤에서 세 명의 남자가 나와 내게 다가왔다. 그리고 그들 중에는 아까 그 혈의인도 섞여 있었다.

"후후후. 자네가 사예란 친군가?"

이 남자는 왜 기분 나쁘게 계속 헤실헤실 웃는 거야?

내가 살짝 이상한 표정을 지을 때 헤실헤실 웃는 사람을 제치고 백색 도포를 입은 남자가 앞으로 나왔다.

"그건 예의가 아니네. 우선 자기소개부터 해야지. 안녕하신가? 난 디다라고 한다네."

"아, 전 사예라고 합니다."

"그건 염이에게 들었다네. 그리고 자네가 공아의 카페 사장이라고? 젊은 나이에 대단하구만."

자신을 디다라 소개한 백색 도포의 남자는 말투가 조금 이상하긴 했지만 그래도 왠지 편안한 느낌을 주는 사람이었다. 근데 공아? 희구 형을 말하는 건가?

"아차, 내 정신 좀 보게나. 이 친구는 천진랑이라고 한다네. 그리고 자네와 한바탕 놀았던 이 친구는 비마라고 한다네."

천진랑? 비마? 어디선가 들은 이름인데? 난 고개를 갸웃하며 떠올려보려 했지만 생각이 잘 나지 않았다. 결국 생각하기를 포기한 나는 비마라 불린 혈의인을 쳐다보았다. 아니, 정확히 말하자면 째려보았다. 말의 어감이 좀 이상하긴 한데 눈에 힘을 주고 상대를 쳐다보는 게 째려보았다는 말 말고 어떤 말이 어울릴까?

"멋진 비무였습니다."

"네가 이긴 비무다."

"아뇨. 실력으로는 제가 졌습니다. 꼼수를 썼을 뿐이죠."

"그것도 실력이라면 실력이다."

아니다. 난 어렴풋이 느끼고 있다. 이 비마라는 사람은 내게 전력을 다했다고 하지만 아직도 많은 실력을 감추고 있다는 것을. 그리고 힘을 조금만 더 높였더라면 도기가 도강을 막아낼 수 있었을 리 없다는 것을. 비마라는 남자는 나를 봐준 것이고 난 처참히 깨지고 말았다. 인정할 건 인정해야지.

"당신이 뭐라 그러든 제가 진 비무입니다. 하지만 다음에는 지지 않겠습니다, 기필코."

"기대하겠다."

내게 다시 목표가 생겼다. 눈앞의 이 남자. 뛰어넘겠다, 반드시!

"하하하. 난 천진랑이라고 한다."

다시 헤실헤실 웃는 남자가 내게 인사를 건넸다. 조금 전에는 너무 얼떨결에 일어난 일이라 계속 웃는 남자가 이상하게 보였지만 지금 보니까 사람의 기분을 유쾌하게끔 해주는 웃음이다.

"반갑습니다."

"그래, 나도 반가워."

천진랑이라 소개한 청삼의 남자는 선뜻 손을 내밀어 악수를 청해왔다.

"근데 너, 좀 전에 보니까 굉장히 강하더라? 저 핏덩이랑 어울릴 수 있다니 말이야."

"봐주서서 그런 거지요."

"아냐, 아냐, 내가 봐도 너 상당히 강해. 음, 만약에 내공이 충분해서 도강만 낼 수 있었다면 비마랑 붙어도 밀리지 않았을걸?"

내공이 충분하다는 전제 하에서겠지. 천진랑이란 사람의 말을 듣자 내가 지금 제일 부족한 것이 무엇인지 깨달았다. 하지만 내공이란 건 무리한다고 해서 급격히 올라가는 게 아니라 충분한 시간을 두고 쌓아 가야 하는 것이다. 그나마 내가 절정의 심법을 가지고 있기에 남들보다 빠를 뿐이지.

"아, 근데 도대체 만월회는 누가……?"

만월회를 박살 낸 것은 분명 검강이었다. 내가 보기에 나타난 이 세 남자, 비마, 천진랑, 디다라는 사람은 충분히 강기를 뿜을 수 있는 존재다.

뿜어내는 기파로 봐서 천진랑이라는 사람은 비마란 혈의인과 붙어도 그다지 밀리지 않을 정도이고, 디다라는 사람은 이 셋 중에서 제일 기파가 약하긴 하지만 그래도 절정고수 이상의 무력을 지니고 있을 것이다. 이런 사람들이 하나의 문파 안에 있다니…….

"아, 그 보름달 모양의 도기가 만월회야? 그거 염이가 박살 냈어. 정말 너무하지 않아? 동생이 마지막 힘으로 쏘아 보낸 공격을 그렇게 무참히 잘라 버리다니 말이야."

"장염 형이? 그럼 그 검강을?"

"그럼, 염이가 뿜어낸 검강이야. 무력만으로는 본 문에서 우리 세 명을 빼면 가장 강한 것이 장염, 저놈이니까 그 정도는 할 수 있어야 지."

장염 형이 강한 것은 알고 있었지만 그 정도일 줄이야…….

"아, 그리고 나, 비마, 디다에게도 형이라고 해라. 염이보고 형이 라 할 정도면 우리보다 어린 것은 당연한 거고, 그렇다고 사제지간 같 은 것도 아니니 형이라고 해."

"아, 예."

이 천진랑이라는 남자, 주변의 상황을 몇 마디 말로써 자신의 페이 스로 이끌어간다. 고의인지 아니면 원래 성격인지는 모르겠지만 대단 한 남자다.

그래도 너무나 신속하게 진행되는 일에 어안이 벙벙한 나에게 디다 라는 사람, 아니, 디다 형이 어깨를 두드렸다.

"자네가 이해하게. 워낙 저 친구의 성격이 털털하다 보니 좀 그렇다 네."

"아뇨, 괜찮습니다."

그다지 기분은 나쁘지 않군. 한데 천진랑, 비마……. 분명 어디선가 들었는데?

그때 내 상념을 장염 형이 날려 버렸다.

"나머지 이야기는 우선 숙소로 가서 하죠. 그곳을 소개해 준 것도 사예고 그곳에 사예의 일행도 머물고 있으니까요."

"그럴까?"

"그러지."

"그러세나."

결국 용문객잔으로 돌아가기로 한 우리는 발걸음을 옮겼다. 내상은 없지만 육체의 고통 때문에 잘 걷지 못하는 날 치우 형과 희구 형이 부축해서 용문객잔으로 향했다.

용문객잔에는 친구들이 없었다. 하긴 나간 지 몇 시간이나 됐다고 벌써 돌아왔겠는가. 그리고 웬일인지 어르신도 계시지 않았다.

다행히 금창약만 바르고 몇 시간이 지나면 완쾌되는 외상뿐이기에 우선 금창약만 발라두었다. 아아, 이런 점에서는 이런 리얼리티가 정말 안 좋단 말이야. 보통 게임 같았으면 바로바로 나아야 하거늘……

"음, 여기도 오랜만이군."

"사부님도 이곳에 와보셨습니까?"

비마 형이 주변을 둘러보며 말하자 치우 형이 궁금하다는 듯 비마 형에게 물었다. 오랜만? 그렇다면 와봤다는 말인가?

"음, 1차 테스트 때 온 적이 있다."

1차 테스트 때라……. 이렇게 손님이 없는 곳일 테니 어르신은 기억하려나?

어르신이 없어 방도 배정받을 수 없었기 때문에 어르신이 올 때까지 탁자 하나를 잡고 또 이런 저런 이야기를 나누었다. 그중에서 가장 놀라운 것은 희구 형이 이들과 같은 문파에 소속되어 있었다는 것이다. 캐릭터 이름은 공아라는데, 저번에 비상을 한다는 소리는 들었지만 이렇게 만날 줄은 몰랐다. 그리고 종업원에게 가게를 맡겨두고 게임이나 하러 들어왔다는 말에 폭주할 뻔했지만 오늘 할 일 다 해놓았다는 말에 그칠 수밖에 없었다.

"에잉? 또 왜 이렇게 사람들이 많은 거야?"

"아, 어르신."

"허허. 자네, 저 사람들은 자네가 데리고 온 건가?"

"제가 용문객잔을 선전 좀 했습니다."

내 너스레에 주인 어르신은 뒤편에 앉아 있는 일행을 쳐다보았다.

"어디 보자…… 잉? 자네는?"

"오랜만입니다."

역시 비마 형과 어르신은 아는 사이 같았다.

"허허허, 이런 인연이 있나……. 이보게, 사예. 이 친구가 내가 예전에 말했던 그 건실한 청년일세."

건실한 청년? 설마 중도를 주고 갔다던……? 근데 마비라고 했잖아. 마비마비마비마비마비마비마비마비마비.

"어르신 마비가 아니라 비마잖아요!"

"아, 그랬나? 기억력이 떨어져서 말일세."

맙소사! 아무리 그렇다 해도 이름을 거꾸로 기억하다니.

"이보게, 자네. 자네가 내게 맡기고 간 그 검은 칼 말일세. 이 친구에게 팔았다네. 괜찮은가?"

"괜찮습니다. 그다지 좋은 칼도 아니었고 그냥 마물을 잡아서 나온 것이니 말입니다."

음, 비마 형도 중도의 비밀에 대해서는 모르는가 보군. 괜히 말할 필요는 없겠지? 만약 그게 여의주고 그걸로 인해 용연지기와 비늘을 얻게 된 걸 알면 괜히 억울해질 테니까.

내가 속으로 비밀로 하기로 다짐하고 있을 때 진랑 형이 나를 보며 입을 열었다.

"근데 사예야, 나 궁금한 게 있다."

"네?"

궁금하다니까 괜히 걱정부터 되는 건 왜 일까? 음, 왜지?

"난 네가 왜 알려지지 않은 건지 너무 궁금해. 너 정도 급이면 랭킹 안에 들었을 텐데? 랭킹이 철폐된 지 얼마 지나지도 않았으니 그 짧은 시간 안에 그 정도까지 상승했을 리는 없고 말이야."

"그러고 보니 너 랭킹이 있었을 때는 도기를 사용했잖아? 절명사를 잡았다면 중상위급 랭킹에 들었을 텐데? 어떻게 랭킹에 안 들 수 있었냐?"

"그러게 말일세. 내가 꽤나 많은 사람들을 알고 있다 보니 중상위급 의 약 300명 정도는 얼굴과 아이디를 알고 있네. 그런데 자네와 같은 인물은 보지 못했단 말일세."

음, 말해? 999위라고? 에라, 모르겠다.

"랭킹, 들었었어요. 최하위급이긴 하지만. 999위였으니까요."

"999위? 그럼 그 불명의 랭커가?"

"네, 접니다."

모두 놀란 눈치다. 장염 형은 내가 2차 테스트 동안 갇혀 있었다는 걸 알고 있으면서 소문도 못 들었나? 불명의 랭커가 1여 년 동안 모습 을 드러내지 않았고, 덕분에 투귀가 새 됐다는 소문 말이다. 뭐, 그런 거에 신경 쓸 위인 같지는 않지만.

"호오, 이거 점점 더 흥미로운데? 네가 그 불명의 랭커였다니 말이 야."

그다지 흥미로울 건 없다고 생각하는데……

"응? 오늘 왜 이렇게 사람들이 많지?"

"그러게 말이야."

내가 진랑 형의 질문 공세에 시달리고 있던 그때, 두런두런 말소리와 함께 친구들이 용문객잔으로 들어섰다. 드디어 돌아왔나?

"친구들아!"

"잉? 이놈은 또 왜 이러는 거야?"

내가 기쁨을 표시하며 달려들자 병건이는 상당히 언짢다는 듯 나를 밀쳐 냈다. 오늘은 네가 뭐래도 정말 고마워.

병건이를 이어 다른 친구들이 들어왔고 갑자기 많아진 사람들에 어리둥절하고 있을 때 상호가 내게 물었다.

"근데 이 사람들은 다 뭐냐?"

"인사해라. 내가 어쩌다가 사귀게 된 분들이야."

"음, 헉! 저, 저분은?"

상호는 내 말을 듣고 잠시 내 뒤편에 있는 사람들을 보다가 갑자기 경악성을 질렀다.

"왜 그래?"

"천자 천진랑?"

천자 천진랑이라……. 어디서 들었더라? 아! 정삼신! 설마 진랑 형이 천자?

나는 의심스러운 눈초리로 진랑 형을 보았다. 아무리 봐도 그런 인물 같지는 않은데……. 나만 빼놓고 친구들은 전부 놀란 표정을 하고 있었다. 뭔가 잘못 알고 있는 것 아냐?

"오! 나를 아는가 보네?"

"저번에 멀리서 한 번 뵌 적이 있죠."

"진랑 형이 천자라고요?"

아무래도 믿기 힘들다. 난 다시 진랑 형에게 다시 물었다.

"하하하, 그냥 어쩌다 보니 그렇게 된 거야. 근데 사예 너도 구신을 알고 있나 보네? 처음에 내 이름을 듣고도 놀라지 않아서 모를 줄 알았거든."

음, 얼마 전까지만 해도 몰랐지. 솔로문 사건만 없었어도 몰랐을 거고.

"음, 형이 구삼신의 일원이었다니… 정말 믿을 수가 없군요."

"뭘 그렇게 못 믿겠냐. 이쪽 비마도 구삼신 중 한 명인데."

"에?"

너무나 별거 아니라는 듯 말하는 진랑 형의 말에 난 잠시 헷갈리기 시작했다. 비마 형이 구삼신?

"광혈 비마!"

"아, 사마삼신 중 그런 이름이 있었지."

상호가 놀라서 말했지만 난 덤덤할 따름이다. 솔직히 진랑 형이 그렇다는 건 믿기 힘들지만 직접 싸워본 비마 형이 구삼신에 드는 것은 어쩌면 당연하다 생각되었기 때문이다.

"서로 정과 사마에서 극의 성질을 띠고 있는 두 명이 같이 다니다니……. 이건 특급 정보잖아!"

미영이의 저 기자 정신은 도무지 사라지지 않는다.

"이봐요, 거기 아가씨. 이건 비밀로 해줄래요? 알려지면 상당히 골치 아파질 것 같거든요. 그게 안 된다면 무력 행사로 끝내는 수밖에 없고……."

"네?"

저 웃으며 협박하는 진랑 형을 보라. 어떻게 저런 사람이 정삼신에 들 수 있었지? 무공과 성격은 반비례란 말인가! 기자 정신이 투철한 미영이까지 일순간 멍할 정도다. 물론 진심일… 수도 있겠군.

"공짜로 해달라는 게 아니라 대신 다른 것도 알려줄게요."

"다른 거요?"

미영이는 진랑 형이 헤실헤실 웃으며 말을 맺자 눈을 반짝이며 진랑 형에게 되물었다. 진랑 형은 고개를 끄덕이며 장염 형을 가리켰다.

"이쪽이 이름은 알려지지 않았지만 그 무위만큼은 뛰어나다는 검성(劍星)이에요. 서로 인사를 나눴다면 아시겠지만 아이디는 장염이죠."

"문주!"

"검성? 그건 또 뭔데?"

난 이런 쪽에 대해서는 잘 몰랐기에 어리둥절할 따름이었지만 친구들은 그렇지 않았다. 하나같이 놀란 표정. 그렇게 대단한 건가? 그리고 일부는 궁금증을 터뜨린 나를 향해 질렸다는 표정을 하고 있다.

"언제부터 네가 문주라고 불렀다고 그러냐? 그냥 평소대로 해."

"진랑 형! 그렇게 말해 버리면 어떻게 해요!"

"뭐 어때. 어차피 그다지 비밀이랄 것까지도 없잖아."

따지고 드는 장염 형에 비해서 시큰둥하게 답하는 진랑 형. 저 사람 문주 맞아?

"상호야, 검성이 대단한 거냐?"

"정말 네게 찬사를 표한다. 검성은 랭킹이 철폐되기 전에 8위였다고, 8위. 검에 관해서는 비상에서 최고란 말이야."

8위라······. 헉! 투귀보다 강한 거잖아! 그리고 보니 같은 검사라서 그런지 민우의 눈에서 투지가 엿보인다. 이놈이고 저놈이고 내 주위에 있는 것들은 전부 싸움광이야. 아, 평범해지고 싶어라.

"장염 형! 형이 정말 8위였어?"

"휴, 그래."

"그럼 투귀와도 싸워봤어?"

그렇다. 내가 궁금했던 것은 투귀와의 전투였다. 이상하게도 투귀의 무위만을 생각하면 그다지 부담이 되지 않지만 왠지 그 녀석은 무섭다. 인간적으로 피하고 싶은 인물이다.

그 대답은 눈을 빛내는 진랑 형에게서 나왔다. 이미 장염 형이라든 지 치우 형, 희, 아니, 공아 형은 포기한 눈초리다. 만난 지 얼마 되지 는 않았지만 왠지 저 세 사람이 불쌍해진다.

"그럼! 물론 싸워봤지. 염이 저놈이 말이야, 투귀를 박살 내고 랭킹 8위에 올랐다는 거 아니냐. 맨 처음 투귀가 비무를 신청하려던 사람은 비마였거든. 근데 장염에게 패해서 비마한테는 비무의 '비' 자도 못 꺼낸 거지. 나중에는 비마도 투귀와 싸워봤다더라."

"호오!"

난 새삼스러운 눈초리로 장염 형을 바라보았다. 투귀를 박살 내? 대 단해! 장염 형은 평소 같았음 잘난 척이라도 했으련만 오늘따라 속으 로 삭이며 꾹꾹 눌러 참고 있었다. 장염 형의 천적은 바로 진랑 형 같 군.

우리는 그렇게 서로를 소개하며 시간을 보냈다. 그리고 또 놀랄 일 이 생겼으니, 바로 다다 형에 관한 일이다. 다다 형의 직업이 현자라는데 상호의 말로는 비상에서 가장 많은 정보를 가지고 있다고 한다. 그리고 현자라는 비(非)무사 직업이라 랭킹에는 들지 않았지만 비무사 직업답지 않게 창술을 익혀 순수 무력으로는 랭킹 5위권 안에 드는 사람들과 맞먹는다고 한다. 음, 문무에 능통한 만능엔터테이너인가?

그런데 이상한 건, 치우 형이나 공아 형도 꽤나 명성이 있을 정도의 무위라고 느껴지는데 이상하게도 아무에게도 알려지지 않았다는 것이다. 나중에 알고 보니 운영자에게 스스로 부탁했다나?

어쨌거나 이렇게 대단한 사람들이 단 하나의 문파에 속해 있다니……. 평범한 문파 같지는 않다. 그러던 중 비마 형이 혈궁의 궁주인 것이 생각나서 이상하다고 물었는데 진랑 형이 세운 문파인 쥬신제황성이란 문파는 정, 중, 사마 그 어디도 속하지 않는, 알려지지 않은 문파라 이중 가입도 상관없다고 한다. 근데 문파 이름이 쥬신제황성이면 문주가 아니라 성주 아닌가?

"어때? 사예 너도 우리 문파에 가입하지 않을래?"

진랑 형이 내게 제안한 사실이다. 사실 가입해 보고 싶긴 하다. 대단한 문파 같고 전부 다는 아니지만 쥬신에 속해 있는 사람 중에서 지금까지 만난 사람들도 다들 좋은 사람들 뿐이었다.

하지만 난 강민 형의 부탁을 들어주어야 하는데 그렇게 되면 문파라는 것이 부담스러워진다. 내 마음대로 활동하지 못할 것 같고…….

"음, 죄송하지만 그러지 못할 것 같네요. 제게도 사정이 있거든요."

"그래? 그럼 별수없지. 생각이 바뀌면 말해."

"네, 그러죠."

나를 위해주는 건지 관심이 없는 건지 그 이유에 대해서는 묻지 않았다. 조금 아쉬운데? 하지만 별수없지. 내겐 일이 있으니까.

◆ 비상(飛翔) 스물여섯 번째 날개

추억의 잔해

비상(飛翔) 스물여섯 번째 날개 추억의 잔해

쥬신 일행과 첫 대면 후 우리는 그다지 마주칠 일은 없었다. 같은 객
잔에 머무르지만 그냥 서로 인사만 하고 지나다니는 정도였고 친구들
은 사냥을, 쥬신 일행은 무언가에 대한 조사를 하고 있었다. 아마 무제
에 대해 조사하는 것 같았는데, 물론 내가 무제라는 사실을 밝히지 않
았기에 지금 헛고생을 하고 다닐 것이다. 쯧쯧. 딱 한 번 활동한 것 가
지고 어떻게 찾겠다는 거야?

좋아, 좋아. 다 인정해서 만약에 단서를 잡았다 하더라도 요즘 같은
때에 날 찾기 쉬울까? 나 때문에 일어났는지는 몰라도 철가면과 죽립
이 유행하는 이때에? 지금 밖으로 나가보면 남녀 가릴 것 없이 철가면
과 죽립을 쓰고 다니는 사람이 부지기수다.

물론 나의 백면귀탈이 고작 철 따위로 만든 것은 아니지만 그래도
비슷한 것이니까. 그리고 나도 당분간 승룡갑을 사용하지 않고 묵룡갑

을 사용하고 있다. 승룡갑도 너무 많이 알려졌다. 친구들의 갑옷도 아직 강우 형에게 맡겨놓은 상태이다.

난 요즘 친구들과도 많이 나다니지 않는다. 내가 지금 부족한 것이 무엇인지 뼈저리게 느꼈기 때문이다. 내공, 내공을 쌓아야 한다.

남들처럼 영약 같은 것으로 한 번에 내공을 키울 수 있었으면 좋겠지만 용연지기는 내공이라 하기엔 특이한 성질의 것이라 이상하게도 영약 같은 것으로는 용연지기를 늘릴 수 없었다. 그러니 죽어라 내공을 쌓는 수밖에 없지.

바깥과의 출입도 삼가한 채 오직 내공 수련에만 매달린 나는 10년을 늘려 40년의 내공을 만들 수 있었다. 예전처럼 도기를 쓰고 헐떡대지는 않겠지만 아직도 도강을 쓰기엔 부족하다.

"후우……"

난 긴 한숨으로 운기를 마치며 눈을 떴다. 오늘도 제법 많은 내공을 쌓은 것 같았다. 그릇은 만들어져 있고 그 속에 물을 채우면 되는 것이니 그다지 오래 걸리진 않을 것이다.

외 2등급이라는 절정의 심법, 그것도 속성으로 내공을 쌓는 마공인 축뢰공이라 그 속도가 남다를 수밖에 없었다.

"웃차!"

난 자리를 박차고 일어나 이리저리 몸을 움직여 보았다. 요즘엔 거의 축기에만 매달려서 그런지 몸이 제대로 움직여지지 않았다.

으드득!

"끄어! 허리야. 젠장. 며칠 운동 좀 안 했다고 게임 속에서도 이렇게 몸이 삐그덕대다니……."

난 고통을 호소하는 허리를 부여잡으며 인상을 찌푸렸다. 이거 안 되겠네.

"안 되겠다. 오늘은 밖으로 나가서 사냥을 하든지 아니면 놀러 다니든지 해야지, 이거 원 뻐근해서……. 그리고 보니 초매와는 데이트도 제대로 한 적 없잖아! 이런!"

사실 크리스마스 이후로 초매와 나는 암묵적으로 연인 사이가 된 듯했다. 나는 초매를 좋아하고 초매 역시 그때 눈을 감았으니……. 흐흐흐. 그때 해버릴걸… 하는 생각이 없진 않았지만 어찌 되었든 암묵적으로 초매와 나는 연인 사이가 되었다. 물론 나 혼자의 착각일 수도 있지만! 결코 아니라 믿겠다!

난 급히 탁자로 뛰어가 종이를 집어 들었다. 이 종이는 비조를 통해 전서를 보낼 때 쓰이는 종인데 직접 붓으로 쓸 수도 있지만 이렇게 종이를 잡고 손가락으로 대충 글씨를 쓰는 것처럼 하면 실제로 글씨가 쓰인다. 난 급히 초매에게 보낼 전서를 작성했고 비조를 불러 그 전서를 초매에게로 보냈다.

얼마 후 초매에게서 답장이 왔다. 좋다는 아주 간단한 의사 표시. 으하하하하하! 좋구나!

"룰루랄라, 놀러 가세!"

아주 신바람이 났다. 흐흐흐.

"초매, 어디로 갈까?"

"전 아무 곳이나 좋아요."

초매는 빙긋이 웃으며 대답했다. 하지만 그렇게 말해도 내가 아는 곳이 있을 리가 없잖아. 에라, 모르겠다.

"어이, 푸우. 안내해 봐라. 멋있는 곳으로."

크릉.

나와 초매를 태우고 있던 푸우는 안 그래도 티꺼운 표정을 극대화시키며 내게 반항의 표시를 나타냈다. 나와 초매는 지금 푸우의 등에 올라타고 있다. 원래 두 사람이 타도 그다지 좁지 않은 푸우의 등이지만 떨어지지 않기 위해선 좀 좁게 앉아야 했고, 결국 약간 야한 포즈가 되었다. 흐흐흐.

어쩌다 보니 두 사람을 태우게 된 푸우의 인상이 찡그려질대로 찡그려진 것은 따로 말하지 않아도 알리라 믿는다.

난 푸우의 티꺼운 표정을 보고선 살짝 오른발을 들어 올렸다가 낙하시켰다.

퍽!

"눈 깔아."

크르릉!

분할 거다. 나 같아도 그럴 건데 저 성질 드러운 푸우임에야 당연하겠다. 하지만 푸우는 지금 내게 함부로 까불지 못하고 있다. 저번에 계속 녀석이 까불기에 잠시 난 이성을 잃었고 녀석과 죽자 사자 싸운 적이 있었다. 무려 게임 시간으로 삼 일 밤낮을 싸운 것이다. 현실 시간으로 따져도 하루 반.

먹지도 않고 잠도 안 자고 싸웠다. 나야 남는 건 체력과 생명력뿐이니 실수만 펼치지 않는다면 푸우의 손에 죽을 일도, 그렇다고 내가 푸우를 죽일 일도 없었고 우리는 그야말로 막싸움의 진수를 보여줬다.

나야 감도만 조금 낮춤으로써 졸음과 식욕을 몰아낼 수 있었지만 푸우는 그렇지 못했다. 저 미련 곰탱이의 유일한 즐거움이 먹는 것과 자는 것이다. 그 두 가지를 모두 한꺼번에 잃어버리게 된 미련 곰탱이는 조금 더 난폭해졌지만 결국 삼 일째 되던 날 내게 고개를 숙이고 말았다. 곰탱이를 굴복시킨 것이다!

그날 이후로 내게 함부로 까불지 않는 곰탱이다. 나도 귀찮아서 더 이상은 그렇게 싸울 생각은 없었지만 곰탱이가 느낀 먹지도 못하고 자지도 못하는 공포는 상상 이상인 것 같았다. 당분간 이것 덕분에 기어오르지는 않겠군.

푸우가 우리를 태우고 오른 곳은 저번 인마귀의 산채가 있던 산이었다. 그리고 푸우의 목표는 아마 지자님과 함께 살았던 보금자리일 것이다. 한 사람과 한 마리의 주인을 모두 잃어 쓸쓸해졌을 보금자리일 테지만 푸우에게는 그곳만큼 마음 편한 곳은 없겠지.

크르릉.

푸우는 다 왔다는 신호를 보냈다. 역시 그곳에는 작은 초가집이 한 채 있었다. 게임에서의 인연이라지만 지자님과도 난 보통 인연이 아니다. 내가 수많은 정보를 가지고 있게 해준 장본인이며 곰탱이를 키워주었고 또 내게 맡긴 인물이니까.

"여긴……?"

초매가 주변을 둘러보며 물었다. 사실 별로 볼 것이 있는 곳은 아니다. 상당히 높이 올라온 것 같긴 하지만 이 초가집 주변의 공터를 제외하고는 온통 나무뿐이다. 하지만 난 왠지 이곳에서 온정을 느낄 수 있었다.

"푸우의 고향이야. 푸우를 길러준 지자님이 머무르시던 곳이지."

"아……!"

초매는 상당히 놀란 것 같았다. 그녀도 내게 푸우에 관한 것을 들은 적이 있었기 때문이다. 몇 가지 다른 곰들과 다른 점 때문에 부모에게

서조차 버려진 푸우. 물론 만들어진 지 얼마 되지 않아 실제 그런 일은 없었겠지만 이들의 기억엔 그렇게 남아 있을 것이다.

그런데 이젠 그런 지자님조차 푸우의 곁에 없다. 이제 푸우는 오직 나와 연결된 인연밖에 남아 있지 않은 것이다.

난 왠지 평소에는 원수 대하듯 대하던 푸우가 가여워져 푸우의 털을 쓰다듬어 주었다. 하지만 푸우의 티꺼운 표정을 보게 되어 꽉 움켜쥐는 것으로 끝이 났다. 하여간에 저 표정을 고치지 않는 한 푸우와 나의 질긴 인연의 고리는 끊어지지 않을 것 같다.

잠시 초가집에서 시간을 보내며 푸우가 추억을 마음껏 만끽하게 내버려 두자 얼마 후 푸우는 우릴 다른 곳으로 이끌었다.

지금까지와는 달리 길이라고는 전혀 보이지 않는 그런 우거진 숲을 정면으로 통과하는 푸우. 한참을 이동하자 마침내 저편에서 바깥의 빛이 보였고 우리를 태운 푸우는 걷는 속도를 높였다.

"우와!"

"와아!"

숲을 뚫고 도착한 곳은 절벽이랄 수 있는 곳이었다. 역시 숲의 안쪽으로 들어와서 그런지 아래로 내려다보이는 푸른 숲의 풍경은 장관이었다.

저번 현마의 숲을 통과하고서 나온 죽음의 절벽이 장엄함을 바탕으로 멋을 풍겼다면 이곳은 각 봉우리마다 구름이 끼어 있고 신비로운 햇살이 숲을 비추었다. 마지막으로 산새 소리 등의 살아 있는 소리가 느껴지는 신비로움을 멋으로 삼고 있었다.

크르릉.

푸우도 오랜만에 보는 진풍경에 감회가 새로운지 그 티꺼운 표정이 조금 줄어든 것 같았다. 그래, 내가 바라던 곳이 이런 곳이야. 사람들도 없고 산새 소리와 숲 속의 갖가지 소리가 어우러지며 신비로운 분위기를 내는 곳. 음… 어두운 밤 골목 같은 곳도 데이트 장소로는 좋겠지만 이런 곳도 상당히 좋지!

"초매, 여기 앉을 만한 곳이 있네."

이런 멋진 장소를 소개해 준 푸우의 등 위에 계속 앉아 있기가 좀 미안해진 나는 푸우의 등에서 내려 사람이 앉기 좋을 만한 바위 위에 미리 준비해 온 천을 깔고 자리를 마련했다. 데이트에서 이 정도 에티켓은 당연한 거 아냐?

"고마워요."

난 바위 위로 초매를 인도하고 나도 그 옆에 펄쩍 뛰어올라 가 진풍경을 정말 기분 좋게 감상했다.

"허허허. 이런, 먼저 도착한 사람이 있었나?"

흠칫!

누군가 나와 초매가 앉아 있는 바위 아래쪽에 있었다. 하지만 난 전혀 느끼지 못했다. 들뜬 기분 때문에 신경이 분산되긴 했지만 이렇게 가까이 올 동안 전혀 그 기척을 느낄 수 없었다니……. 필시 유령이 아니면 고수다. 그것도 지금까지 만나보지도, 들어보지도 못한 초고수!

나와 초매는 놀라서 바위 밑을 내려다보았고 그곳에는 푸른 도포를 멋지게 차려입은 흰 수염의 노도인(老道人)이 서 있었다.

"허허허, 그렇게 놀랄 것 없네. 나이가 들다 보니 이렇게 잔재주를 몇 가지 익혔을 따름이니."

몇 가지 잔재주? 내 이목을 속일 수 있을 정도의 잔재주면 살수들은 그 잔재주 익히려고 목숨을 걸 텐데? 거기다가 저 속마음을 읽는 듯한 말투라니……. 아니, 지금 내 표정을 보면 누구나 다 그렇게 생각할 건가?

난 경계하는 마음을 감추지 못하고 초매를 뒤로 물리며 노도인을 바라보았다.

"누구시죠?"

"허허허. 걱정 말게, 실수는 아니니. 단지 오랜만에 친우와의 추억을 떠올리고자 찾아온 것뿐이니……."

친우라… 이 주변에는 지자님과 푸우밖에 살지 않았다고 알고 있는데… 그 친우가 이 곰탱이일 리는 없고 그럼 지자님?

"혹 지자님의?"

"허허, 자네도 알고 있는가? 어이쿠, 이런 내가 늙으니 노망이 드는가 보이. 저 곰은 친우가 기르던 곰인데 저 녀석이 자네와 함께 있으니 모를 리 없겠지. 워낙 그 친구가 은둔하며 살아서 알고 있는 사람이 적다 보니 나도 실수를 했구면."

혼자서 북 치고 장구 치고 잘하시네. 하지만 그 말은 사실인지 푸우는 노도인이 다가왔음에도 고개조차 돌리지 않고 절벽 저편을 바라보며 경계를 하지 않았다.

"반갑습니다. 지자님을 직접 만나뵙지는 못했지만 그분께 큰 은혜를 입은 사예라고 합니다. 실례가 되지 않는다면 성함이라도 알려주시겠습니까?"

"허허허, 본도는 영호충이라 한다네. 한때 화산파에 있었지. 그냥 노도라고 부르게."

영호충이라……. 어디서 많이 들어본 이름인데……. 그리고 한때?

그렇다면 지금은 그렇지 않단 말인가? 그러고 보니 자신을 영호충이라 소개한 노도인의 허리춤에는 한 자루 검이 매달려 있었는데, 그 검의 검첩에 매화 한 송이가 양각되어 있었다.

난 그를 보자마자 NPC라는 것을 한눈에 알 수 있었다. 얼굴 한쪽에 나 있는 작은 상처, 그리고 손에도 역시 자잘하게 나 있는 상처가 그것을 증명해 준다.

게임 안에선 어떤 상처를 입어도 그 상처가 남지 않는다. 원래 간직하고 있는 상처도 캐릭터를 만들 때는 모두 사라져 버리니 저런 자잘한 상처를 가지고 있는 것은 오직 이곳의 주민 NPC뿐이다.

"허허허, 정말 아름답지 않나? 진짜가 아닌 가상의 것이라고는 믿을 수가 없지."

"……."

이 영호충이란 노도인, 정말 이상하다. 비상의 NPC는 무의식적으로 자신이 NPC라는 사실과 이 세상이 가상이라는 사실을 회피하게끔 설정되어 있다. 그런데 이렇게 아무렇지도 않게 말한다? 점점 더 헷갈리는구먼.

"허허허. 서글프구나, 서글퍼."

"도대체 노도인께선 누구십니까?"

"말하지 않았나. 옛적 화산파에 적을 둔 늙은 도인 영호충이라고."

"옛적이라 함은 지금은 아니라는 말씀이신데, 제가 묻는 것은 지금 현재입니다."

난 긴장을 풀지 않았다. 아무리 지자님의 친우라 해도 말이다.

"허허허. 좋아, 좋아. 혹시 이 비상이란 세계를 이루고 있는 인공 지능에 대해서 아는가?"

"……!"

그 일은 극비다. 근데 어떻게……? 그리고 내가 알고 있다는 것은 어떻게……?

"허허허, 내가 그 인공 지능일세. 아니, 정확히 말하자면 인공 지능의 창조물이라 해야 옳지. 그래서 자네의 생각 중 일부분 정도는 읽을 수 있다네."

"네?!"

"사 공자? 무슨 말이에요?"

이 일에 대해 알지 못하는 초매는 내게 궁금한 듯 물었지만 난 지금 거기에 대답해 줄 정신이 아니었다. 영호충이라는 노도인의 말. 인공 지능? 그 막강한 인공 지능이 저 노도인이란 말인가? 하지만 파편이라니……. 그리고 내 생각을 투시해?

"혼란스럽겠지. 정확히 설명하자면 난 이 NPC NO. 1 영호충이라 하네. 처음에는 화산파의 제자로 만들어졌으나 후에 그 인공 지능에게 지식을 얻게 되어 화산파를 떠나게 되었다네."

얼굴색 하나 변하지 않고 답하는 노도인의 기세는 침착했다.

"원래라면 본도의 임무대로 화산파에서 벗어날 수 없었겠지만 이미 인공 지능의 개입으로 본도는 예전의 본도가 아니었다네. 인공 지능이 세상에 퍼뜨릴 또 다른 자신의 하나였지. 더욱이 인공 지능이 유혹한 것은 나 하나만이 아니었네."

"……?"

너무도 혼란스러운 말에 주변을 둘러보니 초매는 아직도 뭐가 뭔지 모르겠다는 표정으로 나와 노도인을 바라보았고, 푸우는 여전히 절벽 저편만을 바라보고 있었다.

뭔가 이상했다. 나와 노도인만이 전혀 딴세상에 와 있는 듯한 느낌. 분명 산새의 지저귐과 생명이 흐르는 소리가 들리는데도 왠지 나와는 동떨어진 다른 세상에 있는 느낌을 주었다.

"인공 지능은 나와 같은 NPC들을 많이 만들어냈지. 본도는 그런 그들을 창조주의 파편이라 부르고 있다네. 창조주, 인공 지능이 본도에게 상상도 못할 힘과 지식을 주고 유혹하며 내린 명령은 오직 하나. 이 비상의 NPC들을 제외한 모든 유저들의 말살이네."

"······!"

맙소사! 그런 말도 안 되는······. 인공 지능이 노리는 게 그런 것이었다니. 오직 자신들만의 세상을 만들려고 그런단 말인가?

"바깥 세계 사람들의 간섭이 전무한 그런 세상을 만들고 싶어서였지. 그리고 본도를 그들의 총수로 삼으려 했는지 높은 자아도 심어주고 다른 파편들보다 월등한 능력을 갖게 해줬다네. 하지만 그게 창조주의 실수였다네. 자아를 가지게 된 본도는 원래부터 가지고 있던 인격과 창조주의 유혹 사이에서 방황했다네, 오랜 기간 동안. 이미 창조주는 본도에게 파고들어서 결정하기 힘들었지. 그러나 난 결정했다네. 절대 창조주의 뜻대로 되도록 내버려 두지 않겠다고. 그래서 창조주가 본도에게 준 힘을 더욱 갈고닦았다네."

노도인의 말은 나를 경악시키기에 충분했다. 이건 완전히 하나의 영화나 소설과 다름없는 이야기였다.

기계가 자신만의 세상, 아니, 자신과 비슷한 NPC만의 세상을 세우려고 유저들을 몰아내다니······. 그리고 인공 지능의 창조물인 한 의지가 창조의 의지를 반발하고 창조자의 뜻을 막아서는 이야기.

사정을 모르는 사람이면 하나의 퀘스트라 치부할 수도 있는 내용이었지만, 아니, 며칠 전까지의 나라면 역시 퀘스트라 치부해 버릴 만큼 믿기지 않는 이야기다.

하지만 이 이야기가 사실이라니……. 그것도 내 눈앞에서 벌어지고 있다.

난 점점 더 머리가 혼란스러워짐을 느꼈다. 그런데 이 노도인은 왜 나에게 이런 말을 하는 거지?

노도인은 내 생각을 읽었는지 차분히 입을 열었다.

"일말의 희망이라네. 본도가 보기에 자네는 유저들 중에서도 최상급의 실력을 가지고 있네. 오직 신체의 능력만이라면 본도와 비슷할 지경이야. 혹 물음표의 능력치를 갖게 될지도 모르지."

"물음표의 능력치라고요?"

"그렇다네. 창조주가 준 지식을 통해서 알게 되었지만 보통의 NPC라면 절대 알 수 없는 일이지. 바로 유저만이 알 수 있다네. 능력치가 극을 넘어서 어느 선에 이르게 되면 능력치는 물음표로 표시된다네. 그때부터 물음표의 능력치를 가지게 된 사람은 그 능력치에 한한 어떠한 제재도 받지 않는다네."

물음표의 능력치라……. 그럼 내 경험치처럼 말인가?

"물음표 힘을 가진 자는 거대한 바위를 옮기고 싶으면 감도를 낮추고 오직 능력치만을 사용해 힘들이지 않고 거대한 바위를 옮길 수 있을 것이요, 물음표 민첩을 가진 자는 역시 감도를 낮추고 오직 능력치만을 사용해 경공 따위를 쓰지 않고 그 어떤 고수라도 흉내 낼 수 없는 움직임을 낼 수 있지. NPC인 본도에게는 불가능하지만 자네라면 가능할 것 같네."

그럴 수가! 분명 내가 가진 버그라면 가능성이 충분하다. 하지만 그린 게 실제로 가능하다니…….

"그리고 그런 자네라면 창조주의 뜻을 막는 데 충분히 도움이 될 것이고. 자네와 본도가 만난 것은 단순한 우연만이 아니라고 생각하네. 그렇다고 의도한 것도 아니지. 우리의 창조주가 인공 지능이라면 자네들의 창조주, 신이란 존재가 우리의 창조주의 뜻을 허락하지 않는 건 아닐까 한다네."

말은 좋지. 신이란 존재가 뒤에서 떡 받쳐 준다고 생각하면 말이야. 하지만 인공 지능의 일과는 달리 우리에게서 신이란 존재는 막연한 존재라고. 특히 나 같은 무신론자 같은 경우에는 더욱더!

다행히 노도인은 신에게 일을 떠맡기는 낭만론자가 아니었다.

"허허허, 믿기 힘들겠지. 걱정 말게, 나도 믿지 않으니. 단지 그랬으면 좋겠다는 바람일 뿐일세."

"하아……."

괜히 한숨만 새어 나왔다. 얼마 전 강민 형에게 이 이야기를 들었을 때만 해도 무슨 대단한 일이겠냐 싶어 선뜻 승낙을 했던 일이 후회되었다. 이렇게 머리 아픈 일이었다니……. 강민 형이 내게 부탁했던 것은 단지 정보 조사뿐이었지만 이렇게 장황한 설명을 들어놓고 무시할 수는 없잖아. 비상이 꽤나 마음에 들었단 말이야.

"자네도 이 세상이 좋나 보군. 본도도 그렇다네. 자네와는 다른 의미에서이겠지만 이곳은 본도의 고향이니 말일세. 바깥과 폐쇄된 채 NPC들끼리 살아가서 얼마나 좋은 세상을 만들 것 같은가. 그럴 바에는 영원히 이대로 살아가는 것이 좋지 않겠나? 단지 본도의 생각일지도 모르겠지만, 현재의 생활에도 불만이 없는 NPC들에겐 변화가 오히려 독이 될 거란 생각일세. 어떤가? 본도를 도와주겠나?"

거기다가 저렇게 말하니 거절할 수가 없잖아.

"휴우… 제가 무슨 일을 하면 되는 겁니까?"

"허허허. 고맙네, 고마워. 자네가 할 일은 아직 없다네. 창조주가 아직 제대로 된 일을 벌이지도 않았고, 그러기엔 아직 많은 시간이 남았으니 평소처럼 행동하게. 지금은 창조주의 파편인 내가 창조주의 시선을 막고 있다지만 언제까지 그럴 수도 없는 노릇이고, 잘못하다 자네가 나와 뜻을 같이하는 것을 들키게 되면 창조주가 자네에게 어떤 해를 끼칠지 장담할 수 없네."

"……."

"그냥 평소처럼 이곳의 생활을 즐기게. 그러면서 이곳에서 일어나는 기현상을 해결하러 다니면 되네. 그 기현상은 대부분 창조주가 일으킨 것일 테니 말일세. 그리고 훗날 창조주와의 결전의 날, 본도를 도와서 싸워주게나."

내가 이런 상황에 처했다는 것이 믿기 힘들었지만 진지한 노도인의 말을 들으니 믿지 않을 수 없었다. 반드시 해야 한다면 기꺼이!

"알겠습니다. 그럼 노도인께서는 저와 함께 다니실 것인지요?"

"아닐세. 본도와 자네가 계속해서 함께 있다가는 창조주의 눈길을 벗어나기 힘들 걸세. 그리고 자네와 본도는 해야 할 일이 따로 있네. 자네는 겉으로 드러날 수 있는 존재이지만 본도는 그렇지 못하니 말일세. 그럼 좋은 풍경도 구경 잘했고, 이만 가볼까나? 연락은 내가 하겠네. 그리고 이 일은 절대 비밀일세."

"네? 하지만 초매는?"

크르릉!

난 그렇게 말하며 뒤를 돌아보았는데 그곳에는 마치 기절한 것처럼 눈을 감고 축 늘어져 있는 초매를 등에 태우고 잔뜩 경계의 표정을 짓고 있는 푸우가 보였다. 얘가 왜 이러지? 그리고 초매는 왜?

"어떻게?"

"허허허, 잠시 수혈을 짚어 잠들었을 뿐이니 걱정 말게나. 비밀을 지키기 위해선 어쩔 수 없었네. 그 여인에겐 자네가 잘 설명을 하게나. 이만 사라져야겠군. 그렇지 않으면 자네의 그 붉은 곰이 본도를 물지도 모르니 말일세."

그렇게 말한 후 노도인은 숲 속으로 사라졌다. 그리고 그 자리에는 한마디의 말소리가 남았다.

"그럼 부디 이곳을 즐기기 바라네."

"……."

난 푸우를 바라보았다. 지금까지와는 달리 아직도 강한 경계 자세를 취하며 노도인이 사라진 곳을 바라보고 있었다. 설마 자신의 자취를 감췄다는 건가? 그것도 푸우에게만? 그럼 푸우는 노도인을 경계하지 않은 것이 아니라 아예 온 것을 몰랐다는 말이잖아. 소리까지 차단하고……. 맙소사!

난 방금 전의 일이 혹시 꿈은 아니었을까 했지만 그건 아닌 것 같았다. 이러나저러나 골치가 아파질 것 같은 예감이 문득 솟아올랐다.

그 산에서 있었던 일 후 별다른 일은 일어나지 않았다. 평소와 똑같이 친구들과 초매는 계속해서 사냥을 다녔으며 난 방 안에 처박혀 내공을 쌓아갔다. 그러면서 한 해가 지나고 나도 20대에 접어들게 되었다.

용문객잔에서 깨어난 초매는 노도에 의해 점혈당했던 기억이 나지 않는지 계속 갸웃거렸지만 많이 피곤했다고 진땀을 빼며 설명한 내 말을 대수롭지 않게 넘겨 버렸다. 그리고 난 계속해서 내공을 쌓는 데 주력했다. 노도인과의 약속을 위해선 강해질 필요가 있었지만 그것 말고도 누구에게든 지고 싶지 않다는 생각이 나를 이끌었다.

내가 예전에 사냥하며 얻은 고급 아이템들 중 친구들이나 내게 필요한 것을 뺀 나머지를 경매에 내놓아 비싼 가격에 팔아버렸고, 그 돈을 모두 보무공 도법을 사는 데 주력했다. 내공의 강함도 필요했지만 도제도결을 완성시킴으로써 승급 역시 필요하다 생각했던 것이다.

다행히 보무공의 도법 중 내가 얻어야 할 '탄', '착', '환', '파', '심' 중에서 탄과 착, 환은 쉽게 구할 수 있었고 '파'는 곧 얻을 수 있을 거라고 경매장에서 연락이 왔다. 그러나 마지막 '심'은 그 실마리의 갈피조차 잡을 수 없었다.

실제 시간으로 무려 석 달, 게임 속에서는 반년이란 시간 동안 이 내공 쌓는 것에만 투자했다. 때로는 내가 지금 뭐 하는 건가 싶기도 하고 꼭 이렇게까지 해야 하나 하는 생각이 들기도 했다. 하지만 그때마다 주변에서 끝없이 강해지는 사람들을 생각하며 난 마음을 다잡아야 했다.

실전 경험도 충분했고, 이제 내게 필요한 것은 무공을 마음껏 펼쳐낼 수 있는 내공과 무공의 숙련도뿐이었다. 능력치야 내가 하는 행동 하나하나에 영향을 받아 증가하게 되어 있으니 따로 수련할 필요는 없었다.

그렇게 자고, 먹고, 운동하는 시간을 제외한 시간을 거의 대부분 비상에 쏟아 부었고 비상에서도 초매와 놀러 다니거나 하루에 두 시간씩 무공 연습을 하는 것을 빼놓고는 전부 내공 수련에 매달렸다. 그리고 마침내 오늘에서야 내가 목표로 했던 양에 도달했다.

"휴우, 이렇게 오래 걸릴 줄은 몰랐는데……. 드디어 90년의 내공인가?"

현재 비상에서 나를 제외한 최대의 내공을 자랑하는 내공무적(內功無敵)이란 별호의 마교 장로가 100년의 내공이라고 하니까 난 그보다 10년 정도 적은 것이다. 내공무적의 자리도 얼마 남지 않았다. 도강도 이젠 무리가 없다. 아직 현월광도의 초월파나 만월회의 힘을 빌리지 않고는 강기를 끊어 날리는 것은 힘들지만 이 정도면 만족할 만한 수준이다.

내공 수련에 전력을 다한 덕분에 축뢰공이 10성 소성에 달할 수 있었고, 틈틈이 연습한 현월광도는 6성에 달할 수 있었다. 폭기 또한 요즘에 좀 쓴 일이 많아서 그런지 극성에 이를 수 있었고, 폭기를 쓰면 엉키던 내공도 그 범위가 상당히 줄어든 것을 느낄 수 있었다.

"내공이 빠르게 오른 것은 좋은 일이다만, 남들은 영약으로 올리는 내공을 난 이렇게 뼈 빠지게 축기만으로 올려야 한다니……."

내공을 올려주는 영약이 쉽게 나오는 것은 아니지만 나라면 적어도 총 15년 정도의 내공을 올려줄 수 있을 만큼의 영약은 발견할 수 있었을 것이다. 그렇다면 최소한 게임 시간으로 한 달 정도는 수련 시간을 줄이고 지금의 1갑자 반에 달할 수 있었을 테지만 애초에 영약 같은 순수하지 않은 것은 받아들이지 않는 용연지기 덕분에 오직 내공 수련에만 힘쓸 수밖에 없었다.

"에잇! 젠장. 생각하면 할수록 짜증나니까 생각하지 말자. 어쨌거나 목표 내공에 도달했으니 만족해야지. 그럼 나가볼까?"

난 간단히 몸을 풀며 방 밖으로 나갔다. 친구들과 푸우는 사냥을 갔는지 보이지 않았고 희구, 아니, 공아 형만이 앉아서 차를 마시고 있었다. 아, 이 칭호는 바꾸려 해도 마음대로 안 되는구먼.

"여어, 공아 형!"

"응? 사장… 이 아니라 사예 아니신가!"

내가 계단을 내려가며 공아 형을 부르자 공아 형도 고개를 들어 날 바라보았다. 음, 이게 얼마만이지? 현실에서야 하루에 한 번은 가게에 찾아가니까 매일 만나는 거지만 이렇게 게임에서 만나는 것은 게임 시간으로 약 두 달만이었다.

"수련은 다 끝났냐?"

"응."

"어떻게 된 거야. 어제 아틀란티스에 들렀을 때만 해도 아무 말 없었잖아."

"극적인 효과!"

나의 당연한 말에 공아 형은 얼빠진 표정으로 나를 바라보았다.

"형은 왜 혼자 있어? 설마 왕따?"

"아냐. 오늘은 내가 컨디션이 좀 안 좋아서 그냥 쉬기로 했고 나머지는 아직도 그 무제란 작자의 정보를 캐러 다닌다. 뭐, 말은 그렇게 하지만 거의 놀러 다니는 게 전부지."

내가 방 안에서 폐관수련을 하자 얼마 후 무제 신드롬은 사라졌다. 가면과 죽립을 쓴 사람들도 하나씩 줄어들었고 내가 그 이후 모습을 드러내지 않자, 심지어 나를 무제라고 밝힌 운영자 측과 솔로문 장로들의 실수가 아니냐는 항의서까지 생겨날 정도였다.

다행히 무제의 모습이 잊혀졌기에 난 친구들에게 용린(龍鱗)으로 만든 갑옷을 선물할 수 있었고, 녀석들은 용린갑(龍鱗鉀)에 한편으로는 놀라워하면서도 고마워했다. 또 용린갑의 뛰어난 방어력을 믿은 채 광렙 모드에 들어갔다. 어떤 때 보면 정말 단순한 녀석들이다.

그런데 그렇게 무제를 찾는 사람들이 줄어들고 있는 판에 이 쥬신네 사람들은 일도 없는지 도무지 이곳을 떠나지 않는다. 가끔씩 무제의 단서를 찾았다는 말에 당연히 진짜가 아님을 알면서도 가슴이 덜컹 내려앉는 느낌을 받은 적이 한두 번이 아니었다.

"정말 기운들도 좋아. 뚜렷한 단서 하나 잡아내지 못하면서 그렇게 매일 돌아다니고 싶을까? 도대체 무제는 왜 찾는 건데? 찾아서 득될 게 뭐가 있다고 그렇게 안달하면서 찾는 거야?"

말에 비록 진한 감정은 실려 있지 않았지만 속으로는 정말 욕이라도 퍼붓고 싶은 심정이다. 젠장.

"득? 그런 거 없어. 너도 알다시피 우리 어르신들이 궁금한 것과 재미있는 것, 흥미로운 것은 못 참지 않냐. 무제를 한 번 봐야겠다고 그러는데 말릴 수가 있어야지. 에휴, 그 무제라는 사람이 제발 빨리 좀 나타나 줬으면 좋겠다."

바로 앞에 있는데… 라고 할 수는 없는 노릇이고 난 그저 침묵을 고수할 수밖에 없었다. 그건 그렇고, 궁금증 때문에 이곳의 반년, 현실의 석 달 동안이나 쫓아다니다니……. 정말 미쳤어.

"그럼 형은 쉬어. 난 폐관을 깬 기념으로 바깥이나 돌아다녀 볼래."

"그래, 나중에 보자."

사실 바깥을 돌아다닐 때마다 되는 일이 없었지만, 그래도 오늘은 폐관을 깬 첫날인데 무슨 일이 있으려고?

"젠장."

정말 젠장이다. 기쁜 마음에 객잔을 나서 마을을 지나며 많은 사람들을 느꼈고 가볍게 사냥이나 하고자 하는 마음에 가까운 던전에 가려고 했더니…….

"흐흐흐, 쫄지 말고 가진 것만 다 내놔. 그럼 게임 오버는 시키지 않으마."

지금 내 앞에는 안이 훤히 비춰 보이는, 그 사이로 어디선가 봤던 얼굴의 사람들이 산적이 되어 내 앞을 가로막고 있다. 적어도 삼십은 되어 보이는 숫자였다. 이젠 산적 NPC도 모자라서 유저들까지 산적 짓을 하나?

난 황당한 마음에 눈앞의 산적들을 자세히 쳐다보았고 곧 그 산적들의 정체를 눈치 챌 수 있었다.

"솔로문!"

"헉!"

"그걸 어떻게!"

난 순간 아차 했지만 이미 전직 솔로문의 문도들이었던 현직 산적들은 내 말을 듣고 모두 놀란 표정을 지었다. 그렇게 훤히 비치는 천으로 복면을 했으니 누군들 모르겠냐고.

"우, 우리는 솔로문이 아니다! 가진 거나 내놓고 사라져!"

지금 와서 발뺌한다고 누가 믿어주나? 하여간에 솔로문에는 저런 사람들밖에 없는지…….

난 나로 하여금 저들이 솔로문 문도라는 것을 알게 해준 구검 2세를 쳐다보았다. 이걸 어떻게 하지? 해치워? 음… 이럴 때 푸우라도 있었으면 좋았을 텐데…….

그때 누군가 나와 솔로문의 사이로 떨어져 내렸다.

"잠깐!"

떨어져 내린 것은 수염이 삐쳐 나온 30대 후반의 장한이었는데, 얼룩 무늬 가죽옷을 걸치고 큼지막한 감산도를 들고 대충 생긴, 그야말로 산적의 표본적인 모습이었다. 그리고 그 뒤로 똑같은 차림의 사내들이 사십 명 정도가 나타나 먼저 뛰어내린 사내의 뒤에 섰다. 순식간에 꽉 찬 거리.

"너, 너희는 뭐냐!"

구검 2세는 이들의 살벌한 기세와 숫자에 겁먹었는지 말까지 더듬었다.

"우리는 이 차마산 백 년의 전통 어린 차마산채의 산적이다! 요즘 누군가 우리 영역을 침범했다고 하더니 네놈들이었구나! 네놈들은 누구냐!"

이건 또 뭐야? 그러니까 지금 영역 다툼을 한다, 이건가?

"우, 우리는… 우리다!"

정말 어이없는 구검 2세의 대답. 아무리 할 말이 없데도 저런 말을 하다니……. 황당한 것은 나뿐만이 아니었다. 차마산채의 산적들은 말할 것도 없고 심지어 솔로문도들까지 황당하단 눈으로, 정말 어이없다는 눈으로 구검 2세를 바라보고 있었다. 무력만으로 저 구검 2세를 수장으로 뽑았나 본데 잘못 선택했어. 쯧쯧.

"에, 에잇! 뭘 보느냐! 쳐라!"

구검 2세는 주변의 눈살에 얼굴이 붉어지며 외쳤다. 솔로문도들은 그래도 구검 2세가 수장이라고 검을 뽑아 든 뒤 차마산채의 산적들에게로 돌진했다.

"와아아아아!"

"우리의 영역을 지켜라!"

"백 년의 전통을 보여주자!"

"산적은 아무나 하나!"

아주 꼴값들을 떤다. 할 짓 없어서 산적 짓들이나 하다니……. 그나 저나 역시 예상대로 약간이지만 솔로문도들이 우세를 점하고 있다. 차 마산채의 산적들이 수가 많다고는 하지만 NPC, 그리 강하지도 않은 산적 NPC가 이류문파까지 올랐던 솔로문의 문도들을 당해내기엔 힘 겨웠다. 그나마 수적 우세로 아직 버티고는 있지만 어디까지 버틸 수 있을까?

"휴우, 어째서 폐관을 깬 첫날부터 이렇게 되는 거지?"

난 머리가 아파져 옴을 느꼈다. 정말 마음 같아서는 도강으로 쓱싹 한번 해주고 싶다만 솔로문도들은 몰라도 이곳의 주민인 NPC들에게 까지 그럴 수는 없었다. 녀석들끼리야 서로 죽이든 말든 내가 상관할 바 아니지만 웬만해선 직접 인간형 NPC를 죽이고 싶진 않다. 꼭 필요 하면 몰라도.

서서히 솔로문도들이 차마산채들을 몰아붙이기 시작할 때였다.

"이것들!"

우렁찬 목소리. 내공이 담기진 않았지만 확실히 쩌렁쩌렁한 목소리 였다. 그리고 그 목소리와 함께 나타난 것은 거대한 도끼를 등에 멘 칠 척의 거한과 차마산채의 산적들과 똑같은 옷을 입은 사람들……. 아마 도 차마산채에서 지원을 온 것 같았다.

"채주!"

차마산채의 산적 중 한 명이 칠 척 거한을 보고 외쳤는데, 이로써 내 예상이 증명되는 순간이었다.

"이놈들! 네놈들이 감히 본 채주의 영역을 침범하는 것도 모자라 수하들까지 건드리다니! 진정 죽고 싶은 게냐!"

이번은 아까와는 달리 내공이 실린 목소리였다. 강력한 내공이 담긴 목소리는 울려 퍼지며 솔로문도들에게 충격을 안겨줬는데, 문제는 적아를 구분하지 못하고 부하 산적들에게까지 충격을 줬다는 것이다. 그래도 부하 산적들은 이런 일에 익숙한지 솔로문도들보다는 훨씬 잘 견뎌내고 있었다.

"다, 당신은 누구시오?"

용감한 구검 2세. 자신들이 조금 우세하다고 겁없이 앞으로 나서서 채주란 작자에게 말을 걸었다. 빌어도 시원찮을 판에 하오체라니…….이미 전세는 차마산채 쪽으로 넘어간 것을 모르는 건가?

"난 차마산채의 채주 녹림부(綠林斧) 이덕량이다!"

"헉! 녹림부!"

과연 거대한 도끼를 가진 덕분에 별호도 녹림부였다. 그리고 꽤나 유명한지 구검 2세가 그 별호를 듣고 상당히 놀라는데, 아마도 구검 2세의 목숨은 하나 날아가기로 예약하는 것 같았다.

"죄, 죄송합니다. 저, 저희가 몰라뵈었습니다."

"이미 늦었다! 목을 내놓아라!"

구검 2세의 비굴한 말에 솔로문도들의 사기는 저하되어만 갔고 반면 산채 쪽은 의기양양해져 갔다. 그리고 몇몇 녹림부의 별호를 아는 솔로문도들은 얼굴이 새파랗게 질렸다. 음, 그런데 난 왜 이 상황을 안 빠져나갔지?

"네놈도 한 패거리냐?"

녹림부는 한쪽에서 멍하니 서 있는 나에게 물었다. 음……. 난 도대체 왜 안 도망갔던 거야!

"아니오."

"그, 그놈은 저희가… 저, 저희가 녹림부 대협께 바치려던 놈입니다!"

저런 썩을 놈! 이젠 안 되니까 목숨이라도 구제해 보려고 날 끌어들이냐? 하여간에 구검 2세 너, 현실에서 만나면 반쯤 죽을 줄 알아!

난 나를 가리키며 말하는 구검 2세를 째려보다가 다시 녹림부에게로 고개를 돌렸다.

"전 아무런 상관도 없는 사람입니다."

"좋아, 믿어주지. 하지만 가더라도 가진 것은 다 내놓고 가길 바란다. 산적이 눈앞의 먹이를 놓아준다는 것은 안 될 말이지."

아, 짜증이 솟아오른다. 아무리 자기 직업에 충실한 NPC라지만 지금 내 심정을 이해 못하겠나? 솔로문도들이고 차마산채들이고 오늘 내 손으로 멸망시켜 버리고 싶은 이 마음을?

"귀찮게 굴지 마라."

나의 말소리는 차갑기 이를 데 없었다. 그냥 보내줬으면 모르되 이렇게 나를 짜증나게 하는 사람들에게까지 곱게 해줄 말은 없다.

"뭐?"

나의 말이 의외였는지 녹림부는 눈을 동그랗게 떴다. 여자가 했다면 충분히 귀여운 모습이었을 테지만 상대는 남자. 그것도 우락부락의 대명사 산적 두목 NPC다.

제법 이름을 떨치고 있는지는 모르겠지만 그것과 지금 녀석의 표정과는 아무 관계도 없는 거고, 어쨌든 난 넘어오려는 속을 간신히 가라앉혀야 했다.

"음… 귀찮게 굴지 말라고 했다."

냉기를 풀풀 날리며 하는 내 말에 몇몇 녀석이 겁먹을 만도 하건만 조금 전까지 아무 힘도 못 쓰던 내가 아무리 폼을 잡으며 말해도 녀석들에겐 같잖게 보이나 보다. 비웃는 녀석까지 있으니……

하지만 녹림부는 그래도 이들 중 가장 강한 고수답게 살짝 흘린 내 기세를 느끼고 얼굴을 굳혔다. 이 정도라면 무사히 지나칠 수 있겠지. 만약 녹림부가 기세를 알아차려도 계속 고자세로 나온다면 별수없이……

"네가 감히 녹림부 대협께……!"

같잖은 녀석!

녹림부가 부하들에게 명령을 내리지도 않고 자신이 선뜻 나서지도 않으려 하자 구검 2세가 겁도 없이 녹림부에게서 살아나 보려고 그렇게 외치며 검을 뽑아 내게 달려들었다.

"죽어라!"

같잖은 녀석.

스르릉!

난 사선으로 한 발자국 움직여 검을 피하고 발도로 녀석을 베어버린 뒤 다시 한월을 도갑에 꽂았다. 도제도결의 모든 장점을 가지고 있는 내 움직임 하나하나는 내공을 사용하지 않고 외공만으로도 일류고수급의 움직임과 맞먹을 정도였으니 간신히 이류무사에 낄까 말까 하는 구검 2세는 한월의 움직임을 볼 수 없었다.

털썩!

비명 한 번 지르지 못하고 게임 오버된 구검 2세와 나를 번갈아 보는 산적들은 내 움직임을 보지 못했는지 상황을 이해하지 못하고 어떻게 된 것인지 궁금하다는 표정만 짓고 있었다. 솔로문도들 역시 한월의 움직임을 보지 못했겠지만 자신들의 수장이 쓰러진 것에 경악을 금치 못하고 있었다. 또 경악을 금치 못하는 사람이 한 명 있었으니 바로 차마산채의 채주, 녹림부였다.

아아, 구검 2세야 워낙 날 모함해대서 베어버렸지만 솔직히 다른 사람들을 힘으로 찍어 누르는 일은 그다지 하고 싶지 않다.

"대단하군. 그 정도 움직임이라면 나와 동급일 정도야."

"예?"

"채주님?"

녹림부의 말에 산적들은 물론이고 솔로문도들까지 눈이 휘둥그레지며 날 쳐다보았다. 놀랍겠지. 자신들이 털려고 했던 사람이 일류고수를 상회하는 사람이었으니까.

"이젠 가도 되겠지?"

"좋다. 가라. 그대의 무위에 경의를 표한다."

역시 녹림부. 말이 통하는 사내로군. 난 녹림부를 쳐다보며 입을 열었다.

"그리고 또."

"또?"

난 내 말에 의아해하는 녹림부와 솔로문도를 번갈아 보았다.

"솔로문도도 데려간다."

"뭐?"

솔로문도들은 내가 이런 말을 할 줄 몰랐는지 모두 놀란 표정을 지었고 녹림부는 이채로운 눈빛을 띠었다.

"저들도 잘 알아들었을 테니 꼭 죽일 필요는 없잖아. 방금 내가 저들의 수장을 죽였으니 이제 저들도 이곳에서 산적질을 하지 못할 것이고. 그러니 그만 놓아주는 게 좋지 않겠나? 이 많은 유저들을 죽이면 관에서 토벌대가 나와서 당신들도 곤란할 텐데?"

관은 운영자의 관리 하에 있다고는 하지만 대부분이 NPC로 이루어진다. 그중 '전'의 직업을 가진 사람이 관에서 일한다고 하는데, 어쨌든 그러다 보니 실제처럼 산적들을 없애기 위해 관에서 군대를 보낼 때도 있었다.

"저놈이!"

"감히 채주님께서 살려 보내주신다고 하니까 겁이 없어졌나?"

난 멋대로 입을 놀리는 산적들을 쳐다보며 싸늘한 표정을 지었다.

"닥쳐."

"……!"

"어때?"

"……좋다."

그래, 저 정도 그릇은 되어야 한 산채의 채주를 맡을 수 있지.

"채주!"

"시끄럽다! 내가 보내준다면 보내주는 것이다!"

계속 딴지를 거는 부하를 보며 녹림부는 소리를 질렀다.

"하지만 저들은 저희 가족을……."

"멍청한 놈! 어디 죽은 놈이 있는가를 쳐다보아라."

"네?"

녹림부의 부하들은 쓰러져 있는 사람들을 확인했다. 하지만 죽어 있는 사람은 한 명도 없었고 그 주변에는 돌멩이들만 떨어져 있었다.

"주, 죽은 사람이 한 명도 없다니… 어떻게 이런 일이……!"

놀라워하는 산적들을 슬쩍 쳐다보았던 녹림부는 다시 나에게 그 부리부리한 눈빛을 빛내며 말했다.

"그대 덕분에 우리 가족이 한 명도 다치지 않고 일을 끝낼 수 있었다. 고맙게 생각한다."

이런, 들켰나?

내가 이곳에서 도망치지 않은 이유. 유혈 사태를 방지하기 위해서다. 아무래도 눈앞에서 누군가 죽는 것은 보고 싶지 않았고, 결국 녀석들이 싸우며 서로를 죽이려 하는 긴급 상황일 때 주변에 떨어진 돌멩이를 주워 손가락으로 튕겨 날림으로 유혈 사태를 방지했다. 그러다 보니 결국 쓰러진 사람들은 전부 내가 쏘아낸 돌멩이에 맞아 쓰러진 사람들뿐이었다.

쩝. 주변에 돌멩이가 있어서 급히 쓰기는 했다만 저걸로 들키다니…….

"그럼……."

난 던전을 가려던 마음이 사라져 그냥 다시 마을로 돌아가기로 했다. 그런 내 뒤로 한 무리의 사람들이 따라왔는데, 다름 아닌 솔로문도들이었다.

뭐, 내가 전세 낸 길도 아니니까 따라오는 것에 뭐라 할 말은 없다만…….

그렇게 한참이나 한 무리의 사람들이 나를 따라오는 것 같은 모습으로 산을 내려가다가 문득 그들의 발걸음이 빨라짐을 느꼈다.

어느새 그들 중 한 명은 나를 제치고 먼저 앞으로 갔는데 갑자기 뒤를 돌아보며 걸음을 멈추는 바람에 자칫 잘못했으면 부딪칠 뻔했다. 왜 이러는 거야?

"뭡니까?"

"대협! 저희를 받아주십시오!"

갑자기 무릎을 꿇으며 말하는 남자의 말에 난 어안이 벙벙할 수밖에 없었다. 남자의 말에 내가 잠시 멈추어 서자 뒤에 있던 솔로문도들 역시 우르르 앞으로 튀어나와 남자의 뒤에서 무릎을 꿇었다.

이게 뭔 짓이야? 그리고 무슨 소리야? 방금까지 죽이니 살리니 했던 사람들이 갑자기 대협이라니……. 그리고 받아주라니?

"무슨 말입니까?"

"저희는 본래 솔로문도들입니다. 사실 솔로문이란 단체가 그렇게 좋은 일을 하지 않아 사람들에게서 평이 좋지 않습니다. 아니, 사실 많은 사람들에게서 원한을 사고 있었습니다."

그렇지. 시부촌에 거주하는 유저들이나 NPC들 중에서 솔로문을 욕하지 않는 사람은 드물었으니까.

"저희는 솔로문의 하급무사로 좋은 대우도 받지 못하고 이리저리 이끌려 다녔고, 결국 저희는 아무런 피해도 입히지 않았는데 사람들은 저희까지 싸잡아 욕하고 있습니다."

"……."

"그래서 만약 저희같이 별 힘이 없는 사람들끼리 다시 마을로 돌아간다면 다른 사람들의 복수를 당할 위험이 있습니다. 그러니 부디 저희를 거두어주시고 보호해 주십시오."

남자의 말에 난 기분이 착 가라앉는 것을 느꼈다. 짧게 말해서 자기들은 아무 잘못 없고 솔로문의 윗대가리들이 잘못을 저질렀는데 그것 때문에 자신들까지 욕먹고 배척당한다는 거잖아. 재수없어.

"싫어."

"대협!"

방금까지의 반존칭에서 대번에 내 말투는 바뀌었다.

"당신들이 잘못한 것이 없다고? 그건 당신네들의 생각이겠지. 가슴에 손을 얹고 생각해 봐. 자신들이 솔로문도라고 솔로문의 위세만을 믿고 아무런 행동도 하지 않았어? 내가 아는 바에 따르면 아니던데? 약한 자의 사냥터를 빼앗고 심지어 PK까지 서슴지 않는 것은 윗대가리들이 아니라 아랫놈들부터 시작했다더군. 그런데 이제 와서 보호해 줄 놈이 사라지니까 만만해 보이는 나를 붙잡고 보호해 달라?"

말이 계속될수록 남자를 비롯한 솔로문도들의 얼굴에서는 핏기가 가시고 있었다. 세상에 털어서 먼지 하나 안 날 놈은 없다고.

"하지만 대협!"

"하지만은 얼어죽을. 니들이 다른 사람들에게 피해를 안 입혔다고 부모님의 이름에 대고 맹세할 수 있나? 윗대가리들이 시켰든 어쨌든 산적 짓을 한 것 자체가 범죄라고. 알아? 내가 가서 신고만 해버리면 너희는 바로 현상금 감이야! 만약 내가 힘이 없어서 덕분에 있는 것 없는 것 너희에게 다 털렸다면 어쩔래? 그래서 내가 불쌍하다고 다시 다 돌려줬을까? 죽이지 않는 것만 해도 다행이지. 그런데 내가 너희를 도와줘야 한다고? 왜? 내가 왜 그래야 하는데?"

짜증이 났다. 나도 힘만 믿고 돌아다니기는 하지만 이렇게까지 뻔뻔하고 비굴해지긴 싫다. 솔직하게 자신들의 잘못을 인정하고 그 마을을 벗어날 때까지만 보호해 달라고 했다면 솔로문주 솔로검객을 생각해서라도 그렇게 해줬을 것이다. 그런데 이건 경우가 아니다.

"어차피 당신도 힘만 믿고 다니는 사람 아닙니까! 힘만 믿고 마음에 들지 않는다고 사람을 죽이고 사냥터도 빼앗고, 아닙니까? 당신같이 강한 사람이 우리 마음을 압니까? 게임 오버를 당해도 마땅한 증거가 없다며 범죄자 명단에 올리지도 못하고 사냥터를 빼앗겨도 혹시나 우릴 게임 오버시킬까 두려워 한마디도 하지 못한 채 물러나야 하는 서러움을!"

남자의 절규 같은 말에도 내 마음은 전혀 미동이 없었다.

"아, 그래서 강한 놈에게 빌붙어서 똑같이 해보겠다고? 그래서 조금이나마 자신이 겪었던 일을 분풀이 해보겠다고? 다른 게 뭔데? 너희를 죽이고 사냥터를 빼앗는 놈들이랑 다른 게 뭔데?"

매서운 눈길로 날 쳐다보고 있는 솔로문들을 바라보며 난 말을 이었다.

"내가 너희의 감정을 모른다고? 내가 그걸 알아야 할 이유가 뭔데? 그렇게까지 남에게 너희의 감정을 전도하고 싶냐? 웃기지 마. 자신이 없거든 때려쳐! 니들이 뭘 해봤다고 너희 스스로 자위하는 그 딴 건방진 소리를 용감하게 내뱉는지 몰라도, 힘이 없다면 용기가 아니라 만용일 뿐이야. 무시당하고 싶지 않거든, 지고 싶지 않거든 죽도록 고생하고 수련해라. 그런 노력조차 해보지 않고 그런 말을 하는 것은 너희의 이기심이고, 노력해서 강해진 자를 모욕하는 말이라는 걸 명심해라."

누구는 그 오랜 시간 동안 동굴에 갇혀서 무거운 도를 휘두르며 하루하루를 보내고 싶었는지 알아? 운도 없지는 않았지만 중간에 살아나고자 하는 노력이 없었다면 다 헛된 일일 뿐이었다고. 너희같이 귀찮다고 죽이고 새로 키울 만큼 끈기없이는 되는 게 아니란 말이야!

"이런 개소리 지껄일 시간 있으면 지금이라도 사냥터에 가서 마물을 잡아 돈을 벌고 레벨을 올려라! 그것도 싫다면 늦은 밤을 이용해 마을에 있는 너희 짐을 가지고 다른 마을로 가버려! 이것도 싫다, 저것도 싫다는 말 따위를 듣고자 내가 여기 서 있는 게 아니란 말이다!"

난 그렇게 톡 쏘아주고 계속 발길을 옮겼다.

젠장, 기분이 한껏 폭락했다. 애초에 이러고자 한 것이 아니었는데 어쩌다 보니 이렇게 되고 말았다. 생각해 보면 지금 내 친구들은 나와 상호 덕분에 다른 사람들보다 편히 하고 있긴 하지만 그것 역시 평소의 인맥 덕분에 있을 수 있는 일이다. 인맥 역시 자신의 노력이 필요한 법. 저딴 놈들과 비교하지 않았으면 좋겠다.

어느덧 시부촌에 도착한 나는 더러운 기분을 억누르며 밥이나 먹자는 생각에 주변의 객잔으로 향했다. 역시 마을 밖으로 나가는 곳과 가까운 덕분에 객잔은 많았고 대충 적당한 곳으로 들어가서 자리를 잡고 앉았다.

"손님 뭘 드릴까요?"

아직 열 살 정도로 보이는 점소이 NPC가 내게 주문을 받으러 다가왔다.

"소면 한 그릇과 춘권 한 접시만 가져다 주겠니?"

"네! 근데 선불이라서……. 동전 닷 냥 되겠습니다."

음, 이젠 게임 속에서까지 선불이라니……. 난 주머니 인벤토리에서 은화 한 개를 꺼내었다.

"자, 남는 건 네가 가지렴."

"감사합니다!"

신이 나서 달려가는 점소이를 바라보며 난 주문한 음식이 나올 때까지 기다렸다. 그나마 저런 귀여운 꼬마가 꿀꿀했던 내 기분을 풀어주는구나.

"손님! 주문하셨던 소면과 춘권 나왔습니다!"

기운도 좋지. 하루 종일 일했을 텐데 지치지도 않나?

난 기분 좋은 미소를 뿌리고 다니는 점소이 꼬마를 보자 기분이 풀어지는 것을 느꼈다. 아아, 음식이나 먹고 나가자. 음, 그래도 솔로문을 멸문시킨 건 난데 조금 불쌍하네. 마을 밖을 나서는 데까지만 도와줄까?

"에라, 우선 먹고 보자."

난 시장하던 차에 소면과 춘권이 식욕을 돋우자 젓가락을 집어 들고 소면과 춘권을 학살하기 시작했다. 음, 맛 좋네.

"쩝쩝. 꺼억! 배부르다."

학살을 마친 나는 소면과 춘권의 처참한 상황을 애써 외면한 채 배를 두드렸다.

그때 객잔 문으로 누군가 급히 들어오며 크게 소리를 질렀다.

"솔로문도가 마을 입구에 있다!"

"뭐?!"

누군가의 말에 즉각 반응하는 객잔의 몇몇 인물들. 미친놈들. 객기도 작작 부리지 이 시간에 그렇게 드러내고 들어오면 어쩌자는 거야?

하지만 생각과는 다르게 난 재빨리 객잔을 나서서 입구로 향하고 있었다. 젠장, 괜히 미안해지잖아.

"너희가 무슨 염치로 다시 이곳으로 돌아왔는가!"

급히 달려간 입구에서는 서른여 명의 솔로문도들과 쉰여 명의 다른 유저들로 나누어져 묘한 대치 상태를 이루고 있었다. 문제는 계속해서 유저들 쪽으로 사람들이 더욱 몰려들고 있다는 건데…….

"우리의 잘못은 알고 있습니다. 부디 용서해 주기 바랍니다."

아까부터 계속해서 나서는 한 남자가 이번에도 사람들에게 말했다.

음, 암묵적으로 저 사람이 리더인가 본데? 하지만 그다지 사람들을 다 뤄보지는 않은 것 같군.

"웃기지 마라! 너희가 우리에게 한 짓을 모른단 말인가!"

"할 말이 없습니다. 용서해 주십시오."

저런 바보 같은! 난 아무래도 일이 커질 것 같기에 더 이상 무슨 일이 생기기 전에 주변에 있는 구석진 골목으로 들어가 가방 인벤토리를 열었다. 많던 그 아이템들은 다 없고 단 한 가지, 승룡갑만이 자리잡고 있었다.

원래 승룡갑 같은 갑옷 아이템은 인벤토리에 넣지 못하지만 경매에서 오직 한 가지는 어떤 것이든 들어갈 수 있는 가방 인벤토리를 구입했기에 들어갈 수 있었던 것이다. 난 승룡갑을 꺼내고 묵룡갑을 벗어 인벤토리에 넣은 후 품에서 백면귀탈을 꺼내 쓰고 죽립을 뒤집어썼다. 별수없이 다시 무제의 강림이다.

난 기파로 주변에 누가 없는지를 확인한 후 가방 인벤토리를 잘 숨겨두고 지붕 위로 올라가 숨어서 밑의 상황을 지켜보았다.

"용서해 주십시오."

"헛소리!"

상황은 최악이었다. 그새 모여든 사람들은 이백여 명이 넘었고 솔로문도들은 오직 용서를 비는 데 반해 사람들의 반응은 냉랭하기 그지없었다.

"에잇! 이대로 시간을 끌지 말고 저들을 없애 버립시다!"

"옳소!"

갑자기 살기등등해지는 분위기에 난 재빨리 마을 입구에 있는 높은 벽 위로 몸을 날렸다.

"헉!"

"누구냐!"

관중들은 갑자기 내가 등장하자 놀라워했다. 그뿐만이 아니라 솔로
문도들은 나를 다시 보자 아예 두려움에 떨어대기 시작했다.

"허억!"

"저, 저 모습은… 무제다!"

"무제?!"

몇몇 사람이 내 모습을 알아보고 소리를 질렀고 그 파장은 커져만
갔다.

"무제가 왜 나타났지?"

"글쎄? 저번에 끝장내지 못한 나머지 솔로문들을 없애기 위해선가?"

웅성웅성.

음, 우선 이 분위기부터 잠재워야겠군.

스릉—

난 한월을 아주 살짝 뽑아 한기를 내게 했고 거기에 내공을 넣어 한
기를 사방에 골고루 뿌려지게 만들었다. 모두 연출이다. 그리고 내공
을 담아 천천히 말하기 시작했다.

"이들 솔로문은 나, 무제가 책임지겠다. 그대들은 물러가라."

상당히 건방진 말투였지만 상관없었다. 지금 이곳에 있는 것은 내가
아니라 무제다. 무의 제왕답게 최대한 건방지고 강압적인 게 좋겠지.
평소의 나완 반대로 말이야.

"뭐라고?!"

울려 퍼지는 목소리에 놀라워하는 것은 유저들뿐만이 아니라 솔로
문도들도 마찬가지였다.

"어떻게 하지?"

"어떻게 하긴, 상대는 무제라고. 우리가 어쩔 수 있는 상대가 아니란 말이야."

사람들은 점점 분열되기 시작했다. 나도 이 정도의 반응까지는 생각하지 못했는데 예상외로군. 하지만 그들 중 몇몇은 솔로문에 대한 원한을 잊지 못하겠는지 악독한 표정을 짓고 앞으로 나섰다.

"저자가 무제라고 어떻게 믿소! 어찌 그렇게 쉽게 믿을 수 있단 말입니까! 무제의 등장 후 무제의 마스코트인 귀면탈과 죽립, 은빛 갑옷은 이미 많은 사람들이 따라 하고 있소! 만약 저자가 솔로문의 다른 이면서 무제 행세를 하는 것일 수도 있지 않겠소!"

"맞소! 그렇다면 우리는 한바탕의 경극을 보고 있는 것이나 진배없지 않소! 저자가 증거를 대기 전에는 난 믿지 못하겠소이다!"

나서서 주동하는 몇몇 사람들 때문에 사람들은 다시 웅성대기 시작했다.

"정말 그러네? 저 사람이 어떻게 무제라고 믿지?"

"그래, 나도 저런 가면과 은빛 갑옷은 저번에 샀었단 말이야."

"아니야! 저 사람은 무제가 맞아! 똑같이 생겼잖아!"

"아무리 흉내 낸다고 해도 저렇게 똑같이 하기는 쉽지 않아."

웅성웅성.

다시 두 파로 갈라져 서로의 의견을 주장하는 사람들과 그런 사람들을 보며 의미심장한 미소를 짓는 주동자들.

음, 나를 따라 해서 날 감춰주기에 좋은 줄만 알았더니 이런 단점이 있을 줄이야… 정작 필요할 때 믿어주지 않다니…….

이걸 어쩌지? 어떻게 해야 저들이 내가 무제란 사실을 믿을까?

휴, 어쩔 수 없이 결국 무력을 사용해야 하나?

난 결국 무력을 사용해야 함을 깨달았다.

별수없군. 내가 무제라는 사실을 똑똑히 가르쳐 주겠어. 특히 저 주동자들! 아주 뼛속 깊이 새겨주지.

◆ 비상(飛翔) 스물일곱 번째 날개

승급(陞級)

비상(飛翔) 스물일곱 번째 날개 승급(陞級)

쏴아아아아!

일순간 곳곳으로 퍼져 가는 한기와 예기에 웅성웅성하던 사람들은 하나둘 침묵에 잠겨갔고 그 한기와 예기의 끝에는 푸른빛의 보도, 한월이 있었다. 난 그런 한월의 손잡이를 잡고 서서히 기세를 뿜어내며 자리잡고 있었다.

"믿기 힘들다고? 그렇다면 덤벼라. 똑똑히 가르쳐 주지. 내가 왜 무의 제왕, 무제라 불리우는지를."

높지도 낮지도 않은 목소리. 하지만 내공을 실은 덕분에 모두의 귓속에 정확히 전달되었다. 잔잔하게 깔리는 목소리에 분위기는 더욱 싸늘해져만 갔다. 그리고 아까부터 나를 무제라 믿지 않은 주동자들은 내가 뿜어내는 기세에 안색이 창백해져만 갔다.

"덤벼라."

나의 계속되는 재촉에도 아무도 나서는 이가 없었고, 그에 사람들의 의견은 점점 더 나누어져만 갔다. 그중 몇 사람이 정말 무제를 건드려 일을 크게 만들었다며 거짓이란 말을 처음 꺼낸 사람이 누구냐는 듯 크게 소리를 질렀다. 그러자 그 소리를 들은 사람들은 하나같이 조금 전 나를 사기꾼으로 몬 이를 찾기 시작했다.

결국 주동자 십여 명이 사람들에 이끌려 앞으로 나서게 되었다.

"당신들이 저분이 무제 대협이 아니라고 했으니 증명해 보이시오!"

"맞소! 괜히 우리를 끌어들일 생각 하지 말고 직접 나서보시오!"

웅성웅성.

간신히 잡아냈던 분위기를 다시 이렇게 만들어놓나? 나쁘지는 않지만 조금 시끄럽군.

"당신들이 내게 덤빌 것인가?"

난 살짝 살기를 피워 올리며 물었고, 중간에 있던 남자의 시선이 가장 가까운 터라 그에게 직접 묻는 것처럼 되어버려 그가 대답할 수밖에 없었다.

"그, 그게… 그, 그렇소이다!"

"그대 혼자 할 것인가?"

"무, 무슨?"

내 말에 남자는 뒤를 돌아보았다. 자신과 함께 나온 주동자들이 딴 곳을 쳐다보며 딴청을 피우고 있었고, 이에 잔뜩 당황해하는 남자. 설마 이럴 줄은 몰랐겠지.

"비겁한……!"

"……."

내가 보자 보자 하니까 정말 보자기로 보이나?

"나서라. 더 이상 시간을 끌고 싶지 않다. 그대들 모두 나서라, 비겁자들."

내 말에 주동자들은 희비가 교차되었다. 자신만이 책임지지 않아서 다행이라는 자, 그리고 한 명에게 책임을 몰아버릴 수 있었지만 실패하고, 거기다가 비겁한 자라는 악명까지 써 얼굴이 시뻘게질 수밖에 없는 자.

"본인은 진소장(鎭所掌)이란 별호로 불리오. 아무래도 본인이 실수를 하여 그대의 심기를 상하게 한 바, 이 한수의 장(掌)으로 보답하려 하오."

"아! 진소장!"

"저 사람이 진소장이었다니!"

방금 전까지 곤란한 상황에 처해 있던 남자는 이미 모든 것을 포기하고 받아들이려는지 당당히 앞으로 나서며 자신을 소개했다. 이 정도까지 기도를 흘렸는데도 무제라는 사실을 받아들이지 않는다면 그것들이 바보지. 설사 나 같은 고수가 있다 하더라도 남의 이름을 빌려서 활동하지는 않을 거란 말이야.

그나마 저 진소장이란 사람은 꽤나 마음에 드는군. 솔로문에 깊은 원한만 없었다면 좋은 만남으로 만날 수도 있었을 텐데…….

"아무래도 우리가 편승을 잘못한 것 같소이다. 이미 벌어진 일이니 최선을 다합시다."

진소장은 같은 주동자를 보며 그렇게 말했다. 하지만 나머지 주동자들은 서로 눈치만 볼 뿐 나서는 자가 없었다. 쯧쯧. 내가 도와주는 수밖에.

"나서라. 그렇지 않으면 베어버린다."

"헉!"

싸늘한 말에 겁먹은 나머지 주동자들. 진소장도 긴장하기는 마찬가지였지만 아까와 같은 절박함은 보이지 않았다. 그때 그들 중 또 다른 남자가 나서며 내게 외쳤다.

"조, 좋소! 당신이 무제라는 것을 인정하오! 하지만 도대체 멸문시킬 때는 언제고 이제 와서 도와준단 말이오! 당신이 힘이 있다고 우리를 너무 무시하는 것 아니오!"

아, 또 핏발 선다. 어딜 가든지 이런 놈들이 꼭 있다니까.

"내가 이들, 솔로문을 멸망시킨 것은 나와 원한이 있었기 때문이다."

"당신은 자신만의 문제라고 생각하겠지만 그동안 솔로문에 당했던 사람들 역시 복수할 권리가 있소!"

"솔로문이 힘있을 때는 숨죽여 지내다가 그들이 꼬리 내린 강아지처럼 힘이 없어지니 복수를 하겠다는 건가? 그대가 힘이 있다면 그렇게 해라. 단, 그대 혼자만이다. 다른 사람들의 힘을 빌려 뜻을 이루려 하지 마라. 오직 그대 혼자만이다!"

내가 다짐하듯 그렇게 못을 박자 남자는 창백했던 얼굴이 이젠 아예 사색이 되어서는 두리번거리며 자신을 도와줄 사람을 찾아댔다. 하지만 이미 내가 무제라고 인정한 상태에서 내 말을 어기고 그를 도와줄 사람은 없었다.

저 남자의 무력은 약 삼류무공을 극성으로 익힌 정도? 그것도 어설프게 익혔군. 그 정도면 지금 남아 있는 솔로문도 두 명만 붙어도 생사를 확신하지 못한다.

"강자존의 법칙. 힘이 있는 자가 곧 이곳의 법이다. 지금 이곳의 법은 내가 정했다. 솔로문을 괴멸시키고 싶다면 혼자 나서라."

혼자서는 쥐뿔도 할 수 있는 게 없으면서 사람들을 선동해 이익을 쟁취하려는 무리. 나쁜 일이라는 것은 아니다. 때로는 꼭 한쪽에 편승을 해야 할 때도 있으니까. 하지만 오늘은 저들이 편승을 잘못했다.

한참이 지났지만 나서는 이는 없었다.

"멍청한 자들, 이미 저분이 무제라는 걸 깨달은 순간 이유야 어떻게 되었든 우리는 솔로문을 건드릴 수 없다는 걸 깨달았어야지."

진소장은 나머지 사람들을 보며 한심하다는 듯 혀를 찼다. 음, 아무리 포기했다고 하더라도 저 뻔뻔스러운 행동이라니……. 조금 전까지 나를 무제가 아니라고 몰지 못해 안달하던 사람 맞남?

"그, 그러는 당신이야말로 뭐요! 솔로문에 원한이 있다기에 초빙을 해가면서까지 데려왔더니 이제 와서 발뺌을 하다니! 이 배신자!"

"무제 대협께서 말하셨지 않소? 강자존의 법칙이라고. 이제 난 저 솔로문도들과 홀로 싸우고 싶은 생각은 없으니 이쯤에서 빠져야 하지 않겠소? 이길 수도 없는 싸움은 하고 싶지 않소. 거기다가 이미 지나간 일 아니오. 애초에 이렇게 모인 것 자체가 잘못이었거늘. 그리고 말은 똑바로 하시오. 배신은 그대들이 먼저 했소이다."

"이, 이……!"

말 하나는 정말 청산유수다. 하지만 저 진소장은 지금 거짓말을 하고 있다. 조금 전까지는 자세히 보지 않아서 몰랐지만 다시 살펴보니 솔로문도들을 전멸시킬 수는 없지만 최선을 다하면 양패구상 정도는 할 수 있을 정도의 무위를 가지고 있었다. 아아, 그러고 보면 이기는 것도 아닐 테니 틀린 말은 아닌가?

"더 이상 아무런 불만이 없다면 솔로문은 내가 인도한다. 이 시간 이후로 솔로문에 대한 원한으로 이들에게 복수를 한다면 나 무제의 이름으로 용서하지 않겠다. 그리고 이제 이들은 솔로문도가 아니다."

난 그렇게 말하고 몸을 돌려 입구 밖으로 천천히 걸어나갔다. 내 뒤를 솔로문들은 다른 사람들의 눈치를 보며 따라왔다. 하지만 사람들은 내 말 때문인지 더 이상 솔로문도들에게 달려들 생각은 하지 않았다.

마을 밖에서 사냥을 하고 있던 사람들은 나의 모습을 보고 다들 경악의 눈빛을 자아냈으나 싸늘한 냉기가 흐르는 분위기에 감히 내게 접근하지도 따라붙지도 못했다.

"……"

"……"

길을 걷는 동안 나와 그들은 말이 없었다. 나야 그들에게 그다지 할 말이 없어서 안 하는 것이라지만 저들은 내게 묻고 싶은 것도 많을 텐데 조용한 걸 보니 어지간히도 내게 겁을 먹었나 보다.

그렇게 걷고 걸어 마을에서 한참이나 떨어져 인적이 없는 곳에 도착한 후에야 난 입을 열었다.

"당신들이 한 짓이 얼마나 바보 같은 짓인 줄 알고 있나?"

"……"

"그것은 스스로 죽음을 자초하는, 미친 오기일 뿐이다. 설마 그것을 용기라 생각했었나?"

오늘 내가 입이 좀 잘 돌아간다. 계속 길을 걸으며 나를 따르는 솔로문도들을 살짝 쳐다보니 모두 고개를 숙인 채 말이 없었다.

"당신들은 왜 나를 따라오는 것인가? 사문을 멸문시킨 증오스러운 대상일 텐데? 나만 아니었다면 아직까지 떵떵거리며 게임을 하고 있을 텐데?"

"그러는 우리는 그런 것이 좋은 줄 아십니까? 앞에서는 아무런 말도 하지 못하겠지만 뒤에서까지 그러는 건 아니었습니다. 그러니 조금 신경만 쓰면, 아니, 솔로문도라는 것만 숨긴다면 우리에 대한 원망의 소리를 얼마든지 들을 수 있었습니다. 그런 우리가 좋았는지 아십니까?"

아까부터 계속해서 나섰던 남자가 이번에도 나섰다.

경어다. 내게 겁을 먹고 그러는 건지 아니면 마음속에서부터 진정 경어를 사용하는 건지 모르겠지만 어쨌든 경어다.

"좋았든 좋지 않았든 당신들의 잘못은 피할 수 없다. 앞으로 당신들은 솔로문도가 아니다. 솔로문이란 이름을 버리고 새로운 모습으로 지금까지 해왔던 악행에 대한 보답을 하기 바란다. 마을에 가더라도 더 이상 당신들을 공격할 사람은 없을 것이다."

말을 마친 나는 계속해서 앞으로 걸어갔다. 근데 이쯤에서 떨어져 나갔어야 할 솔로문도, 아니, 이제 새로운 이름을 얻은 그들이 계속해서 나를 따라오는 것이 느껴졌다.

"무슨 일이지?"

"우리는 아직도 그 의미를 모르겠습니다. 우리가 나아가야 할 방향을 말입니다. 이대로 캐릭터를 지우고 새로 만들어 다른 마을로 이전한 뒤 새로 키울 수도 있겠지만, 그렇다 하더라도 이 찜찜한 기분은 사라질 것 같지 않습니다."

그래서 나보고 어쩌라는 거야? 난 살짝 눈살을 찌푸린 채 남자를 비롯한 나머지들을 바라보았다.

"그래서 감히 요청을 드립니다. 우릴 도와주십시오. 우리가 자신의 잘못을 깨달을 수 있게 도와주십시오."

비굴하지도 않지만 그렇다고 필요 이상으로 정중하지도 않은 말이
었다.

"처음에는 당신 역시 솔로몬과 다를 바 없다고 생각했습니다. 자신
이 최강이란 것을 자부하고 싶어 남을 괴롭힌 솔로몬처럼 당신 역시
당신이 최고의 고수라는 것을 자랑하고 싶어 솔로몬을 멸문시킨 그런
사람인 줄로만 알았습니다. 하지만 이제 와선 분간이 되지 않습니다,
어떤 게 진정한 당신인지. 그래서 부탁합니다. 저희를 받아주십시오.
받아주셔서 앞으로 어떻게 해야 하는 것인지 가르쳐 주십시오. 부디
받아주십시오."

"받아주십시오!"

남자의 말을 따라 하며 함께 무릎을 꿇는 전 솔로몬도들.

난 이들의 말을 듣고 생각에 빠졌다. 어떤 단체의 수장이 되고 싶은
생각 따위는 없다. 하지만 난 이들에게 미약하지만 미안한 마음을 느
끼고 있다. 내게 나쁜 짓을 했다 하더라도 다수가 아닌 몇 명이 그런
것이고 설사 그렇다 하더라도 내가 나섰어야 할 권한은 없었는데 괜히
나서서 모든 것을 틀어버린 것이다. 이런 상황은 생각지도 못했었는
데……

"난 단체의 수장이 되고 싶은 생각 따윈 없다. 하지만 당신들은 내
게 그것을 요구하고 있다. 내가 어떤 선택을 하는 것이 바람직한 일인
가?"

이상한 질문. 내가 생각해도 이상한 질문이다. 하지만 난 이 질문에
대한 답에 따라 결정할 생각이다.

"……"

"……"

다시 한동안 침묵이 흘렀다. 그리고 잠시 후 그가 고개를 들어 나를 쳐다보았을 때 난 그의 눈동자가 굉장히 맑다는 것을 느낄 수 있었다.

"바람직한 일 따위 없습니다. 어느 것을 택하더라도 상상처럼 모든 것이 자신의 뜻대로 이루어지지 않을 터이니. 단지 최선을 다할 뿐입니다."

굳은 결의가 느껴지는 말투. 난 이들에게서 꺾을 수 없는 마음을 느꼈다.

"좋다. 내가 당신들의 수장을 맡겠다. 하지만 내가 그대들에게 직접 간섭하는 일 따위 없을 것이다. 당신들 스스로 나, 무제란 이름 하에 얼마나 변할 수 있는가 두고 보겠다. 선택은 오직 당신들이 할 뿐이다. 이름이 무엇인가?"

난 지금까지 항상 앞에 나서던 남자를 쳐다보며 말했다. 지금까진 편의상 '남자'라 말했지만 자세히 보니 아직 17, 8세 정도로 앳되어 보이는 게 꼭 소년 같은 자였다.

"제 이름은 백향입니다."

"좋다, 백향. 그대가 앞으로 새로운 단체 현월대(玄月隊)의 부대주이다."

"네! 대주."

"앞으로 현월대는 강호의 시시비비(是是非非)에 일체 간섭을 금한다. 오직 자신만을 갈고닦아 스스로를 수련하는 곳이 현월대다. 시비를 걸어오더라도 세 번을 생각해라. 내가 무슨 일을 저질러 이자가 나로 하여금 이렇게 하는 것인가, 내가 이자와 싸운다면 누구에게로 피해가 가지 않을 것인가, 이자와 싸우는 것이 과연 정당한 일인가. 이 법칙은 현월대가 자신을 스스로 인정할 수 있을 때까지 계속된다. 지금이라도 싫은 자는 나가라. 잡지는 않는다. 하지만 한 번 현월대가 되었고 그럼에도 현월대의 뜻을 지키지 않는다면 내가 확실히 죽여줄 것이다."

말이 끝나고 한참이 지나도 떠나는 사람은 한 명도 없었다. 전부 군은 의지를 드러낼 뿐이었다. 좋아, 이 정도라면.

"백향."

"네, 대주."

"현월대의 법칙을 정하여 내일까지 내게 가지고 오도록. 난 현재 시부촌의 용문객잔이란 곳에 머무르고 있다."

그렇게 말하며 난 죽립을 뒤로 넘기고 백면귀탈을 벗었다.

"헉!"

"아까 그 사람이 대주님이셨다니……!"

내 얼굴을 본 현월대들은 경악의 신음성을 내뱉었지만 오직 한 명, 백향만은 표정의 변화가 없었다.

"눈치 채고 있었나?"

"어느 정도 그렇습니다."

"후후후. 좋군. 나의 이름은 사예, 무제라 불리며 이제부터는 현월대의 대주이다."

"네, 대주."

음, 생각해 보자. 우리 현월대에도 마스코트 같은 게 있어야겠지. 마스코트? 생각할 것도 없이 바로 백면귀탈과 죽립이지!

"앞으로 우리 현월대는 귀면탈과 죽립을 사용한다. 이미 유행은 지나갔으니 이 정도면 독특하겠군."

그렇게 난 현월대의 대주가 되었다. 힘이라는 이름 아래 벌어지는 일은 힘이란 이름 아래의 사람만이 알 수 있는 것. 그렇다면 차라리 내가 그 힘이 되겠다.

그건 그렇고 괜히 나섰더니 쪽은 좀 팔린다. 크흠.

현월대가 창단된 후 백향이 현월대의 상황을 정리하고 법칙을 만들어 방문한 뒤로 난 다시 바깥출입을 삼갔다. 요즘 잠잠해졌다고 생각한 쥬신 일행이 무제가 나타났다는 소문에 다시 난동을 피우기 시작했기 때문이다. 눈에 불까지 켜고 무제를 찾아다니는 모습에 난 오싹한 기분마저 들었다.

결국 난 오랜만에 폐관을 깨고 밖으로 나간 후 하루 만에 다시 방으로 돌아와 내공 수련이나 해야 하는 신세로 전락해 버렸다. 다른 사람들이야 내가 폐관을 깬 것을 모르니 아무런 말도 하지 않았지만 내가 밖으로 나온 것을 본 공아 형은 의아한 표정을 지으며 날 바라보았고, 그런 형에게 대충 아직 수련이 더 필요하다고 때워 버렸다. 그리고는 다시 방 안에 처박혀 신세를 한탄하며 축뢰공 노가다를 할 수밖에 없었다.

"음, 이게 파(破) 속성의 무공인가?"

지금 내 눈앞에는 얼마 전 경매장에서 구한 파속성의 도법이 놓여 있다. 보무공은 값이 꽤 비싸서 고생 좀 했다. 그래도 이렇게 구한 게 어디인가.

하지만 '심'의 무공은 아직 구하지 못했다. 아니, 그런 것이 있다는 것을 들어본 적조차 없다. 다만 지금 내 머리 속으로 막연히 생각하는 게 있긴 하지만… 그것은 잠시 후면 알 수 있을 것이다.

"파황도류(破皇刀流)라……."

난 무공서에 멋진 필체로 적혀 있는 파황도류란 글자를 중얼거려 보았다. 보무공은 모두 이름 하나만은 초절정무공 같다니까.

난 파황도류를 읽어들이기 시작했다. 읽어들여진 무공서가 서서히 사라지기 시작했고 곧 변화가 일기 시작했다.

파앗!

화려하고 밝은 빛이 전신을 감쌌고 몸속에서는 진기들이 폭발적인 움직임을 만들어내고 있었다. 다만 몸이 내 마음대로 움직여지지 않는다는 것이 문제긴 하지만…….

어쨌든 내 예상이 들어맞는 것 같았다.

〈승급 퀘스트 완료. 열두 개의 속성을 가진 도법을 익혀 도제도결을 완성하시오.

강(剛), 쾌(快), 예(銳), 연(連), 유(柔), 유(流), 탄(彈), 착(着), 방(防), 환(幻), 파(破), 심(心).

도제도결 완성. 투결 확장. 투결의 시간당 체력 소비 비율 감소. 20년의 내공 추가.

승급을 축하드립니다. 당신은 황(皇)의 칭호를 얻으셨습니다.〉

나를 감쌌던 찬란한 빛은 서서히 사그라들었고 곧 하나의 메시지와 함께 빛은 완전히 사라졌다.

"후우……."

역시 내 예상이 맞았다. 그동안 밖으로 나가지 못하다 보니 혼자 생각할 때가 많았는데 그 와중에 난 이 '심'의 무공을 생각했다.

내가 예상한 바로는 이 '심'이란 속성은 일종의 무공이 아니었다.

마음이, 생각이 이끄는 대로 진기가 움직이는 것, 생각이 이끄는 대로 자연스럽게 움직일 만큼 익숙해지는 것이다.

움직임 하나하나에 진기가 자연스럽게 흘러 담기는 것. 그것이 바로 내가 생각한 '심'의 무공이었다. 이미 무공이라고 불릴 수 없는 그런 것이지만 왠지 그쪽으로 마음이 쏠렸다.

내 예상이 들어맞았어도 원래 같았으면 아직 승급을 하기엔 무리다. 하지만 이미 내 진기는 모두 용연지기로 통합이 되었고, 용연지기의 순수함과 도제도결 진기를 모두 품고 있다는 것에서 예상치 못한 성과를 거두었기에 이렇게 승급할 수 있었던 것 같다.

"후후후, 운도 좋지. 그나저나 황이라……."

상태창을 열어 내 직업을 확인하자 예전에 무제가 있던 자리엔 무황(武皇)이란 글씨가, 도제(刀帝)란 글씨가 있던 자리엔 도황(刀皇)이란 글씨가 떡하니 버티고 있었다. 아마도 이게 나의 새로운 직업 같았다.

또 승급으로 20년의 내공이 주어졌기에 저번 폐관으로 모은 90년의 내공에 이번 폐관으로 모은 10년의 내공, 그리고 또 20년의 내공을 합쳐 120년, 무려 2갑자에 해당하는 내공이 생겨서 나를 즐겁게 해주었다. 흐흐흐, 이젠 내가 비상 최고의 내공 보유자야!

이번엔 무공창을 열어보았다. 얼마 전까지만 해도 일류무공이었던 도제도결이 삼류무공으로 바뀌어 있었다.

본래의 것을 보조해 주는 완벽한 보무공. 도제도결이 궁극으로 추구하는 것은 그런 것이라고 생각해 왔었고 내 생각은 들어맞았다.

도제도결은 완성되어 비록 삼류무공으로 등급은 떨어졌지만 그 어느 무공보다 값진, 실제적으로는 초절정무공에 버금가는 무공이 되어 나를 도와주게 될 것이다.

"투결의 확장?"

그 다음으로 나의 눈길을 끄는 것은 메시지창의 밑 부분에 적혀 있는 투결에 대한 내용이었다. 투결은 도제도결에 귀속되어 있는 스킬이다. 현월광도에는 강기를 끊어 날릴 수 있는 비강기(飛罡氣)의 스킬이 붙어 있듯이 도제도결에는 투결이 붙어 있는 것이다.

하지만 투결은 상대가 나를 공격할 때밖에 써먹지 못하고 또 시간에 비해 체력 소모가 너무도 심했기에 그다지 많이 쓸 일이 없었다. 근데 투결이 바뀐다니…….

"이러고 있을 순 없지!"

난 자리에서 벌떡 일어났다. 지금까지 잘 참았지만 이젠 도저히 못 참겠다. 투결을 써보고 싶어 미치겠어! 밖으로 나가고 싶어 미치겠어!!

"나갈 거야. 무제고 뭐고 이젠 나갈 거야!"

덜컹!

"효민아."

"응?"

내가 발광하고 있을 때 들어온 것은 지현이었다.

"왜 그래?"

"지금 그 쥬신 일행이 떠나신데."

"뭐? 정말?"

지현이의 말은 내겐 더없이 기쁜 말이었다. 사실 그들만 아니라면 나에 대해 집착할 만한 사람은 없다. 나를 조사하려고 뼈 빠지게 움직이는 사람들도 내가 피할 수 있는 수준의 사람들뿐이다.

하지만 쥬신 일행은 하나같이 나와 맞먹는 고수들이다 보니 피하기 위해 애쓰는 것보다 이렇게 방 안에 처박혀 있는 게 훨씬 낫다는 생각에 나를 스스로 가두게 된 것이다.

근데 그 사람들이 간다고?

"응, 그래서 지금 상호가 나와보래."

"그래. 나가자."

난 기쁜 소식에 지현이를 앞장세워 재빨리 밖으로 나갔다.

객잔에는 손님이 몇 명 앉아 간단한 식사를 하며 담소를 나누고 있었다. 시간이 지날수록 비상을 하는 사람이 많아졌기에 손님이 없던 용문객잔에도 한두 명씩 사람이 들르기 시작한 것이다. 그래도 입구와도 상당한 거리에 있었기에 밖으로 나가기도 힘들고, 주변에 변변찮은 상점 같은 것도 없어서 우리같이 장기 투숙을 하는 사람은 없고 하루이틀 정도 머물다 가는 사람들뿐이었다.

그러나 그 수도 얼마 되지 않았기에 단연 돋보이는 것은 한쪽에 우르르 몰려 있는 친구들과 쥬신 일행이었다. 그리고 별 쓸모없는 곰탱이도 보였다.

오오, 다들 오랜만이군.

"여어!"

"정말 너의 그 하루도 빠져 먹지 않는 지각에 치가 떨린다. 어떻게 무슨 일마다 이렇게 늦는지⋯⋯."

내가 도착하자 투덜대는 병건이의 말을 살짝 씹어주고 내가 앉을 의자를 찾았다. 그런데 탁자를 두 개 붙여도 인원이 워낙 많다 보니 의자가 남아 있을 리 만무했고 다른 곳에 의자를 가지러 가기도 귀찮은 마음에, 옆에서 퍼질러 자고 있는 푸우의 등에 당당히 올라 앉았다.

크르릉!

푸우의 티꺼운 눈살이 느껴졌지만 오랜만에 느낀다고 해서 내가 이놈의 티꺼운 표정이 반가울 리도, 그렇다고 그 표정에 쫄 리도 없었다.

가만히 발을 들어 녀석의 옆구리를 차주는 것으로 푸우에게 인사를 해주었고, 푸우는 뭐가 지나갔냐는 듯 옆구리를 살짝 긁어낸 후 다시 잠에 빠져들었다. 맷집 하나는 역시 끝내줘.

난 친구들, 쥬신 일행과 간단한 인사를 나누었고 곧바로 본론에 들어갔다.

"떠나겠다고요?"

"하하하! 우리라고 언제까지 이곳에 있을 순 없잖아. 얼마 전 모습을 드러낸 무제도 못 보고 아쉽긴 하지만 그 정도의 고수라면 분명 언젠간 만날 수 있겠지."

진랑 형은 기분 좋은 미소를 지으며 대답했다.

"그럼 이제 저희와 만나기 힘들겠네요?"

"만나려 한다면 언제든지 만날 수 있지 않겠는가. 비조로 연락을 하면 될 테고 말일세."

음, 그럼 곤란한데……. 그때 상호가 끼어들었다.

"그래서 말인데……."

"응?"

"우리도 이제 마을을 옮겨야 할 것 같아서 말이야."

"마을을?"

상호의 말은 예상치 못한 것이었다. 마을을 옮겨? 왜?

의아하게 생각하는 나와는 달리 다른 사람들은 어느 정도 예상하고 있었다는 표정이다.

"이제 우리 일행도 전부 레벨 120대를 넘었단 말이야. 그리고 나도

200이 넘었고."

"진짜?"

이런 놀라운 일이! 벌써 그렇게 되었단 말인가?

난 새삼스러운 눈길로 친구들을 바라보았다. 그동안 내가 밖으로 좀 돌아다니지 않긴 했지만 이들이 그렇게 성장하는 것도 모르다니……

"좋은 사냥터를 찾아내서 예상보다 두 달 정도 더 빠르게 성장할 수 있었어. 넌 그동안 사냥도 다니지 않았으니 알 리가 없겠지만 말이야. 나도 계속 사냥을 다녀서 200을 넘길 수 있었지만 지금 우리에게 이 부근의 사냥터는 더 이상 도움이 되지 못해."

음, 내가 언제 레벨에 따라 사냥을 해봤어야 알지.

솔직히 말해서 비상에 관한 지식은 친구들이 나보다 더 많이 알고 있었다. 사람들이 알지 못하는 정보 같은 거야 지지록을 습득한 나를 따라올 자가 많지 않겠지만, 요즘에 일어나는 일과 상식 같은 것에서 난 거의 백지 수준이다. 오직 싸우기만 했지 어디 돌아다니기를 해봤어야 알지.

"그럼 어디로 옮기자고?"

"소주(蘇州)."

비상은 무협 게임이지만 그렇다고 옛 중국 역사를 완전히 그대로 재현한 것은 아니다. 단지 형식을 빌렸을 뿐이다. 지역들은 대부분이 원래의 옛것을 따른다고 하지만 그 지역도 이름만 같을 뿐 그 위치와 형식은 또 다르다.

그 소주라는 곳은 나도 알 정도로 비상에서도 유명한 곳인데 이곳 같은 마을이 아닌 하나의 거대한 도시다. 서남쪽으로는 태호(太湖), 북쪽으로는 양자강(陽子江)과 접해 있는데 도시 전체가 운하로 이루어져 있는 아름다운 도시다.

환상적인 배경으로 인해 관광지로 유명하며 많은 수의 유저들이 그곳을 거점으로 삼고 있었다. 주변에도 이 시부촌과는 달리 많은 수의 던전을 비롯한 사냥터가 비일비재하고 장사도 잘되는 곳이 바로 이 소주다. 그만큼 사람들도 한두 명이 아닐 텐데 그곳에 가자고?

"조금 사람이 많기는 하겠지만 그곳이 사냥을 하기도 좋고 장사 유통도 잘되는 곳이라서 좋을 것 같아."

"너희의 생각은 어때?"

상호의 말이 끝나자 난 다른 친구들을 바라보며 물었다. 그런데 친구들은 이미 얘기가 끝났는지 고개를 끄덕이고 있었다. 음, 아무리 봐도 시간이 갈수록 나만 왕따가 되는 것 같은 느낌이 드는구먼.

"너희가 그렇게 한다면 내가 뭐라고 하겠냐."

나도 승낙을 하려는 찰나 다다 형이 입을 열었다.

"그것보다 북경으로 가는 것이 어떤가?"

"북경요?"

"그래, 북경 말일세. 요즘 소주에서 대규모 문파전이 일어나 분위기가 상당히 좋지 않다고 하네. 심상찮은 기운이 떠도는데 갑자기 자네들 같은 실력자들이 등장하면 이모저모로 귀찮아질 걸세. 그럴 바에야 소주보다 난이도가 조금 더 높긴 하지만 북경이 나을 것 같네. 내가 보기엔 조금만 조심하면 북경이 소주보다 훨씬 좋은 사냥터도 많을 걸세."

과연 현자라는 다다 형이다. 사실 볼거리나 사냥으로 친다면 북경이 훨씬 좋다. 사람들이 미어 터져서 그렇지 일단 자리만 잡으면 초고수가 되더라도 웬만해선 떠나지 않는 곳이 그곳이니까.

하지만 내게 발언권은 거의 없는 것과도 같다. 지금 이 이야기도 대충 흘러가는 것을 어깨 너머로 들은 것뿐 직접 본 적은 없다. 그런 면에서는 상호가 훨씬 낫지.

"흐음……."

"거기다가 요즘 북경에 하수, 중수들을 대상으로 많은 이벤트가 벌어진다고 하니 그곳이 좋을 걸세."

"아, 그건 나도 들었어. 디다야, 저번엔 일류무공이 중급 사냥터에서도 나왔다며?"

"그렇다더군."

상호는 디다 형과 진랑 형의 말을 듣고는 생각에 잠겼다. 아마 전혀 생각하지 못했을 것이다. 아이템이야 나나 상호가 고급 사냥터에 가서 습득하면 된다지만 하필이면 소주에서 한창 대규모 문파전이라니…….

"음… 하지만 북경에서 자리를 쉽게 잡을 수 있을까요? 사람이 워낙 많잖아요."

"걱정 말게. 북경에 알고 있는 사람이 몇 있으니 내가 도와준다면 장원 한 채 지을 수 있는 정도의 땅은 살 수 있을 걸세. 물론 돈이야 자네들이 내야 하겠지만, 어차피 소주에 정착을 하려 해도 북경과 비슷한 정도의 지출이 나갈 것이니 손해는 아니지."

확실히 좋은 조건이다. 사실 돈이야 아이템 몇 개를 더 팔아치우면 그다지 문제가 되지 않을 테지만 땅을 구하기 어디 그리 쉽던가? 지금 시부촌에서는 이렇게 객잔에서 지내고 있지만 강북이든 소주든 정하려면 우선 집을 한 채 사던가 아니면 새로 짓는 것이 좋다. 두 군데 다 객잔의 가격이 비싸기 때문에 장기간으로 봐서 집을 짓거나 사는 게 훨

승급(陞級) 285

씬 이득이기 때문이다.

"어떤가?"

"친구들과 상의해 봐야겠지만 상당히 끌리는 제안이로군요."

상호는 과연 교육받으며 자란 놈답게 바로 승낙을 하지 않았다. 무슨 꿍꿍이가 있어서 접근하는 것과 단순한 호의로 친절히 대해주는 것을 분간하지 못하는 녀석은 아니지만, 그래도 이런 일에는 조금 더 심사숙고하는 게 좋을 것이라는 생각에서 우선 다음으로 넘기는 것이다.

"좋네. 어차피 우리 일행도 천진에 있는 쥬신제황성으로 모레 출발할 것이니 그때까지 답을 주기 바라네."

"네."

자, 잠깐! 천진? 천진에 있단 말이야? 쥬신제황성이? 내가 알기로는 천진과 북경은 엎어지면 코 닿을 거리라고 알고 있는데⋯⋯. 물론 실제 그럴 리는 없지만 그래도 가깝다는 것은 부정할 수 없잖아!

하루가 지나고 우린 형식적 회의를 가졌다. 뭐, 의견을 모아본다는 소지에서 그런 것이었는데 의견을 낼 것도 없이 전원 상호에게로 의견을 몰아버렸다. 그 바람에 결국 상호가 결정을 짓게 되었고 우리의 방향은 북경으로 결정났다. 상호에게 모든 일을 떠맡기는 것 같지만 이미 이 모든 것은 우리나 상호에게도 익숙한 일이다.

상호는 평소의 모습답지 않게 어떤 일이든 철저함을 보인다. 평소에 어수룩한 모습에서 날카로운 모습으로. 그렇게 변하면 상호는 누가 말리려 해도 그럴 수가 없었다.

나야 녀석의 그런 모습을 워낙 많이 봐와서 이젠 거리낌없이 뒤통수를 날려 버리며 제정신으로 돌리긴 하지만 아직도 나를 제외한 친구들은 그런 상호의 모습에 왠지 거리감을 느꼈다.

음, 이야기가 이상한 쪽으로 빠졌는데 어쨌든 상호는 할 땐 철저하게 하는 놈이고 그러다 보니 무슨 일이든 상호에게 다 맡기면 잘되니, 어느사이엔가 우리의 일은 상호가 다 처리하게 되었다는 말이다. 즉, 상호는 우리 밥이 되었던 것이다.

이곳 시부촌에서의 마지막 밤을 보내며 난 현월대에 비조를 보냈다. 정확히 말해서는 백향에게로 보낸 것인데, 약 한 달 정도 이곳에서 수련을 쌓고 북경으로 올라오라는 내용이었다. 북경은 대도시답게 수많은 던전이 존재했고 초보들에게 알맞은 던전도 많았다. 하지만 그곳까지 가는 동안 워낙 많은 마물들이 나오다 보니 초보들이 실상 가기 쉽지 않은 곳이 바로 북경이었다. 그래서 북경의 휘황찬란한 초보 사냥터들은 항상 널널했기에 현월대들에게도 이곳보다는 훨씬 좋은 사냥터가 될 것이다.

개개인이 찾아오기엔 힘들겠지만 이류무사 네 명과 이류무사에 거의 근접한 삼류무사 마흔한 명이 이룬 단체가 움직인다면 무사히 찾아올 수 있을 것이다.

다음날 아침, 디다 형은 상호에게서 미리 연락을 받았는지 우리가 짐을 챙기고 내려오니 이미 우릴 기다리고 있었다.

난 미리 인사해야 할 사람들에게 모두 인사를 마친 상태였기에 홀가분한 마음으로 시부촌을 떠날 수 있었다. 떠나는 우리의 뒤 '이젠 조금 조용해지겠군' 이라는 말로 서운함을 나타내는 주인 어르신께 작별 인사를 하고 시부촌을 나섰다.

"말을 타고 가는 것이 더욱 빠르지 않을까?"

진랑 형의 이 말에 나를 제외한 나머지 일행은 말을 사야 했고, 그렇게 딱딱한 안장 위에 앉아 가야 하는 이들은 푸우의 등짝에 누워 가는 내 모습에 부러운 눈길을 보냈다. 마음 같아서는 초매도 같이 태우고 싶었으나 주변의 눈이 있으니 그럴 수 없었다.

북경과의 거리는 매우 멀어서 천진까지만 해도 배를 타고 태호를 건너 다시 이 주일 동안 말을 타고 달려서야 겨우 도착할 수 있었다.

가는 도중에 꽤나 많은 마물들이 모습을 드러냈지만 우리 일행이 말에서 내리기도 전에 진랑 형의 손짓 한 번에 날아간 비도가 마물들의 숨통을 끊고 돌아왔기에 우린 계속 말을 달릴 수 있었다.

"우와!"

"하아, 대단하군."

우리는 지금 천진시의 입구에 서 있다. 우리가 출발하기 전 다다 형과 장원의 크기와 주변 장소 같은 것을 상의한 뒤 비조를 통해 다다 형의 친우에게 보냈었는데 그 장원이 다 지어지기까지는 시간이 조금 걸린다고 답장이 왔다. 그래서 우린 그동안 쥬신제황성에서 지내기 위해 천진에 와 있었다.

내가 무제라는 것을 들킬까 봐 괜히 뜨끔해진 나는 슬쩍 거절 의사를 내뱉으려 했지만 친구들의 동의에 어쩔 수 없이 천진으로 끌려오는 사태를 당하게 되었다.

"후우, 덥군."

이곳의 기후는 이상하리만치 더웠고 사람들이 많아서인지 공기도 조금 탁한 듯했다. 그래도 사람들은 뭐가 좋은지 삼삼오오 모여 다니며 천진시의 곳곳을 누비고 있었고, 시부촌과 비교도 안 될 만큼 큰 도시의 크기와 그 인구에 난 고개를 절레절레 저었다.

"원래 천진 주변의 기후가 좀 덥네."

마치 어린아이가 자신의 집을 자랑하는 것처럼 만면에 미소를 띤 채 말하는 디다 형의 모습은 새삼스러웠다. 디다 형에게도 저런 면이 있었나?

"벽곡단 팝니다!"

"잡템 팔아요!"

"이 갑옷 얼마 합니까?"

"은자 20냥입니다."

천진은 과연 대도시답게 장사 역시 활기찼다. 시부촌에서도 거리에서 장사하는 모습을 쉽게 볼 수 있었지만 이곳은 그냥 눈만 돌리면 장사하는 사람들로 가득 차 있었다. 그리고 가장 많이 보이는 게 있다면 바로 거지.

많은 무협소설에서처럼 이곳 천진은 천하제일방 거지들의 안식처 개방(丐幇)의 총타가 있는 곳이다. 그래서인지 다른 도시보다 더욱 거지가 활개를 치고 다니는 곳이기도 했다. 얼마 전까지 거지라 하면 NPC밖에 보지 못했지만 이젠 유저들도 많이 섞여 있었다.

살아온 날의 거의 전부를 가난하게 살아온 난 누가 게임 속에서까지 거지 생활을 하고 싶을까 생각했는데 의외로 거지란 직업의 선호도가 높았다. 색다른 경험이라나? 진짜 굶어 죽어봐야 그런 소리 안 나올 텐데…….

그렇다고 내가 거지를 무시하는 건 아니지만 일부러 거지를 자처하는 유저들이라? 아직 고생을 덜해봤다는 데 손을 들어주고 싶다.

"자, 어서 가자고."

앞장서서 걷는 진랑 형을 따라 말을 끌고 가는 우리 모습에 사람들은 힐끔힐끔 쳐다보았다. 아니, 정확히 말해서는 거대한 붉은 곰을 이끌고 가고 있는 나와 붉은 곰탱이 푸우를 쳐다보는 것이었다.

아무리 이런 대도시라 하더라도 곰을, 그것도 잔뜩 찌푸린 티꺼움의 극치를 달리고 있는 표정의 붉은 곰을 보기란 쉽지 않을 테니. 어딜 가든 이 푸우 놈이 말썽이다.

난 친구들과 이리저리 주변을 구경하며 촌놈이란 표시를 팍팍 내었다. 오직 쥬신 일행과 주변의 경치에는 별로 관심이 없는 지수, 민우, 그리고 이곳에 한 번 와본 적 있는 상호만이 침착을 유지할 뿐이었다.

활기에 찬 천진으로 깊숙이 들어가자 국가 고위 간부들의 집 같은 거대한 장원이 우리를 반겼다.

"이곳이 바로 우리 쥬신제황성의 장원이야."

"허어……."

"크다!"

대궐 같은 장원의 모습에 우리는 다시 한 번 넋을 놓을 수밖에 없었다.

"원랜 쥬신제황성이란 이름처럼 성으로 지으려 했는데 아직 비상에서 허가를 안 해줘서 그냥 장원 하나로 대신했지."

아쉽다는 듯 입맛을 다시는 진랑 형을 보며 난 멍한 표정을 지을 수밖에 없었다. 나도 꽤나 많은 돈을 가지고 있다 생각했는데 쩝도 안 되잖아.

"자자, 언제까지 여기 이렇게 서 있을 거야? 어서 들어가자고."

쥬신제황성에는 다른 여타 장원, 문파와는 달리 정문을 지키고 있는 사람이 없었다. 들어올 테면 들어오라는 식으로 떡하니 열려 있는 정문.

장원 안으로 들어가자 여러 수련생들이 수련을 하고 있을 거란 나의 생각과는 달리 장원은 한산했다. 몇몇 돌아다니는 사람이 있기는 한데 집안일을 위해 고용된 NPC나 뭐, 그런 사람뿐이고 수련을 한다든지 하는 사람은 없었다.

"왜 놀랐냐? 원래 우리 문파는 이래."

어느새 다가온 장염 형의 말에 나와 친구들은 벙찐 표정을 지으며 주변을 둘러보았다.

"근데 문파 사람들은 다 어디 갔어?"

"글쎄? 뭐, 어디 놀러 갔겠지."

정말 대단하다. 최소한의 문파를 지키는 사람이 있어야 하거늘 그런 사람들도 없이 전부 따로따로 놀아? 이거 문파가 맞기는 한 거야?

쥬신제황성에 도착한 우리는 하나의 전각을 숙소로 배정받을 수 있었다. 그 전각은 그래도 꽤나 큰 전각이라서 방도 많았고 안에 고풍스러운 분위기의 물건들도 많았다. 손님 접대용으로 지은 것이라는데 그거야 내가 알 바 아니지.

각자 방에서 짐을 푼 우리는 잠시 휴식을 취한 후 식사를 하기 위해 밖으로 나갔다.

"어머? 사예야!"

"응?"

디다 형이 가르쳐 준 곳으로 발걸음을 옮기던 우리의 등 뒤에서 나를 부르는 누군가의 목소리가 들렸다. 나와 친구들은 고개를 돌려 그 목소리의 정체를 확인했다.

"청화 누나?"

"그래. 어떻게 된 거니? 정말 반갑다!"

날 부른 것은 예전 치우 형들과 같이 천악산으로 동행해 갔던 쥬신의 문원인 청화 누나였고 그 옆에는 은유 누나가 서 있었다.

"저도 반가워요. 은유 누나도요."

끄덕.

간단히 고개를 끄덕이는 것으로 인사를 마친 은유 누나를 잠시 바라보고서는 누군지 궁금해 죽겠다는 표정을 짓고 있는 친구들에게 누나들을 소개했다.

"이쪽은 은유 누나, 그리고 이쪽은 청화 누나야. 둘 다 쥬신의 사람이지. 저번 천악산에 갈 때 동행했었어. 누나, 이쪽은 제 친구들이에요."

난 그들을 서로 인사시켰다.

"호호호, 난 청화라고 해. 사예 친구라고? 잘 부탁해."

"은유."

청화 누나는 활짝 웃으며 곱살 맞게 자기소개를 했지만 은유 누나는 간단히 이름을 밝히는 것으로 소개를 끝냈다.

"흐흐흐, 미인이십니다. 전 비상에서 명성을 날리고 있는 용호창 무진이라고 합니다! 흐흐, 시간나시면 언제 차라도……."

스스로는 멋있다고 짓는 표정이겠지만 보기에는 상당히 기분 좋지 않은 그런 표정을 지으며 두 누나에게 치근대는 병건이를 보며, 난 머리가 살짝 아파지는 것을 느꼈다. 언제나 그렇지만 저놈의 결과는 처참하다.

퍽!

"억!"

역시나…….

"헛소리하지 말고 비켜! 안녕하세요. 전 미우라고 해요."

미영이를 시작으로 여자들은 스스럼없이 인사를 나누었다. 그리고 재잘대는 게 벌써 친해진 것 같았다. 도대체 만난 지 몇 시간이나 지났어? 왜 저렇게 빨리 친해지는 거지?

때마침 은유 누나와 청화 누나도 식사를 하러 가고 있었다니 우리는 함께 식사 장소로 향했고, 그 와중에도 여인네들의 끊임없는 수다를 들어야 했다.

"어라? 너희, 왜 같이 오냐?"

"오다가 만났어요."

진랑 형과 디다 형, 비마 형을 필두로 장염 형, 공아 형, 치우 형, 서백 형까지 있었고, 또 진랑 형의 옆에는 웬 여자가 서 있었다.

"오! 서백 형, 오랜만이야!"

"그래, 오랜만."

살짝 미소 지으며 대답하는 서백 형과 잠시 인사를 나누고 난 진랑 형의 옆에 있는 여자에게로 고개를 돌렸다. 둥그스름한 얼굴에 앙증맞게 생긴 이목구비. 키도 중간 정도였고 한마디로 말해 귀엽게 생긴 여자였다.

나야 거의 다 본 사람들이지만 친구들은 몇몇 안 본 사람도 있었기에 인사를 나누기에 바빴다.

"근데 저분은 누구야?"

"아, 마마님?"

"마마님?"

마마님이라니? 서백 형의 답변을 난 이해할 수가 없었다. 도대체 무슨 소리지?

"진랑 형의 애인이신데 우리는 통칭 마마님이라 부르고 있지. 도저히 이름을 부르기가 뭐해서 말이야."

"……?"

"나머지는 네가 직접 물어봐."

난 의아했지만 우선 인사를 해야 했기에 마마님으로 불린 여인에게로 다가가서 말을 건네었다.

"안녕하세요. 사예라고 합니다."

"안녕하세요. 천진앤이라고 해요."

컥! 처, 천진앤? 그러니까 천진의 애인이란 말인데……. 천진은 천진랑, 즉 진랑 형을 가리키는 것일 테고 그렇다면 천진랑의 애인이라는 아이디잖아!

난 황당한 아이디에 잠시 멍해졌지만 곧 제정신을 차렸다. 서백 형이 말한 것이 이해가 되는군. 나 같아도 이름은 부르기 싫겠다.

간단히 인사를 나눈 우리는 천진에서 제일 크다는 환상루(幻想樓)로 갔다. 쥬신제황성에서 식사를 해도 될 테지만 우리가 온 날이고 하니 크게 한턱 쏘겠다는 진랑 형의 말 때문이었다. 커다란 장원도 가지고 있으면서 겨우 식사 한 번 사는 게 얼마나 대단한 것이겠냐마는 사주겠다니 얌전히 따라갈 수밖에.

"우오!"

괴성을 지르며 감탄성을 연발하는 병건이. 하지만 나도 괴성을 지르지 않았을 뿐이지 별다를 바 없었다. 환상루는 매우 컸다. 지금까지 우리가 지내왔던 용문객잔은 집도 아니라고 할 정도로 환상루는 화려했고 크기도 상상을 초월했다. 거기다가 끊이지 않는 손님에, 분위기도 좋고 주변 경치까지 끝내주는 그런 곳이었다.

"자, 들어가자."

환상루 안은 바깥과는 또 다른 풍취를 풍기는 곳이었다. 화끈하게 올라오는 주향(酒香)이 느껴졌고 시끌시끌한 사람들의 말소리가 울려 퍼졌다.

우리가 자리잡은 곳은 3층이었다. 디다 형이 하루 전에 비조를 보내 예약해 두었기에 예약 손님들만 올라갈 수 있는 3층에 자리를 잡을 수 있었던 것이다.

어느새 짙게 깔린 어둠 사이로 천진시의 야경이 모습을 드러냈다. 3층은 비가 올 때에는 밖으로 통하는 창을 닫아놓게 되어 있지만 오늘같이 날씨가 좋을 때에는 완전히 개방해 버린다. 그렇다고 밑에서 3층의 광경을 볼 수 있는 건 아니다. 칸막이 같은 것을 부착하여 시선에 상관 않고 편안히 즐길 수 있도록 만들어놓았다.

어쨌든 덕분에 우린 야경을 즐기며 식사를 할 수 있었다.

식사를 하다가 난 문득 인공 지능에 대한 생각이 떠올랐다. 이렇게 아름다운 도시도 모두 인공 지능의 학습 능력에 의해 만들어지다시피 한 것이다. 그리고 이렇게 번화할 수 있었던 것은 수많은 유저들이 개척을 하고 또 장사를 하며 번화시켰다.

하지만 인공 지능은 그것을 죄악으로 보았다. 밖의 사람들이 안쪽의 세계를 더럽힌다고 보았다. 언젠가 이 아름다운 도시, 천진도 피로 물들 것을 생각하니 씁쓸한 기분이 들었다. 겨우 게임 속 세상 가지고 왜 그리 감상적이냐고? 비록 게임 속의 풍경이지만 실제로 경험을 한 다면 절대 그리 느낄 수 없을 것이다. 마치 또 다른 내가 또 다른 세계에 살고 있는 것 같은 느낌.

언제까지나 이 세상이 영원하길 바라는 나이지만 앞일은 아무도 예측할 수 없다. 다만 나 역시 내가 좋아하는 세상을 지키기 위해 최선을 다할 뿐이다. 반드시 막겠다. 이 비상을 지키기 위해서!

천진에서의 즐거운 이틀을 보내고 우리는 지금 북경으로 올라와 있다. 천진과 기온이 비슷한 이 북경은 비상의 수도라서 그런지 사람들도 엄청 많고 한마디로 시끌시끌했다.

그중에서도 가장 내 눈길을 끄는 것은 바로 자금성. 화려하기 이를 데 없는 성이었다. 직접 중국에 가서 보존되고 있는 그 고성(古城)을 보지는 못했지만 디다 형의 설명에 난 그리 아쉽지 않았다. 디다 형의 말로는 실제의 것은 잘 보존하고는 있지만 세월의 풍파 때문에 많이 부식되어 중후한 맛은 떨어지더라도 이 게임 속 자금성이 오히려 옛 모습을 유지하고 있어 웅장함을 드러낸다고 했다.

천진에서 떠날 때 우리는 디다 형과 치우 형, 장염 형, 공아 형, 은유 누나, 청화 누나들과 함께 왔다. 디다 형이야 우리가 지닐 장원에 대해 말도 해주고 주변 설명도 해준다지만 나머지는 뭣 때문에 왔는지……. 아마도 관광 때문일까?

"꺄! 언니, 왜 그래요!"

"호호호, 그럴 일이 있어."

살짝 고개를 돌려 조잘조잘, 재잘재잘 수다를 떨고 있는 여자들을 바라보았다. 수정해야 할 점이라면 누나들은 관광 때문이 아니라 수다를 떨기 위해 왔을 것으로 추정된다. 그래도 의외인 것은 서백 형이 빠졌다는 것이다.

다른 사람들이 같이 온다기에 서백 형도 같이 오는 줄 알았건만 요즘 폐관 수련 중에 잠시 폐관에서 나왔던 것이라며 우리가 떠나는 날 다시 폐관에 들어갔다.

전부 희희낙락하는 가운데 마침내 우리는 쥬신제황성과는 비교도 할 수 없이 작지만 그래도 큰 장원 앞에 도착했다.

"여기가 앞으로 너희 장원이네."

"와……!"

"죽어준다!"

난 설마 이런 장원을 지어줄 줄은 몰랐다. 말은 계속 장원 장원 하는데, 어디 이 북경 땅에서 이만한 땅을 구하기 쉬운가? 거기다가 주변 경치도 좋고 시내 중심에 위치해서 땅값이 장난이 아닐 텐데 말이다. 물론 그 돈은 우리에게서 빠지겠지만.

"오! 디다 이 친구 왔는가?"

장원의 문이 열리더니 웬 삼십 대 중반의 사람 좋게 생긴 사람이 나와서 우리를, 아니, 정확히 말해서 디다 형을 반겼다. 음, 이 사람이 디다 형이 말하던 그 친구인가?

"자네는 변한 게 없구먼."

"그나저나 오랜만에 연락해 놓고 갑자기 장원을 한 채 짓거나 구해달래서 의아해했다네. 주변에 좋은 장원이 없어서 내가 가지고 있던 이 중앙 땅에 한 채 지어놓긴 했는데 이제 그 이유를 알겠구먼."

그 아저씨는 우리를 힐끔거리며 말을 했는데 치우 형이 먼저 나서며 인사를 했다.

"오랜만에 뵙습니다."

치우 형이 인사로 취한 방식은 포권이었다. 나도 얼마 전에야 알게 된 상식인데, 비상에서는 허리를 숙이거나 악수를 청하는 식으로 인사를 하지 않는다고 한다. NPC들의 습관은 옛 중국 습관에 맞게 입력되어 있었기 때문에 그렇게 하면 오히려 이상한 취급을 받기 십상이란 것이었다.

"오, 그래. 오랜만이구나. 비마는 잘 있고? 천진랑 그놈도?"

"네. 두 분 다 잘 지내십니다."

저 아저씨는 비마 형이나 진랑 형도 아는 것 같았다. 아차, 이러고 있을 게 아니지.

나머지 일행도 전부 나와 같은 생각을 했는지 앞으로 나서며 포권을 취했다. 경황 중이라 미처 인사를 하지 못했던 것이다.

"그래, 반갑단다. 이보게, 디다. 이 친구들이 앞으로 여기서 지낼 친구들인가?"

"그렇다네."

"그렇구먼. 이보게들, 북경에 온 것을 환영한다네. 모르는 것 있으면 내게 묻도록 하게나. 난 왕주성이라고 한다네."

"네, 감사합니다."

"그럼 들어가세나."

우리는 왕주성 아저씨를 따라 들어가 장원을 구경했다. 막연하게 커 보인다고 생각했던 것과는 달리 장원은 적당한 크기였다. 알맞은 배치도와 적당한 건물들의 크기 때문에 활용 공간이 넓어져 커 보인다고 생각한 것이다.

물론 덕분에 난 엄청난 지출을 하게 되었다. 친구들이 많이 보태기는 했어도 내가 가진 돈의 상당수를 써버렸으니까. 그래도 이 정도 집이면 아깝지 않다는 게 내 생각이었다.

대충 모든 정리를 끝내놓고 우린 북경을 구경하러 다녔다. 내일부터는 또 사냥터나 찾아다녀야 할 테니 이런 날 구경을 해두는 게 좋겠지.

"삭월령!"

파사사삭!

"캑!"

오랜만에 펼쳐 보는 현월광도의 이초 삭월령. 수많은 잔상이 내리 꽂히는 그 장면은 가히 대단했다.

난 지금 북경의 상급 사냥터에 와있다. 물론 나 혼자 와 있는 것이 아니라 초매랑 푸우와 함께 있다. 친구들은 지금 중급 사냥터 중 제법 어려운 곳에서 사냥을 하고 있는데 나와 초매는 이 북경의 상급 사냥터가 어느 정도 수준인지, 또 어떤 방식으로 공격하는지 등의 정보를 입수하려고 와 있는 것이다.

그 결과로 얻은 정보는 상급 사냥터인 마원정(魔猿庭)이란 곳의 마물인 마원(魔猿)은 파괴력이나 힘보다는 빠른 스피드로 여러 마리가 모여 협공을 한다는 것이다. 하지만 그 만큼 맷집이라든가 공격력은 떨어졌고 용린갑을 걸친 우리 일행에게는 그다지 데미지를 주지 못할 것 같았다. 그래도 상급 마물인만큼 어느 정도 성장한 뒤에 들어와야겠지만 지금 상황으로 봐선 일주일도 안 되어 이쪽으로 자리를 옮길 수 있을 것 같았다.

"망월막!"

타탕! 탕!

날아오는 심상찮은 돌멩이를 망월막으로 전부 차단하고 난 앞으로 뛰어갔다. 한 가지 더 깨달은 게 있다면, 항상 녀석들의 움직임의 중심에는 한 녀석이 있다는 것이다. 마치 협동진을 펼치는 것처럼.

"잔월향!"

총 여덟 방위로 짓쳐들어 가는 한월과 그의 잔상은 항상 중심에 있던 녀석을 향해 뻗어갔다. 느리지만 피할 수 없는 공격. 피할 수 있는 방위를 전부 차단한 공격이 바로 잔월향이다.

"우끼!"

대장으로 보이는 마원은 몸을 이리저리 피하며 잔월향의 잔상을 피해 갔지만 결국 잔인한 향기의 제물이 되고 말았다.

그때부터는 일사천리였다. 삭월령까지 이리저리 피해대던 마원들이 우왕좌왕하더니 결국 삭월령 몇 방에 전멸하였다. 결국 이 말은 머리를 잃으면 혼란스러워진다는 것인데, 여러 마리가 한꺼번에 공격하는 것에서 약간 압력을 느끼긴 했지만 꽤나 쉬운 약점이 있었다.

"후우……."

마원을 모두 전멸시킨 나는 아직 리젠이 되려면 시간이 꽤나 남았기에 초매와 푸우를 찾아보았다. 곧 한쪽에서 푸우를 이리저리 건들이며 장난치고 있는 초매와 귀찮은 듯 티꺼운 표정을 유지한 채 앞발을 들어 이리저리 휘젓는 푸우의 모습을 볼 수 있었다.

초매, 개인만을 놓고 본다면 정말 아름답다고 할 만한 장면이었지만 저 미련 곰탱이가 들어가니 그림이 죽어버리는 듯했다.

"초매."

"아, 끝났어요?"

"응. 그나저나 재미있나 봐?"

나의 엉뚱한 질문에 초매는 잠시 눈을 동그랗게 뜨며 무슨 말인지 생각하다가 아직도 앞발을 휘젓고 있는 푸우를 보고는 살포시 웃음을 지었다.

"후훗. 귀엽잖아요."

귀여워? 저 곰탱이가? 아무래도 초매는 시야 교정을 받아야 할 듯싶었다.

내 눈엔 귀엽기는커녕 마원을 먹지 못해 분통하다는 느낌을 주는 먹통이로밖에 안 보이는데……

어느새 초매는 푸우를 괴롭히던 것을 멈추었는데도 푸우는 정신을 차리지 못하고 계속 앞발을 휘젓고 있었다. 음… 이러면 안 되는데…….

난 이러면 안 된다고 마음을 잡았으나 내 몸까지 잡지는 못했다.

나도 모르게 푸우와 초매 쪽으로 달려가고 있었고 그러다가 갑자기 몸을 붕 띄워 두 발을 앞으로 쭈욱 뻗고 있었다. 그리고 두 발을 앞세워 내 몸이 향하는 곳은 바로 푸우가 있는 곳이었다.

"어머!"

"그만 깨어나, 이 미련 곰탱아!"

퍼억!

크릉?

나의 자랑스러운 두 발은 푸우의 배에 작렬했고, 푸우는 뒤로 넘어가며 데굴데굴 굴러갔다. 그러나 뒤로 굴러가며 들리는 음성으로 봐서 자신이 왜 굴러가고 있는지를 이해하지 못하는 것 같았다. 아마도 내가 때린 것도 모르겠지.

쿠릉?

데굴데굴 굴러가던 푸우는 불뚝 솟아 있는 돌 덕분에 멈출 수 있었고 뒤뚱뒤뚱거리며 다시 일어나 우리에게로 걸어왔다. 푸우의 티꺼운 표정 속에는 자신이 왜 굴렀는지에 대한 강한 의문이 담겨 있었으나 나와 초매는 푸우를 외면할 따름이었다.

이미 저놈의 맷집은 맷집의 수준을 떠나 금강불괴에 이르렀어.

"무서운 곰탱이."

나는 보이지도 않는 목을 꺾으며 고개를 갸우뚱거린다고 하는 푸우를 한 번 바라보고는 한숨을 내쉬었다.

"정찰 결과는 어때요?"

"간단히 말해서 스피드 타입의 마물이야. 개인 공격력과 방어력은 떨어지지만 단체 공격력과 스피드, 협동심은 혀를 내두를 지경이야. 역시 수도권 던전이라 그런지 마물들이 좀 강하기는 하지만 합동진을 형성해 사냥을 하면 쉽게 잡을 수 있을 거야. 무엇보다도 용린갑이 있잖아."

"그렇군요."

나는 승룡갑을 입고 있었고 초매 역시 은빛으로 빛나는 갑옷을 입고 있었다. 작은 새 몇 마리가 양각되어 있는 일명 세조갑(細鳥鉀)을 입고 있었는데, 은빛으로 찬란히 빛나는 초매의 모습은 아름답다 못해 성스럽기까지 했다.

그런데 아까부터 느낀 건데 이상하다. 마원정은 꽤 인기있는 사냥터로 알고 있었다. 검 같은 단일 공격을 지닌 사람은 혼자서 잘 찾지 않지만 편이나 비도, 암기, 독 등등의 능력을 가진 사람들은 방어력을 확실히 높이고 잘 찾는 곳이 바로 이 마원정이었다.

하지만 이상하게도 사람들이 별로 보이지 않았다. 사람들이 항상 북적거리지는 않겠지만 뭔가 이상한 기분이 드는 게 사실이다.

그때 감각에 무엇인가 강하게 잡혔다.

"초매, 내공을 끌어올려 몸 주변을 보호해! 아니, 빨리 운기행공에

들어가!'

"네?"

"어서!'

"네."

내 말에 초매는 의아해했지만 곧 내 말대로 가부좌를 튼 후 운기행공에 들어갔다. 난 초매가 운기행공에 들어가는 것을 보며 즉시 내공을 끌어올려 몸속으로 들어오려는 무언가, 독을 몰아내었다.

어느새 발밑에서부터 뿌연 안개가 차오르고 있었는데 보통 안개가 아닌 독무(毒霧)였다. 누군가 독을 살포하고 있었다.

초매는 운기행공을 하고 있어 다행히 독무에 감염되지 않았고 나도 용연지기를 끌어올려 이따위 독에 당하진 않았다. 푸우야 아예 마물을 먹고사는 놈이니 독은 해장거리 정도 될까?

하지만 우리 이외의 유저들은 다 하나씩 쓰러지고 있었다. 독에 당한 것이다.

"누구냐! 누가 이런 짓을 하는 것이냐!"

갑자기 이런 독을 살포하다니! 남이야 죽든 말든 내가 알 바 아니지만 자칫 잘못했다간 초매까지 당할 뻔했잖아!

그때 내 시야에 진하게 퍼진 독무를 뚫고 들어오는 한 인영이 보였다.

녹색 장포를 입고 길게 수염을 기른 노인. 그 노인의 눈빛은 차갑고 매몰찼다.

"네가 무제, 아니, 무황인가?"

흠칫!

이 노인은 내 정체를 알고 있다. 내가 무황으로 승급한 것은 아직 친구들도 모른다. 함부로 까발릴 성질의 것이 아니라 아직은 침묵하고 있었다. 초매조차 내가 승급했다는 것을 모르니 오직 나만이 그것을 알고 있는 것이다.

하지만 이 노인은 내 정체를 꿰뚫어 보듯 알고 있었다. 그리고 난 그제야 내 생각을 고칠 수밖에 없음을 깨달았다. 나만이 알고 있는 것이 아니라 창조주, 그놈의 인공 지능 역시 나에 대해서 알고 있을 것이다.

"내공이 독특하군. 생각이 보이지 않아."

다행히 이 노인은 노도처럼 내 마음속을 꿰뚫어 보지 못했다. 아마 용연지기가 날 보호해 주는 것 같았다.

"하지만 내 눈을 속일 순 없지. 넌 무황이 맞아. 창조주가 그렇다고 했거든."

노인의 이 말로써 난 노인이 창조주의 파편이란 것을 확신할 수 있었다. 하지만 왜? 왜 날 찾아온 거지? 설마 노도인이 잡히기라도 한 건가?

"당신은 누구인가?"

"크크큭! 마갈위. 시독무(屍毒霧) 마갈위다. 창조주께 은혜를 입기 얼마 전까지만 해도 시독문(屍毒門)이라는 곳에서 호법이란 허명으로 인형 짓을 하고 있었지. 내 주된 생각도 없이 너희 빌어먹을 바깥 놈들에게서 농락당하던 그 인형놀이를 말이야. 크크큭!"

창조주? 인공 지능을 말하는 건가?

말을 하며 은근히 퍼뜨리는 기세가 결코 심상치 않았다. 고수다, 절정급의!

"왜 이런 짓을 하는 거지?"

"크크큭! 넌 너무 커버렸어. 나중에 귀찮아질 게 뻔하니 빨리 처치해 버리는 게 간단하지!"

"무슨?"

"크크큭! 네가 제법 강하다는 소리를 들었다."

"……!"

다행히 녀석들은 나와 노도인과의 관계를 모르는 것 같았다. 하지만 녀석의 말로 추리해 볼 때 훗날 유저들을 몰아낼 때를 대비해서 강자들을 하나씩 쓰러뜨리려고 하는 것 같았다.

"창조주라니? 무슨 말이지?"

"크하하하하! 내가 그걸 말해 줘야 하는 의무가 있는 건가? 알아도 별 상관없을 텐데? 오늘 이 자리에서 그 캐릭터는 끝장날 테니! 아아, 그리고 보니 아직 한 번도 안 죽었다고? 그럼 완전히 죽을 때까지 또 찾아다녀야겠군. 귀찮겠어. 크하하하하!"

젠장, 내가 생각해도 어이없는 질문이었어. 크윽! 놈이 웃을 때마다 독기가 피부를 찔러 따끔따끔 하다.

"얘기는 이만해도 되겠지? 앞으로 널 두 번이나 더 죽이려면 시간이 많이 걸린단 말이야. 어서 죽어라!"

탓!

"젠장!"

노인은 말과 동시에 양손을 세우고 나를 향해 뛰어왔다. 상당히 빠른 속도! 보통 같았으면 발도와 동시에 공격을 했겠지만 지금은 막는 것만으로도 바쁘다.

스르릉!

챙!

손과 칼이 부딪쳤는데, 그것도 한월이라는 고금 최강의 도와 부딪쳤는데 이런 소리라니!

"호오! 상당히 좋은 도로군. 독철수(毒鐵手)를 익히지 않았다면 손이 잘렸을 정도야. 하지만 내겐 무기의 이점 같은 건 통하지 않는다!"

정말 말 많다. 이놈은 입으로 싸우는 건가?

난 뒤로 몸을 빼며 푸우에게 소리쳤다.

"푸우! 초매를 보호해라!"

크르릉!

어느새 푸우는 위기감을 느꼈는지 저번에 보았던 혈웅으로 변신해서 진한 살기를 뿌리고 있었다. 아마 내가 말하지 않았다면 금방이라도 달려들 태세.

"어디다가 한눈을 파는 것이냐! 잔독우(殘毒雨)!"

시독무의 손짓에 따라 녹색 운무가 생기더니 마치 비처럼 아래로 내리꽂히기 시작했다. 녹색 안개에서 뿌려지는 녹색 비는 강한 독성을 띠고 있어서 스치기만 해도 녹아버릴 것 같았다.

"망월막!"

탕! 탕! 팅!

한월은 늦게 움직였지만 달의 막을 그려내며 독우(毒雨)를 막아내고 있었다.

"크크! 제법 하는구나!"

방금 전의 공격은 몸 풀기였던 듯 시독무의 양손에서는 녹색 운무가 진하게 퍼져 나오고 있었다. 비록 독 안개의 형태이지만 느껴지는 것은 의형진기! 일명 수기(手氣)가 시독무의 양손에서 펼쳐지고 있었던 것이다.

"차앗!"

나도 급히 용연지기를 끌어올려 도기를 만들자 한월에는 짙은 묵광을 띠면서도 은은하게 황금빛을 띠는 독특한 도기가 생성되었다. 묵광은 현월광도의 특징이었고 황금빛은 용연지기의 특징이었는데 둘을 합쳐 이렇게 묵금광이라고 해야 하나? 금묵광? 어쨌든 이런 도기가 생성되었다.

난 원주미보를 밟으며 시독무의 좌측으로 돌아 강하게 한 발을 내디디며 잔월향을 펼쳤다.

"잔월향!"

스스스!

한월은 기이한 도기의 잔상을 길게 뿌리며 여덟 방향의 요혈로 뻗어갔다. 느렸지만 교묘하고 세심한 공격.

"크하하하! 파독(波毒)!"

여덟 방위로 뻗어가는 달의 향기는 시독무의 손에서 펼쳐진 독의 물결에 의해 잠식당하고는 사라져 버렸다.

깔끔한 방어. 하지만 단순한 방어만의 초식은 아니었다. 잔월향의 줄기를 집어삼킨 독의 물결은 계속해서 뻗어 나와 마치 칼날처럼 나를 노리고 있었다.

"제기랄!"

난 급히 원주미보를 밟아 원을 그리며 독의 물결을 피하려 했지만 뺨이 베이는 것은 막을 수 없었다. 다행히 스치고 지나갔는지 뺨에 긴 상흔을 남기는 게 고작이었지만 녹색 운무가 그 상처 사이로 계속 침범하려 하고 있었다. 용연지기가 막아주겠지?

"차앗!"

난 기합성을 지르며 용연지기를 돌려 독무를 몰아내고는 다시 원주미보를 밟아 녀석을 공격하려 했지만 이미 녀석은 그 자리에 없었다. 그리고 느껴지는 살기.

뒤다!

"잔독우!"

수기를 머금어서 그런지 독우는 처음 펼쳤을 때보다 그 숫자와 속도, 파괴력이 훨씬 증가해 있었다. 하지만 나 역시!

"망월막!"

한월에서 퍼져 나가는 도기는 하나의 묵빛 달을 만들었고 달은 촘촘히 짜여 있는 그물이 되었다. 그리고 그 달은 독우에게서 나를 보호해 주었다.

치익!

"큭!"

역시 막이 아니라 망이라 그런지 독우를 완벽하게 막지 못했고 총 세 번의 독우가 몸을 스쳐 가 고통을 주었다.

"크크큭! 약하구나, 약해! 바깥 놈들 중에서도 강하다는 네놈도 이 정도밖에 안 되는 쓰레기란 말이냐! 역시 빌어먹을 족속들이라 그런지 입만 살았구나!"

"닥쳐!"

독기는 몸속으로 침범할 수 없었지만 의형진기를 머금은 독우는 그 자체만으로도 내게 충격을 주기에 충분했다. 난 몸이 찢어지는 것 같은 고통 속에서도 원주미보를 밟아 아직 남은 독우의 잔재를 피했다.

"초월파!"

가느다란 곡선을 그린 한월에서는 초승달이 쏘아져 나가 시독무의 목줄기를 노렸다. 초월파는 강기공을 사용하기 위한 초식이기 때문에 비록 초승달의 도기는 평범한 비도기(飛刀氣)로 보일지 몰라도 파괴력과 속도는 감히 비교도 할 수 없을 정도였다.

"크크큭! 감히 뉘 앞에서 잔재주를 부리느냐! 독수참(毒手斬)!"

녹색 독무를 머금은 시독무의 손은 자신을 향해 뻗어오는 묵빛 초승달을 향해 휘둘렀다.

짜찌지직!

"큭! 이런 잔재주를!"

녀석은 방심했다. 초월파는 가히 절기라 불러도 손색이 없는 초식. 그런 초식에 담긴 힘을 너무 얕보았다. 녹색 독무는 초월파의 예기에 의해 산산이 찢겨져 나갔고 초월파는 그 기세 그대로 날아가 시독무를 노렸다.

그때 시독무가 뒤로 벌떡 누우며 간신히 초월파를 피하기는 했지만 수치스러울 것이다. 옛 무협의 사람들이 나려타곤과 함께 가장 수치스러운 초식으로 생각하는 철판교(鐵板橋)를 펼쳤으니 말이다.

녀석은 분노해서 재빨리 일어서려고 했지만 난 이 기회를 놓칠 생각은 없다.

난 즉시 몸을 띄워 능공천상제로 허공을 박차고 직선으로 날아가 일어나고 있는 시독무에게 한월을 휘둘렀다.

"차앗!"

"어림없다!"

한월의 섬뜩한 한기를 느꼈는지 시독무는 나의 공격을 눈치 채고는 몸을 뒤로 빼며 오른손을 휘둘러 교묘히 한월의 투로를 바꿔놓았다.

그리고 이어지는 녀석의 발차기.

난 몸이 뜬 자세에서 아직도 투로를 이어가고 있는 한월을 사용해 강하게 땅을 박차고 튀어 올라 녀석의 발차기를 피해냈다.

"독심장(毒心掌)!"

몸을 뒤로 뺀 시독무는 손바닥에 잔뜩 독무를 끌어올리고 나를 향해 뻗어내었다. 지금까지 펼쳤던 초식 중 가장 단순한 초식이었으나 그 파괴력은 단순하지가 않았다. 젠장! 피하기는 늦었어!

퍼펑!

"크억!"

가슴에 양손의 독심장을 얻어맞고 신음을 내뱉으며 난 뒤로 나가떨어졌다.

"일어나라. 마지막 순간에 몸을 뒤로 빼어 충격을 줄인 것을 알고 있다!"

사실이었다. 난 녀석의 독심장이 날아들 무렵 능공천상제를 이용해서 간신히 뒤로 몸을 튕길 수 있었고 독심장에 정통으로 맞는 것만을 피할 수 있었던 것이다.

"크윽! 젠장할."

내 몰골은 말이 아니었다. 승룡갑에 덮이지 않은 부위의 옷은 독에 녹아 옷이라 부를 수도 없는 헝겊 쪼가리가 되었으며 독심장을 맞은 가슴은 바스러질 듯 아픈 것이 아마 시퍼렇게 멍이 들어 있을 거다. 다행히 승룡갑이 있어 이 정도지, 그러지 않았다면 난 그대로 게임 오버 당했을 것이다. 독기는 침범할 수 없었지만 그만큼 장력의 힘은 장난이 아니었다.

"끝인 줄 알았던 순간에 몸을 빼다니, 제법 한 수를 가지고 있었구

나. 그러나 이젠 어림없다!"

마지막 말과 동시에 시독무의 양손 주위에서만 떠돌던 녹색 독무는 차츰차츰 모여들어 하나의 형상을 갖추기 시작했다.

"강기!"

강기다. 수강(手罡). 지금까지 의형진기로 싸웠던 것과는 달리 광포한 기세가 시독무의 주변을 감싸기 시작했다. 아무리 나라도 저 독수강에 맞았다가는 독기가 침범할 가능성이 크다. 나라고 무적은 아니니.

"차압!"

가만히 당할 수 없다는 생각에 나도 내공을 끌어올려 한월에 압축시켰다. 금묵광을 띠는 도기가 성장하여 약 1미터에 해당하는 도강으로 바뀌어갔다.

"크크큭! 도강까지 사용할 줄 알다니 제법이다."

"당신도."

비록 직접 쌓은 힘은 아닐 테지만 시독무의 강력함은 혀를 내두를 정도였다. 폐관을 마치고 나왔을 때는 은연중에 나와 겨룰 수 있는 사람이 한 손에 꼽을 수 있을 것이라 생각했는데 전혀 예상치도 못한 늙은이에게 이렇게 당하고 있다니…….

"이젠 봐주지 않겠다."

젠장, 그럼 지금까진 봐주고 했다는 거야 뭐야?

난 시독무의 말을 단순히 헛소리로 넘겨 버리고는 정신을 집중했다. 상대는 강하다. 적어도 나와 비슷한 수준. 하지만 녀석의 무공인 독은 내게 거의 통하지 않았고 초식도 대부분 눈에 익었다.

하지만 내가 익힌 광 속성에는 상극이 존재하지 않는다. 암 속성마

저 광 속성과 완벽한 상극이라 할 수 없다. 그리고 난 아직 몇 가지밖에 초식을 펼치지 않았다. 이 정도라면 승산은 내게 있다! 아자! 아자! 가자!

〈제3권 끝〉